清 馨 民 国 风

清馨民国风

先生的读书经

梁启超　胡适等著　孙立明编

首都经济贸易大学出版社
Capital University of Economics and Business Press

图书在版编目（CIP）数据

清馨民国风:先生的读书经/梁启超,胡适等著,孙立明编.
-- 北京:首都经济贸易大学出版社,2014.3
ISBN 978 - 7 - 5638 - 2124 - 2

Ⅰ.①清… Ⅱ.①梁… ②胡… ③孙… Ⅲ.①散文集—中国—现代 Ⅳ.①I266

中国版本图书馆 CIP 数据核字（2013）第 158196 号

清馨民国风:先生的读书经
梁启超 胡适 等著 孙立明 编

责任编辑	周 欣
封面设计	张弥迪
出版发行	首都经济贸易大学出版社
地 址	北京市朝阳区红庙（邮编 100026）
电 话	(010)65976483 65065761 65071505(传真)
网 址	http://www.sjmcb.com
E - mail	publish@cueb.edu.cn
经 销	全国新华书店
照 排	北京砚祥志远激光照排技术有限公司
印 刷	临沂圣贤印刷有限公司
开 本	880 毫米×1230 毫米 1/32
字 数	220 千字
印 张	8.875
版 次	2014 年 3 月第 1 版 2019 年 10 月第 3 次印刷
书 号	ISBN 978 - 7 - 5638 - 2124 - 2/I · 18
定 价	26.00 元

前　言

　　这本书中的几十篇文字，都曾刊载于民国时期的出版物。其中一些篇目，近二三十年中曾经从繁体字变为简体字，或多或少为今人所知；但更多的篇目，似乎一直以繁体字竖排的形式，掩隐在岁月的尘埃中，直到我们发现或找到它们，再把它们转换为简体字，以现在这套"清馨民国风"丛书为载体，呈献给当今的读者。

　　收入这套"清馨民国风"丛书的数百篇民国时期的文字，堪称历史影像，也可以说是情景回放。它们栩栩如生、有血有肉，是近200位民国学人的集中亮相，也是他们经历、思考与感悟的原味展示——围绕读书与修养、成长与见闻、做人与做事、生活与情趣，娓娓道来。透过这些文字，我们既可以领略众多民国学人迥然不同的个性风采，更可以感知那个时代教育、思想与文化生态的原貌。

　　策划、编选这样一套以民国原始素材为主体内容的丛书，耗费了我们大量的时间、精力和心血。而今本套丛书即将分批陆续付梓，我们欣喜地发现，她已经有型、有范儿、有味道了。

目　录

梁启超（1873—1929），字卓如，号任公、饮冰室主人。广东新会人。20 世纪初中国新旧交替时代著名政治活动家、启蒙思想家、教育家、史学家和文学家，戊戌变法领袖之一，民国初年清华大学国学院四大导师之一。梁启超学术研究涉猎广泛，在哲学、文学、史学、经学、法学、伦理学、宗教学等领域均有建树，以史学研究成就最大，被公认为中国近代史上百科全书式的人物，其著作后被合编为《饮冰室合集》。

学问之趣味

梁启超

我是个主张趣味主义的人，倘若用化学化分"梁启超"这件东西，把里头所含一种元素名叫"趣味"的抽出来，只怕所剩下仅有个〇了。我以为，凡人必常常生活于趣味之中，生活才有价值。若哭丧着脸挨过几十年，那么，生命便成沙漠，要来何用？中国人见面最喜欢问一句话："近来做何消遣?"这句话我听着便讨厌。话里的意思，好像生活得不耐烦了，几十年日子没有法子过，勉强找些事情来消它遣它。一个人若生活于这种状态之下，我劝他不如早日投海！我觉得天下万事万物都有趣味，我只嫌二十四点钟不能扩充到四十八点，不够我享用。我一年到头不肯歇息，问我忙什么？忙的是我的趣味。我以为这便是人生最合理的生活，我常常想运动别人也学我这样生活。

凡属趣味，我一概都承认它是好的。但怎么样才算"趣味"，不能不下一个注脚。我说："凡一件事做下去不会生出和趣味相反的结果的，这件事便可以为趣味的主体。"赌钱趣味吗，输了怎么样？吃酒趣味吗，病了怎么样？做官趣味吗，没有官做的时候怎么样？……诸如此类，虽然在短时间内像有趣味，结果会闹到俗语说的"没趣一齐来"，所以我们不能承认它是趣味。凡趣味的性质，总要以趣味始，以趣味终。所以能为趣味之主体者，莫如下列的几项：一是劳作，二是游戏，三是艺术，四是学问。诸君听我这段话，切勿误会以为我用道德观念来选择趣味。我不问德不德，只问趣不趣。我并不是因为赌钱不道德才排斥赌钱，因为赌钱的本质会闹到没趣，闹到没趣便破坏了我的趣味主义，所以排斥赌钱；我并不是因为学问是道德才提倡学问，因为学问的本质能够以趣味始以趣味终，最合于我的趣味主义条件，所以提倡学问。

学问的趣味，是怎么一回事呢？这句话我不能回答。凡趣味总要自己领略，自己未曾领略得到时，旁人没有法子告诉你。佛典说："如人饮水，冷暖自知。"你问我这水怎样地冷，我便把所有形容词说尽，也形容不出给你听，除非你亲自吃一口。我这题目——学问之趣味，并不是要说学问如何如何地有趣味，只要如何如何便会尝得着学问的趣味。

诸君要尝学问的趣味吗？据我所经历过的，有下列几条路应走：

第一，"无所为"（"为"读去声）。趣味主义最重要的条件是"无所为而为"。凡有所为而为的事，都是以另一件事为目的而以这件事为手段。为达目的起见勉强用手段，目的达到时，手段便抛却。例如学生为毕业证书而做学问，著作家为版权而做学问，这种做法便是以学问为手段，便是有所为。有所为虽然有时也可以引起趣味，但到趣味真发生时，必定要和"所为者"脱离关系。你问我："为什么做学问？"我便答道："不为什么。"再问，我便答道："为学问而学问。"或者答道："为我的趣味。"诸君切勿以为我这些话掉弄虚机，人类合理的生活本来如此。小孩子为什么游戏？为游戏而游戏。人为什么生活？为生活而生活。为游戏而游戏，游戏便有趣；为体操分数而游戏，游戏便无趣。

第二，不息。"鸦片烟怎样会上瘾"？（而要）"天天吃"？"上瘾"这两个字和"天天"这两个字是离不开的。凡人类的本能，只要那部分搁久了不用，它便会麻木、会生锈。十年不跑路，两条腿一定会废了；每天跑一点钟，跑上几个月，一天不得跑时，腿便发痒。人类为理性的动物，"学问欲"原是固有本能之一种。只怕你出了学校便和学问告辞，把所有经管学问的器官一齐打落冷宫，把学问的胃弄坏了，便山珍海味摆在面前也不愿意动筷子。诸君啊！诸君倘若现在从事教育事业或将来想从事教育事业，自然没有问题，很多机会来培养你的学问胃口。若是做别的职业呢？我劝你每日除本业正当劳作之外，最少总要腾出一点钟，研究你所嗜好的学问。一点钟哪里不消耗了？千万不要错过，闹成"学问胃弱"的症候，白白剥夺了一种人类应享之特权啊！

第三，深入地研究。趣味总是慢慢地来，越引越多，像那吃甘蔗，越往下才越得好处。假如你虽然每天定有一点钟做学问，但不过拿来消遣消遣，不带有研究精神，趣味便引不起来。或者今天研究这样明天研究那样，趣味还是引不起来。趣味总是藏在深处，你想得着，便要入去。这个门穿一穿，那个窗户张一张，再不会看见"宗庙之美，百官之富"，如何能有趣味？我方才说："研究你所嗜好的学问。""嗜好"两个字很要紧。一个人受过相当的教育之后，无论如何，总有一两门学问和自己脾胃相合，而已经懂得大概可以做加工研究之预备的。请你就选定一门作为终身正业（指从事学者生活）或作为本业劳作以外的副业（指从事其他职业）。不怕范围窄，越窄越便于聚精神；不怕问题难，越难越便于鼓勇气。你只要肯一层一层地往里面追，我保你一定被它引到"欲罢不能"的地步。

第四，找朋友。趣味恰如电，越摩擦越出。前两段所说，是靠我本身和学问本身相摩擦，但仍恐怕我本身有时会停摆，发电力便弱了，所以常常要仰赖别人帮助。一个人总要有几位共事的朋友，同时还要有几位共学的朋友。共事的朋友，用来扶持我的职业；共学的朋友和共玩的朋友同一性质，都是用来摩擦我的趣味。这类朋友，能够和我同嗜好一种学问的自然最好，我便和他搭伙研究。即或不然——他有他的嗜好，我有我的嗜好，只要彼此都有研究精神，我和他常常在一块儿或常常通信，便不知不觉把彼此趣味都摩擦出来了。得着一两位这种朋友，便算人生大幸福之一。我想只要你肯找，断不会找不出来。

我说的这四件事，虽然像是老生常谈，但恐怕大多数人都不曾这样做。唉，世上人多么可怜啊！有这种不假外求、不会蚀本、不会出毛病的趣味世界，竟自没有几个人肯来享受。古书说的故事"野人献曝"，我是尝冬天晒太阳的滋味尝得舒服透了，不忍一人独享，特地恭恭敬敬地来告诉诸君。诸君或者会欣然采纳吧？但我还有一句话，太阳虽好，总要诸君亲自去晒，旁人却替你晒不来。

（十一年八月六日①在东南大学为暑期学校学员讲演）

---

①本书所选文章，篇末如有中文数字（均为民国原书所载），系指中国历法年月日，如本处即指民国十一年（西历1922年）八月六日；如为阿拉伯数字，则指西历年月日。特此说明，以后不再为此加注。——编者注。

梁启超（1873—1929），字卓如，号任公、饮冰室主人。广东新会人。20世纪初中国新旧交替时代著名政治活动家、启蒙思想家、教育家、史学家和文学家，戊戌变法领袖之一，民国初年清华大学国学院四大导师之一。梁启超学术研究涉猎广泛，在哲学、文学、史学、经学、法学、伦理学、宗教学等领域均有建树，以史学研究成就最大，被公认为中国近代史上百科全书式的人物，其著作后被合编为《饮冰室合集》。

为学与做人

梁启超

诸君，我在南京讲学将近三个月了。这边苏州学界里头，有好几回写信邀我，可惜我在南京是天天有功课的，不能分身前来。今天到这里，能够和全城各校诸君聚在一堂，令我感激得很。但有一件，还要请诸君原谅，因为我一个月以来都带着些病，勉强支持，今天不能做很长的讲演，恐怕有负诸君期望哩。

问诸君："为什么进学校？"我想人人都会众口一词地答道："为的是求学问。"再问："你为什么要求学问？""你想学些什么？"恐怕各人的答案就很不相同，或者竟自答不出来了。诸君啊，我请替你们总答一句吧："为的是学做人。"你在学校里头学的什么数学、几何、物理、化学、生理、心理、历史、地理、国文、英语，乃至什么哲学、文学、科学、政治、法律、经济、教育、农业、工业、商业等，不过是做人所需要的一种手段，不能说专靠这些便达到做人的目的。任凭你把这些件件学得精通，你能够成个人不能成个人还是个问题。

人类心理有知、情、意三部分，这三部分圆满发达的状态，我们先哲名之为三达德——智、仁、勇。为什么叫做"达德"呢？因为这三件事是人类道德的一般标准，总要三件具备才能成一个人。三件的完成状态怎么样呢？孔子说："知者不惑，仁者不忧，勇者不惧。"所以教育应分为知育、情育、意育三方面——现在讲的智育、德育、体育是不对的。德育范围太笼统，体育范围太狭隘——知育要教到人不惑，情育要教到人不忧，意育要教到人不惧。教育家教学生，应该以这三件为究竟，我们自动地自己教育自己，也应该以这三件为究竟。

怎么样才能不惑呢？最要紧是养成我们的判断力。想要养成判断力，第一步，最少须有相当的常识；进一步，对于自己要做的事须有专门智识；再进一步，还要有遇事能断的智慧。假如一个人连常识都没有，听见打雷说是雷公发威，看见月食说是蛤蟆贪嘴，那么一定闹到什么事都没有主意，碰着一点疑难问题就靠求神、问卜、看相、算命去解决，真所谓"大惑不解"，成了最可怜的人了。学校里小学、中学所教，就是要人有许多基本的常识，免得凡事都暗中摸索。但仅仅有这点常识还不够。我们做人，总要各有一件专门职业，这门职业，也并不是我一人破天荒去做，从前已经许多人做过，他们积了无数经验，发现好些原理原则，这就是专门学识。我打算做这项职业，就应该有这项专门学识。例如，我想做农吗？怎样地改良土壤、怎样地改良种子、怎样地防御水旱病虫等，都是前人经验有得成为学识的，我们有了这种学识，应用它来处置这些事，自然会不惑，反是，则惑了。做工、做商等，都各自有它的专门学识，也是如此。我想做财政家吗？何种租税可以生出何样结果，何种公债可以生出何样结果等，都是前人经验有得成为学识的。我们有了这种学识，应用它来处置这些事，自然会不惑，反是，则惑了。教育家、军事家等，都各自有它的专门学识，也是如此。我们在高等以上学校所求的智识，就是这一类。

但专靠这种常识和学识就够吗？还不能。宇宙和人生是活的，不是呆的，我们每日所碰见的事理是复杂的、变化的，不是单纯的、刻板的。倘若我们只是学过这一件才懂这一件，那么，碰着一件没有学过的事来到跟前，便手忙脚乱了。所以还要养成总体的智慧，才能得有根本的判断力。这种总体的智慧如何才能养成呢？第一件，要把我们向来粗浮的脑筋着实磨炼，叫它变得细密而且踏实。那么，无论遇着如何繁难的事，我都可以彻头彻尾想清楚它的条理，自然不至于惑了。第二件，要把我们向来浑浊的脑筋着实将养，叫它变得清明。那么，一件事理到跟前，我才能很从容、很莹澈地去判断它，自然不至于惑了。以上所说常识学识和总体的智慧，都是知育的要件，目的是教人做到知者不惑。

怎么样才能不忧呢？为什么仁者便会不忧呢？想明白这个道理，先要知道中国先哲的人生观是怎么样。"仁"之一字，儒家人生观的全体大用都包在里头。"仁"到底是什么？很难用言语说明，勉强给个解释，可以说是普遍人格之实现。孔子说："仁者人也。"意思是说人格完成就叫做"仁"。但我们要知道，人格不是单独一个人可以表现的，要从人和人的关系上看出来。所以"仁"字从二人，郑康成解它做"相人偶"。总而言之，要彼我交感互发，成为一体，然后我的人格才能实现。所以我们若不讲人格主义，那便无话可说。讲到这个主义，当然归宿到普遍人格。换句话说，宇宙即是人生，人生即是宇宙，我的人格和宇宙无二无别。体验得这个道理，就叫做"仁者"。

然则这种仁者为什么就会不忧呢？大凡忧之所从来，不外两端，一曰忧成败，二曰忧得失。我们得着"仁"的人生观，就不会忧成败。为什么呢？因为我们知道宇宙和人生是永远不会圆满的，所以《易经》六十四卦，始"乾"而终"未济"，正为在这永远不圆满的宇宙中，才永远容得我们创造进化。我们所做的事，不过在宇宙进化几万万里的长途中往前挪一寸两寸，哪里配说成功呢？然则不做怎么样呢？不做便连这一寸两寸都不往前挪，那可真真失败了。"仁者"看透这种道理，信得过只有不做事才算失败，凡做事便不会失败。所以《易经》说："君子以自强不息。"换一方面来看，他们又信得过凡事不会成功的，几万万里路挪了一两寸，算成功吗？所以《论语》说："知其不可而为之。"你想，有这种人生观的人，还有什么成败可忧呢？再者，我们得着"仁"的人生观，便不会忧得失。为什么呢？因为认定这件东西是我的，才有得失之可言。连人格都不是单独存在的，不能明确地画出这一部分是我的，那一部分是人家的，然则哪里有东西可以为我所得？既已没有东西为我所得，当然也没有东西为我所失。我只是为学问而学问，为劳动而劳动，并不是拿学问、劳动等做手段来达某种目的——可以为我们"所得"的。所以老子说："生而不有，为而不恃。""既以为人己愈有，既以与人己愈多。"你想有这种人生观的人，还有什么得失可忧呢？总而言之，有了这种人生观，自然会觉得"天地与我并生，而万物与我为一"，自然会"无入而不自得"。他的生活纯然是趣味化、艺术化的。这是最高的情感教育，目的是教人做到仁者不忧。

怎么样才能不惧呢？有了不惑、不忧，惧当然会减少许多了。但这是属于意志方面的事。一个人若是意志力薄弱，便有很丰富的智识，临时也会用不着；便有很优美的情操，临时也会变了卦。然则意志怎么才会坚强呢？头一件需要心地光明。孟子说："浩然之气，至大至刚。行有不慊于心，则馁矣。"又说："自反而不缩，虽褐宽博，吾不惴焉；自反而缩，虽千万人，吾往矣。"俗语说得好："平生不做亏心事，夜半敲门心不惊。"一个人要保持勇气，需要从一切行为可以公开做起。这是第一件。第二件要不为劣等欲望之所牵制。《论语》记："子曰：'吾未见刚者。'或对曰：'申枨。'子曰：'枨也欲，焉得刚？'"一被物质上无聊的嗜欲东拉西扯，那么，百炼钢也会变为绕指柔了。总之，一个人的意志，由刚强变为薄弱极易，由薄弱返到刚强极难。一个人有了意志薄弱的毛病，这个人可就完了，自己做不起自己的主，还有什么事可做？受别人压制，做别人奴隶，自己只要肯奋斗，终须能恢复自由。自己的意志做了自己情欲的奴隶，那么，真是万劫沉沦，永无恢复自由的余地，终身畏首畏尾，成了个可怜人了。孔子说："和而不流，强哉矫；中立而不倚，强哉矫；国有道，不变塞焉，强哉矫；国无道，至死不变，强哉矫。"我老实告诉诸君说吧，做人不做到如此，绝不会成一个人。但做到如此真是不容易，非时时刻刻做磨炼意志的工夫不可。意志磨炼得到家，自然是看着自己应做的事一点不迟疑，扛起来便做，"虽千万人，吾往矣"。这样才算顶天立地做一世人，绝不会有藏头躲尾、左支右绌的丑态。这便是意育的目的，要教人做到勇者不惧。

我们拿这三件事做做人的标准，请诸君想想，我自己现时做到哪一件——哪一件稍为有一点把握，倘若连一件都不能做到，连一点把握都没有，哎哟，那可真危险了！你将来做人恐怕就做不成。讲到学校里的教育吗？第二层的情育、第三层的意育可以说完全没有，剩下的只有第一层的知育。就算知育吧，又只有所谓常识和学识，至于我所讲的总体智慧靠来养成根本判断力的，却是一点儿也没有。这种"贩卖智识杂货店"的教育，把它前途想下去，真令人不寒而栗！现在这种教育一时又改革不来，我们可爱的青年，除了它更没有可以受教育的地方。诸君啊，你到底还要做人不要？你要知道危险呀！非你自己抖擞精神想方法自救，没有人能救你呀！

诸君啊，你千万别要以为得些断片的智识就算是有学问呀。

我老实不客气告诉你吧，你如果做成一个人，智识自然是越多越好；你如果做不成一个人，智识却是越多越坏。你不信吗？试想想，全国人所唾骂的卖国贼某人某人，是有智识的呀还是没有智识的呢？试想想全国人所痛恨的官僚政客——专门助军阀作恶鱼肉良民的人，是有智识的呀还是没有智识的呢？诸君须知道啊，这些人当十几年前在学校的时代，意气横厉，天真烂漫，何尝不和诸君一样？为什么就会堕落到这样田地呀？屈原说："何昔日之芳草兮，今直为此萧艾也？岂其有他故兮，莫好修之害也！"天下最伤心的事，莫过于看着一群好好的青年，一步一步地往坏路上走。诸君猛醒啊！现在你所厌所恨的人，就是你前车之鉴了。

诸君啊，你现在怀疑吗？沉闷吗？悲哀痛苦吗？觉得外边的压迫你不能抵抗吗？我告诉你，你怀疑和沉闷，便是你因不知才会惑；你悲哀痛苦，便是你因不仁才会忧；你觉得你不能抵抗外界的压迫，便是你因不勇才有惧。这都是你的知、情、意未经过修养磨炼，所以还未成个人，我盼望你有痛切的自觉啊！有了自觉，自然会自动。那么，学校之外，当然有许多学问，读一卷经，翻一部史，到处都可以发现诸君的良师呀。

诸君啊，醒醒吧！养足你的根本智识，体验出你的人格人生观，保护好你的自由意志，你成人不成人，就看这几年哩！

（十一年十二月二十七日在苏州学生联合会讲演）

胡适（1891—1962），原名嗣穈，学名洪骍，字希疆；后改名胡适，字适之，笔名天风、藏晖等。安徽绩溪人。因提倡文学革命而成为新文化运动的领袖之一。历任北京大学教授、北京大学文学院院长、中华民国驻美利坚合众国特命全权大使、北京大学校长等职。胡适兴趣广泛，著述丰富，在文学、哲学、史学、考据学、教育学、伦理学、红学等诸多领域都有深入的研究，被誉为现代思想文化界最稳健、最优秀、最高瞻远瞩的哲人智者。

为什么读书

胡　适

读书是快乐的，为什么呢？因为"书中自有千钟粟，书中自有黄金屋，书中自有颜如玉"。然而，我们如果推论为什么要读书起来，那可有三点：第一，因为书本是学问、智识、经验之记录，是人类之遗产，读书就是要接受这部遗产，来做基础，再去发挥而光大之。第二，因为要读书而读书。人类是必要读书的，是有读书之必要的，所以才去读书；而且要读书，只有去读书，读书愈多，则所能读的书愈多。为要读书所以读书，为要多读书所以多读书。第三，因为要解决我们的困难所以要读书。读了书能够替我们解决目前的困难，应付环境和获得思想材料的来源，所以要读书。

我们知道：现在的书本是古人经历数千年来之学问、智识、经验的结晶，读了一本书，等于经历了古人所经历的数千年的经验。我们不能够再像古人那样重新去经历各种事情。如果我们还是要像古人那样一事一事去经历、试探，而后知道、明白，那我们的智识便不能进步，一切文物制度便要有退无进了。因为我们一生所能经历而得到的智识，绝不能及到古人所集积的那么多。因此，我们要在极短的时期中，把古人的遗产全部接收过来，那么，非读书不可。因为，古人经历数千年来之学问、智识、经验，完全刊载在书本中。我们要知道古人数千年来之这一部分学问，便去读刊载着这一部分学问的书本；我们要知道古人数千年来之那一部分智识，便去读刊载着那一部分智识的书本；我们要知道古人数千年来之另一部分经验，便去读刊载着另一部分经验的书本。我们只要在很短的时期中，就能读完这些书本，就能把古人经历数千年来之一切学问、智识、经验以及人类的遗产全部接收过来。接收了人类的全部遗产后，再去发挥而光大之，则人类的学问愈能深造，人类的智识愈能充足，人类的经验愈能丰富了！为保存古人所遗下的学问、智识、经验，当然要读书；为要发挥而光大古人的学问、智识、经验，更加要读书。

再说到第二层：为读书而读书。换句话说，读书要"博"。所谓"博"，就是什么书都要读。因为要读书，所以什么书都要读。读书愈多，愈能读书。有许多书，我们读起来是不懂的。一定要读了许多别种书，才能读得懂这本书。所以要读懂这本书，便要读旁的许多书了。先读的许多书，好像是种工具。不读书便不能读书，要能读书才能多读书。譬如，许多人是戴眼镜的，但为什么要戴眼镜呢？岂不是因为戴了眼镜，从前看不见的，现在看得见了；从前很小的，现在看得很大了；从前看不分明的，现在看得清楚分明了。王荆公①说得最好：

> 然世之不见全经久矣，读经而已，则不足以知经。故某自百家诸子之书，至于《难经》《素问》《本草》诸小说，无所不读；农夫、女工，无所不问；然后于经为能知其大体而无疑。盖后世学者，与先王之时异矣。不如是，不足以尽圣人故也。……彼致其知而后读，以有所去取，故异学不能乱也。唯其不能乱，故能有所去取者，所以明吾道而已。……

他说："致其知而后读。"又说："读经而已，则不足以知经。"确是不错。譬如《墨子》一书，在一百年前，清朝的学者懂得此书的还不多。大家都不知道此书中包含了光学、几何学、力学、工程学、心理学、论理学等科学，所以不懂得光学、几何学、力学等知识的，便不能完全读懂《墨子》。后来的人，知道力学的，读起这本书来，便多懂一些，能知道光学的，更能多懂一些，如果各种新智识都懂得，便能完全了解墨子。所以读书愈多，愈能懂得墨子。换句话说，为多懂得墨子，必要多读别的书。

---

①即王安石（1021－1086），字介甫，号半山，封荆国公，北宋政治家、文学家和思想家。——编者注。

所以，"读一书而已，则不足以知一书"。多读书，然后可以专读一书。譬如读《诗经》，倘使先读了古今中外的许多歌谣，便觉得《诗经》好懂得多了；倘使读过社会学、人类学，那就懂得更多了；倘使先读过文字学、古音韵学，也可懂得更多；倘使先读过考古学、比较宗教学等，懂得也更多。总之，你读过的书越多，你懂得《诗经》也更多。

所以无论读什么书，总要多配几副好眼镜。

这样说来，我们为要读书，哪能不读书呢？

现在，要说到第三层：为解决困难而读书了。做人难，那是人人所感觉的。我们怎样生活？怎样对付社会环境？那些都是人生极困难的问题。读书就是要解决这些困难的。困难当前，就得去思想，思想才能发生主意，东一个主意，西一个主意，有了许多主意，才好选择一个适合的主意去解决困难。如果不读书，就不会有主意。多读，主意自然会多，解决困难也就比较容易。

所以，智识是思想材料的来源。思想可分做五步。思想的起源是大的疑问。日常的事情不用想，但逢着三岔路口、十字街头那样的环境，就发生困难了。走东或是走西，这样做或是那样做，困难很多。病有各种各样的病，发烧、头痛，多得很。第二步要把问题弄清，困难弄清。第三步才想到如何解决。读书就是出主意、暗示，但主意很多，于是又逢着困难。主意多少要看自己的学问多少，都采用也不行。第四步就是要选择一个假定的解决方法。要想到这一个方法能不能解决。若不能，那么，就换了一个；若能，就行了。这好比开锁，这一个钥匙开不出，就换了一个；假定是可以开的，那么，问题就解决了。第五步就是试验。凡是有条理的思想都要经过这五步，或是逃不了这五个阶段。科学家要解决问题，侦探要侦探案件，都要经过这五步。

主意或暗示很多，若无主意，便无办法。没有主意，便不知道怎样办，这是因为智识不够，学力不足，经验不丰富，从来没有想到，所以要到解决问题时便没有材料。读书是过去智识、学问、经验的记录，而智识、学问、经验就是要用在这时候。所谓"养军千日，用在一朝"，否则，学问一些都没有，遇到困难就无法解决。例如，达尔文把生物变迁现象研究了几十年，都想不出用什么原则去解决，后来无意中看到马尔萨斯的《人口论》，说人口是按照几何学级数一倍一倍地增加，粮食是按照数学级数增加①，达尔文知道了这个道理，忽然触机，就把这一原则应用到生物学上去，创了物竞天择的学说。譬如，一条鱼可以产生二百万鱼子，这样太平洋应该占满了，然而大鱼要吃小鱼，更大的鱼要吃大鱼，所以生物要适应环境才能生存。但按照经济学原则，达尔文主义是很没有条理的，而我们读书就是要解决这个困难。又譬如，从前的人以为地球是世界的中心，后来天文学家科白尼②却主张太阳是世界的中心。据罗素

---

①"几何学级数"今称"几何级数"，"数学级数"今称"算术级数"。——编者注。

②今译哥白尼（1473－1543），文艺复兴时期波兰天文学家、数学家。——编者注。

说，科白尼所以这样地解说，是因为希腊人已经讲过这句话，科白尼想到了这句话可以解决这问题，便采用了。假使希腊人没有说过这句话，在六十几年之后恐怕没有人敢说这句话吧。这就是读书的好处。像这样当初逢着困难后来得到解决的事很多。所以，读书是可以供给出主意的来源。

有许多书读了就能应用，来帮助你解决困难。例如，你读到一本书，遇到几个生字，便不能解释下去，这就是遇到了困难。倘使你查一下辞典，你马上能够解释得出，而你的困难也马上就解决了。诸如此类的事很多，这里不多举了。同时，有许多书读了好像没有用处似的，并不能够解决困难。然而，这是错误的。无论哪本书都有用处，都能帮助你解决困难，当在适用的时候。现在举个例子来说。有一个学生在晚上看本小说，这本小说非常好看。他看得兴味十足的时候，灯光忽而熄灭了。那时，他好不心烦。这是他目前的困难，他用什么方法去克服这个困难以继续看小说呢？于是读书的用处就在这时候发现了。他细细研究灯光熄灭的道理，知道是灯油少了的缘故。灯芯吊在上面，不碰着油，所以火光熄灭了。当时，他就想起《伊索寓言》上有一段故事，说有一只乌鸦，嘴渴得很，见到一瓶中有少许的水。然而因水太少了，它的嘴不能伸入瓶中去吸。因此，它便想出法子，把小石子投到瓶中去，使瓶中满装石子，水浮在瓶口，它便可以吸了。于是，这个学生便想到用铜元投入灯中，使火油浮起。然而因灯口极小，铜元不能投入。他于是又想到他曾学过理化科，知道火油比水轻，把水装进去，火油便可浮在上面，而且水和火油不相混合，对于灯光一无妨碍，所以他便这样做了。结果，他的困难自然解决了。这里，我们可以知道读书多的用处了。那个学生当读《伊索寓言》的时候，绝不会想到在现在看小说时要用它来解决困难的。所以读书是可以帮助我们解决困难的，读书愈多，困难愈容易解决。

我们要做成一个学问博大而又精深的学者。精深的方面，是专门学问；博大的方面，是旁搜博览。用专门学问做中心，次及于直接相关的各种学问，次及于间接相关的各种学问，次及于不很相关的各种学问，以次及于毫不相关的各种泛览。这样的学者好像埃及的金字三角塔。塔的最高点代表最精深的专门学校，从此点依次递减，代表那旁搜博览的各种相关或不相关的学问。塔底的面积代表博大的范围、精深的造诣、博大的同情心。这样的人，对于社会是极有用的人才，对于自己也能充分享受人生的趣味。

但怎样才能做到这个地步呢？不必说，要读书"精"而"博"。

什么是"精"？简单说来，要"眼到，口到，心到，手到"。

眼到是要个个字认得，不可随便放过。读中国书时，每个字一笔一画都不放过。读外国书要把 A，B，C，D 等字母弄得清清楚楚。书是文字做成的，不肯仔细认字，就不必读书。眼到对于读书的关系很大，一时眼不到，贻害很大，并且眼到能养成好习惯，养成不苟且的人格。

口到是一句一句要念出来。有许多书，必要熟读的，如爱的诗歌，如精彩的文章，熟读多些，于自己的作品上也有良好的影响。读此外的书，虽不须念熟，也要一句一句念出来。念书的功用能使我们格外明了每一句的构造，句中各部分的关系。

心到是每章、每句、每字意义如何？何以如是？都要用心考究。但是用心不是叫人枯坐冥想，是要靠外面的设备及思想的方法的帮助。要做到这一点，第一，字典、辞典、参考书等工具须要完备；第二，要做文字上的分析；第三，有时要比较参考，有时要融会贯通，才能了解。

手到就是要劳动劳动你的贵手。读书单靠眼到、口到、心到还是不够，必须还得自己运动手，才有所得。例如：标点分段，是要动手的；翻查字典及参考书，是要动手的；做读书札记，是要动手的。札记又可分四类：抄录备忘；做提要、节要；自己记录心得；参考诸书，融会贯通，做有系统的著作。吸收进来的智识、思想无论是看书来的或听讲来的，都只是模糊零碎，都算不得我们自己的东西，自己必须做一番手到的工夫，或做提要，或做说明，或做讨论，自己重新组织过、申述过，用自己的语言述过——那种智识、思想方才可算是你自己的了。动手标点，动手翻字典，动手查书，都是极要紧的读书秘诀。诸位千万不要轻轻放过，内中自己动手翻书一项，尤为要紧。

最后，我们要读书，必须要懂得一种外国文。中国所有汗牛充栋的书很少是有系统、有结构的，都是漫无计划、随便集成功的。好像《论语》一书，东一句"子曰：学而时习之，不亦说乎"，西一句"子曰……"，又一句"子曰……"。其他如

《孟子》等书都是零零散散集成的，毫无系统可言。一切中国的所谓经、史、子、集，都是杂货店。"集"是杂货店，那是很明显的；然而"子"何尝不是杂货店？"史"与"经"又何尝不是杂货店？因为是杂货店，所以可读的好书很少。中国书中有系统、有结构而可读的书，至多不过半打！因此，我们单读中国书就觉得不够，我们至少要学一种外国文字，才可以收博览群书、触类旁通之效。如果学者能下一年的苦功，不怕麻烦，查生字、辨句读，一字字、一句句都弄得非常清楚，就会有很好的成绩。如果你有一种外国文可以不费气力地看得懂，就是睡在榻上或是立在窗口，都能不费力气地看懂外国书，那么，你就可毫无阻碍地读书，并且觉得读书是如何快乐了。

林语堂（1895—1976），现代著名作家、翻译家、语言学家。福建龙溪人。1916年在上海圣约翰大学获得学士学位，1920年获哈佛大学文学硕士学位，1923年获德国莱比锡大学语言学博士学位。曾任北京大学英文学系语言学教授、厦门大学文学系主任兼国学院秘书、联合国教科文组织艺术文学组组长、国际笔会副会长等职。其用英文所著《吾国与吾民》《生活的艺术》《京华烟云》等被译为多国文字。

读书的艺术

林语堂

诸位，兄弟今日到贵校来，以前学生生活苦乐酸甜的滋味都一一涌上心头。不但诸位所享弦诵的快乐我能了解，就是诸位有时所受教员的委屈磨折，注册部的挑剔为难，我也能表同情。兄弟今日仍在读书时期，所不同者，不怕教员的考试，无虑分数之高低，更无注册部来定我的及格不及格、升级不升级而已。现就个人所认为理想的方法，与诸位学生通常的读书方法比较研究一下。

余积二十年读书治学的经验，深知大半的学生对于读书一事已经走入错路，失了读书的本意。读书本来是至乐之事，杜威说，读书是一种探险，如探新大陆，如征新土壤；佛兰西也已说过，读书是"魂灵的壮游"，随时可以发现名山巨川、古迹名胜、深林幽谷、奇花异卉。到了现在，读书已变成仅求幸免扣分数、留班级的一种苦役而已。而且读书本来是个人自由的事，与任何人不相干，现在你们读书已经不是你们的私事，而处处要受一些不相干的人的干涉，如注册部及你们的父母妻室之类。有人手里拿一本书，心里想我将何以赡养父母、俯给妻子，这实在是一桩罪过。试想你们看《红楼》《水浒》《三国》《镜花缘》，是否你们一己的私事，何尝受人的干涉，何尝想到何以赡养父母、俯给妻子的问题？但是学问之事，是与看《红楼》《水浒》相同，完全是个人享乐的一件事。你们若不能用看《红楼》《水浒》的方法去看哲学史、经济大纲，你们就是不懂得读书之乐，不配读书，失了读书之本意，而终读不成书。你们能真用看《红楼》《水浒》的方法去看哲学、史学、科学的书，读书才能"成名"；若徒以注册部的方法读书，你们最多成了一个"秀士""博士"，成了吴稚晖先生所谓"洋绅士""洋八股"。

我认为最理想的读书方法，最懂得读书之乐者，莫如中国第一女诗人李清照及其夫赵明诚。我们想象到他们夫妇典当衣服，买碑文水果，回来夫妻相对展玩咀嚼的情景，真使我们向往不致。你想他们两人一面剥水果，一面赏碑帖，或者一面品佳茗，一面校经籍，这是如何地清雅，如何得了读书的真味。易安居士于《金石录后序》自叙他们夫妇的读书生活，有一段极逼真、极活跃的写照。她说："余性偶强记，每饭罢坐归来堂烹茶，指堆积书史，言某事在某书某卷第几页第几行，以中否决胜负，为食茶先后。中即举杯大笑，至茶倾覆怀中，反

不得饮而起，甘心老是乡矣！故虽处忧患困穷，而志不
屈。……收藏既富，于是几案罗列，枕席枕籍，竟会心谋，目
往神授，乐在声色狗马之上……"你们能用李清照读书的方
法来读书，能感到李清照读书的快乐，你们大概也就可以读书
成名，可以感觉读书一事比巴黎跳舞场的"声色"、逸园的
"赛狗"、江湾的"赛马"有趣。不然，还是看逸园赛狗、江
湾赛马比读书开心。

　　什么才叫做真正读书呢？这个问题很简单。一句话说，
兴味到时，拿起书本来就读，这才叫做真正的读书，这才是
不失读书之本意。这就是李清照的读书法。你们读书时，须
放开心胸，仰视浮云，无酒且过，有烟更佳。现在课堂上读
书连烟都不许你抽，这还能算为读书的正轨吗？或在暮春之
夕，与你们的爱人携手同行，共到野外读《离骚经》，或在
风雪之夜，靠炉围坐，佳茗一壶，淡巴菰一盒，哲学、经
济、诗文、史籍十数本狼藉横陈于沙发之上，然后随意所
之，取而读之，这才得了读书的兴味。现在你们手里拿一书
本，心里计算及格不及格，升级不升级，注册部对你态度如
何，如何靠这书本骗一只较好的饭碗，娶一位较漂亮的老
婆——这还能算为读书，这还配称为"读书种子"吗？这不
是沦为"读书谬种"吗？

　　有人说，如林先生这样读书方法，简单固然简单，但是
读不懂如何，而且不知成效如何？须知世上绝无看不懂的
书，有之便是作者文笔艰涩，字句不通，不然便是读者的程

度不合，见识未到。各人如能就兴味与程度相近的书选读，未有不可无师自通，或者偶有疑难，未能遽然了解，涉猎既久，自可融会贯通。试问诸位少时看《红楼》《水浒》何尝有人教，何尝翻字典。你们的侄儿少辈现在看《红楼》《西厢》，又何尝须要你们去教？许多人今日中文很好，都是由看小说、《史记》得来的，而且都是背着师长，偷偷摸摸硬看下去，那些书中不懂的字、不懂的句，看惯了就自然明白。学问的书也是一样，常看下去自然会明白，遇有专门名词，一次不懂，二次不懂，三次就懂了。只怕诸位不得读书之乐，没有耐心看下去。

所以我的假定是学生会看书、肯看书，现在教育制度是假定学生不会看书、不肯看书。说学生书看不懂，在小学时可以说，在中学还可以说，但是在聪明学生，已经是一种诬蔑了。至于已进大学还要说书看不懂，这真有点不好意思吧！大约一人的脸面要紧，年纪一大，即使不能自己喂饭，也得两手掰一只饭碗硬塞到口里去，似乎不便把你们的奶妈、干娘一齐都带到学校来给你们喂饭，又不便把大学教授看做你们的奶妈、干娘。

至于"成效"，我的方法可以包管比现在大学的方法强。现在大学教育的成效如何，大家是很明了的。一个人从六岁一直读到二十六岁大学毕业，通共读过几本书？老实说，有限得很。一般来讲大约总不会超过四五十本以上。这还不是跟以前的秀才、举人相等？从前有一个人中了举人，还没听见过《公羊传》

的书名，传为笑话。现在大学毕业生就有许多近代名著未曾听过名字，即中国几种重要丛书也未曾见过。这是学堂的不是，假定你们不会看书，不要看书，因此也不让你们有自由看书的机会。一天到晚，总是摇铃上课，摇铃吃饭，摇铃运动，摇铃睡觉。你想一人的精神是有限的，从八点上课一直到下午四五点，还要运动、拍球，哪里还有闲工夫自由看书呢？而且凡是摇铃，都是讨厌，即使摇铃游戏，我们也有不愿意之时，何况是摇铃上课？因为学堂假定你们不会读书，不肯读书，所以把你们关在课堂，请你们静坐，用"注射""灌输"的形式，由教员将知识注射入你们的脑壳里。无如常人头颅都是不透水的，所以知识注射普遍不大成功。但是比如依我方法，假定你们是会看书，要看书，由被动式改为发动式的，给你们充分自由看书的机会，这个成效如何呢？

间尝计算一下，假定上海光华、大夏或任何大学有一千名学生，每人每期交学费一百元，这一千名学生的学费已经合共有十万元。将此十万元拿去买书，由学校预备一间空屋置备书架，扣了五千元做办公费（再多便是罪过），把这九万五千元的书籍放在那间空屋，由你们随便胡闹去翻看，年底抓阄分配，各人拿回去九十五元的书，只要所用的工夫与你们上课的时间相等，一年之中你们学问的进步必非一年上课的成绩所可比。现在这十万元用到哪里去？大概一成买书，而九成去养教授及教授的妻子、教授的奶妈，奶妈又拿去买奶妈的马桶。这还可以说是把你们的"读书"看做一件正经事吗？

　　假定你们进了这十万元书籍的图书馆，依我的方法，随兴所之去看书，成效如何呢？有人要疑心，没有教员的指导，必定是不得要领，杂乱无章，涉猎不精，不求甚解。这自然是一种极端的假定，但是成绩还是比现行大学教育好。关于指导，自可编成指导书及种种书目。如此读了两年可以抵过在大学上课四年。第一样，我们须知道读书的方法。一方面要集中精读，一方面也要尽量涉猎翻览。两年之中能大概把二十万元的书籍随意翻览，知其书名、作者、内容、大概，也就不愧为一读书人了。第二样，我们要明白，学问的事绝不是如此呆板。读书必求深入，而于求深入，非由兴趣相近者入手不可。学问是每每互相关联的，一人找到一种有趣味的书，必定由一问题而引起其他问题，由看一本书而不能不去找关系的十几种书，如此循序渐进，自然可以升堂入室。研究既久，门径自熟，或是发现问题，发明新义，更可触类旁通，广求博引，以证己说，如此一步一步地深入，自可成名。这是自动的读书方法，较之现在上课听讲被动的方法，如东风过耳，这里听一点，那里听一点，结果不得其门而入，一无所获，强似多多了。第三样，我们要明白，大学教育的宗旨，对于毕业生的期望，不过要他博览群籍而已（Be a well-read man），并不是如课程中所规定，一定非"逻辑"八十分，"心理"七十五分不可，也不是说"心理"看了一百八十三页讲义，"逻辑"看了二百零三页讲义，便算完事。这种读书便是犯了孔子所谓"今汝画"的毛病。所谓博览群籍，无从定义，最多不过说某人"看书得不少"，某人"差一点"而已，哪里去定什么限制？说某人"学问不错"，也不过这么一句话而已，哪里可以说某书一定非读不可，某种科目是"必修科目"。一人在两年中泛览这些书籍，大概他对于学问的内容、途径，什么名著、杰作、版本、笺注，总多少有点把握了。

现在的大学教育方法如何呢？你们的读书是极端不自由，极端不负责的。你们的学问不但有注册部定标准，简直可以称斤两的。这个斤两制，就是学校的所谓"七十八分""八十六分"之类，及所谓多少"单位"。试问学问这事，何得称量斤两？所谓"英国史"七十八分，"逻辑"八十六分，如何解释？一人的逻辑，怎么叫做八十六分？且若谓世界上关于英国史的知识你们百分已知道了七十八分，世上岂有那样容易的事？但依现行制度，每周三小时的科目算三单位，每周二小时的科目算二单位，这样由一方块一方块的单位慢慢堆叠而来，叠成多少立方尺的学问，于是某人"毕业"，某人是"秀士"了。你想这笑话不笑话？须知我们何以有此大学制呢？是因为各人要拿文凭。因为要拿文凭，故不得不由注册部定一标准，评衡一下，就不得不让注册部来把你们"称一称"。你们如果不要文凭，便无被称之必要。

但是你们为什么要文凭呢？说来话长。有人因为要行孝道，拿了父母的钱，心里难过，于是下定决心，要规规矩矩安心定志读几年书，才不辜负父母一番的好意及期望。这个是不对的，与遵父母之命媒妁之言恋爱女子一样地违背道德。这是你们私人读书享乐的事，横被家庭义务干涉，是想把真理学问献给你们的爸爸妈妈做敬礼。只因真理学问似太渺茫，所以还是拿一张文凭具体一点为是。有人想要得文凭、学位，是因为每月可以多得几十块钱，使你们的亲卿、爱卿、宁馨儿舒服一点。社会对你们的父母说：你们儿子中学毕业读了三十本书，我可给他每月四五十元，如果再下二千元本钱再读了三十本书，大学毕业，我可给他每月八九十元。你们的父母算盘一打，说"好"，于是议成，而送你们进大学，于是你们被称，拿文凭，果然每月八九十元到手，成交易。这还不是你们被出卖吗？与读书之本旨何关？与我所说读书之乐又何关？但是你们不能怪学校给你们称斤两，因为你们要想拿文凭，学堂为保持招牌信用起见，不能不如此。且必如此，然后公平交易，童叟无欺。处于今日大规模制造法（Mass Production）之时期，不能不划定商货之品类（Standardization of Products）。学问既然成为公然交易的商品，秀士、硕士、博士既为大规模制造品之一，自然也不能不"划定"一下。其实这种以学问为交易之事，自古已然。子张学干禄，子曰："三年学，不至于谷，未易得也。"（关于往时"生员"在社会所作的孽，可参观《亭林文集生员论》上、中、下三篇。）

到了这个地步，读书与入学完全是两件事了，去原意远矣。我所希望者，是诸位早日觉悟，在明知被卖之下，仍旧不忘其初，不背读书之本意，不失读书之快乐，不昧于真正读书的艺术。并希望诸位趁火打劫，虽然被卖，钱也要拿，书也要读，如此就两得其便了。

（十九年十一月四日光华大学演讲）

林语堂（1895—1976），现代著名作家、翻译家、语言学家。福建龙溪人。1916 年在上海圣约翰大学获得学士学位，1920 年获哈佛大学文学硕士学位，1923 年获德国莱比锡大学语言学博士学位。曾任北京大学英文学系语言学教授、厦门大学文学系主任兼国学院秘书、联合国教科文组织艺术文学组组长、国际笔会副会长等职。其用英文所著《吾国与吾民》《生活的艺术》《京华烟云》等被译为多国文字。

论读书

林语堂

本篇演讲只是谈谈本人对于读书的意见，并不是要训勉青年，亦非敢指导青年。所以不敢训勉青年有两种理由：第一，因为近来常听见贪官污吏到学校致训词，叫学生须有志操、有气节、有廉耻；也有卖国官僚到大学演讲，劝学生要坚忍卓绝，做富贵不能淫、威武不能屈的大丈夫。孟子曰："人之患在好为人师。"料想战国的土豪劣绅亦必好训勉当时的青年，所以激起孟子这样不平的话。第二，读书没有什么可以训勉。世上会读书的人，都是书拿起来自己会读。不会读书的人，亦不曾因为指导而变为会读。譬如数学，出五个问题叫学生去做，会做的人是自己脑里做出来的，并非教员教他做出；不会做的人经教员指导，这一题虽然做出，下一题仍旧非指导不可，数学并不会因此高明起来。我所要讲的话于你们本会读书的人，没有什么补助！于你们不会读书的人，也不会使你们变为善读书。所以今日谈谈，亦只是谈谈而已。

读书本是一种心灵的活动，向来算为清高。"万般皆下品，唯有读书高。"所以读书向称为雅事乐事。但是现在雅事乐事已经不雅不乐了。今人读书，或为取资格，得学位；在男为娶美女，在女为嫁贤婿；或为做老爷，踢屁股；或为求爵禄，刮地皮；或为做走狗，拟宣言；或为写讣闻，做贺联；或为当文牍，抄账簿；或为做相士，占八卦；或为做塾师，骗小孩。诸如此类，都是借读书之名，取利禄之实，皆非读书本旨。亦有人拿父母的钱，上大学，跑百米，拿一块大银盾回家，在我是看不起的，因为这似乎亦非读书的本旨。

今日所谈，亦非指学堂中的读书，亦非指读教授所指定的功课。在学校读书有四不可：①所读非书。学校专读教科书，而教科书并不是真正的书。今日大学毕业的人所读的书极其有限。然而读一部小说概论，到底不如读《三国》《水浒》，读一部历史教科书，不如读《史记》。②无书可读。因为图书馆极有限。③不许读书。因为在课室看书，有犯校规，例所不许，倘是一人自晨至晚上课，则等于自晨至晚被监禁起来，不许读书。④书读不好。因为处处受注册部干涉，毛孔骨节，皆不爽快。且学校所教非慎思明辨之学，乃记问之学。记问之学不足为人师，《礼记》早已说过。书上怎样说，你便怎样答，一字不错，叫做记问之学。倘是你能猜中教员心中要你如何答法，照样答出，便得一百分，于是沾沾自喜，自以为西洋历史你知道一百分，其实西洋历史你何尝知道百分之一。学堂所以非注重记问之学不可，是因为便于考试。如拿破仑生卒年月，形容词共有几种，这些不必用头脑，只需强记，然学校考试极其便当，差一年可扣一分？然而事实上与学问无补，你们的教员也都记不得，要用时自可在百科全书上去查。又如罗马帝国之亡有三大原因，书上这样讲，你们照样记，然而事实上问题极复杂。有人说罗马帝国是亡于蚊子（传布寒热疟），这是书上所无的。

今日所谈的是自由地看书读书：无论是在校，离校，做教员，做学生，做商人，做政客，闲时的读书。这种的读书，所以开茅塞，除鄙见，得新知，增学问，广识见，养性灵。人之初生，都是好学好问，及其长成，受种种的俗见俗闻所蔽，毛孔骨节，如有一层包膜，失了聪明，逐渐顽腐。读书便是将此层蔽塞聪明的包膜剥下。能将此层剥下，才是读书人。并且要时时读书，不然便会鄙吝复萌，顽见、俗见生满身上。一人的落伍、迂腐、冬烘，就是不肯时时读书所致。所以读书的意义，是使人较虚心、较通达，不固陋、不偏执。一人在世上，对于学问是这样的：幼时认为什么都不懂，大学时自认为什么都懂，毕业后才知道什么都不懂，中年又以为什么都懂，到晚年才觉悟一切都不懂。大学生自以为心理学他也念过，历史地理他亦念过，经济科学也都念过，世界文学艺术声光化电，他也念过，所以什么都懂。毕业以后，人家问他国际联盟在哪里，他说"我书上未念过"，人家又问法西斯蒂①在意大利成绩如何，他

---

①指法西斯主义的组织或成员。——编者注。

也说"我书上未念过"，所以觉得什么都不懂。到了中年，许多人娶妻生子，造洋楼，有身份，做名流，戴眼镜，留胡子，拿洋棍，沾沾自喜，那时他的世界已经固定了——女子放胸是不道德，剪发亦不道德，社会主义就是共产党，读《马氏文通》① 是反动，节制生育是亡种逆天，提倡白话是亡国之先兆，《孝经》是孔子写的，大禹必有其人——意见非常之多而且确定不移，所以又是什么都懂。其实是此种人久不读书，鄙吝复萌所致。此种人不可与深谈。但亦有常读书的人，老当益壮，其思想每每比青年急进，就是能时时读书，所以心灵不曾化石，变为古董。

　　读书的主旨在于排脱俗气。黄山谷谓人不读书便语言无味、面目可憎。须知世上语言无味、面目可憎的人很多，不但商界、政界如此，学府中亦颇多此种人。然语言无味、面目可憎，在官僚、商贾则无妨，读书人是不合理的。所谓面目可憎，不可做面孔不漂亮解，因为并非不能奉承人家、露出笑脸所以"可憎"，胁肩谄笑、面孔漂亮便是"可爱"。若欲求美男子、小白脸，尽可于跑狗场、跳舞场及政府衙门中求之。有漂亮脸孔，说漂亮话的政客，未必便面目不可憎。读书与面孔漂亮没有关系，因为书籍并不是雪花膏，读了便会增加你的容辉。所以面目可憎不可憎，在你如何看法。有人看美人专看脸蛋，凡有鹅脸、柳眉、皓齿、朱唇都叫做美人。但是识趣的人若李笠翁看美人专看风韵，李笠

　　①《马氏文通》是我国第一部用现代语言学理论研究中国语法的著作，在我国语言学史上具有划时代的意义。——编者注。

翁所谓三分容貌有姿态等于六七分，六七分容貌乏姿态等于三四分。有人画目平常，然而谈起话来，使你觉得可爱；也有满脸脂粉的摩登伽、洋囡囡，做花瓶，做客厅装饰甚好，但一与交谈，风韵全无，便觉得索然无味。黄山谷所谓面目可憎不可憎，亦只是指读书人之议论风采说法。若《浮生六记》的芸，虽非西施面目，并且前齿微露，我却觉得是中国第一美人。男人也是如是看法。章太炎脸孔虽不漂亮，王国维虽有一条辫子，但是他们是有风韵的，不是语言无味、面目可憎的，简直可认为可爱。亦有漂亮政客，做武人的兔子姨太太，说话虽然漂亮，听了却令人作呕三日。

至于语言无味（着重"味"字），那全看你所读是什么书及读书的方法。读书读出味来，语言自然有味，语言有味，做出文章亦必有味。有人读书读了半世，亦读不出什么味儿来，那是因为读不合的书，及不得其读法。读书须先知味，这"味"字是读书的关键。所谓味，是不可捉摸的，一人有一人胃口，各不相同，所好的味亦异。所以必先知其所好，始能读出味来。有人自幼嚼书本，老大不能通一经，便是食古不化勉强读书所致。袁中郎①所谓读所好之书，所不好之书可让他人读之，这是知味的读法。若必强读，消化不来，必生疳积胃滞诸病。

口之于味，不可强同，不能因我之所嗜好以强人。先生不

---

①即袁宏道（1568－1610），字中郎，又字无学，号石公，又号六休，明代文学家。——编者注。

能以其所好强学生去读，父亲亦不得以其所好强儿子去读。所以书不可强读，强读必无效，反而有害，这是读书之第一义。有愚人请人开一张必读书目，硬着头皮咬着牙根去读，殊不知读书须求气质相合。人之气质各有不同，英人俗语所谓"在一人吃来是补品，在他人吃来是毒质"。因为听说某书是名著，因为要做通人，硬着头皮去读，结果必毫无所得，过后思之，如做一场噩梦。甚且终身视读书为畏途，提起书名来便头痛。萧伯纳说许多英国人终身不看莎士比亚①，就是因为幼年塾师强迫背诵种下的果。许多人离校以后，终身不再看诗，不看历史，亦是旨趣未到学校迫其必修所致。

所以读书不可勉强，因为学问思想是慢慢胚胎滋长出来的。其滋长自有滋长的道理，如草木之荣枯，河流之转向，各有其自然之势，逆势必无成就。树木的南枝遮阴，自会向北枝发展，否则枯槁以待毙。河流过了矶石悬崖也会转向，不是硬冲，只要顺势流下，总有流入东海之一日。世上无人人必读之书，只有在某时某地某种心境不得不读之书。有你所应读，我所万不可读。有此时可读，彼时不可读。即使有必读之书，亦绝非此时此刻所必读。见解未到，必不可读，思想发育程度未到，亦不可读。孔子说五十可以学《易》，便是说四十五岁时尚不可读《易》经。刘知几②少读古文《尚书》，挨打亦读不来，后听同学读《左传》，其

①此处指莎士比亚的作品。——编者注。
②刘知几（661－721），字子玄，唐代史学家。——编者注。

好之，求授《左传》，乃易成诵。《庄子》本是必读之书，然假使读《庄子》觉得索然无味，只好放弃，过了几年再读。对《庄子》感觉兴味然后读《庄子》，对《马克思》感觉兴味然后读《马克思》。

且同一本书，同一读者，一时可读出一时之味道。其景况适如看一名人相片或读名人文章，未见面时是一种味道，见了面交谈之后再看其相片或读其文章，自有另外一层深切的理会。或是与其人绝交以后，看其照片，读读文章，亦另有一番味道。四十学《易》是一种味道，五十而学《易》又是一种味道。所以凡是好书都值得重读。自己见解愈深，学问愈进，愈读得出味道来。譬如我此时重读 Lamb 的论文，比幼时所读全然不同，幼时虽觉其文章有趣，没有真正魂灵的接触，未深知其文之佳境所在。也许我们幼时未进小学，或进小学而未读过地理，或读地理而未觉兴味，然今日逢闽变时翻看闽浙边界地图，便觉津津有味。一人背痛，再去读范增的传，始觉趣味。或是叫许钦文在狱中读清初犯文字狱的文人传记，才别有一番滋味在心头。

由是可知读书有两方面，一是作者，一是读者。程子谓《论语》读者有此等人与彼等人，有读了全然无事者，亦有读了不知手之舞之足之蹈之者。所以读书必以气质相近，而凡人读书必找一位同调的先贤，一位气质与你相近的作家，作为老师。这是所谓读书必须得力一家。不可昏头昏脑，听人戏弄，庄子亦好，荀子亦好，苏东坡亦好，程伊川亦好。一人同时爱庄、荀，或同时爱苏、程，是不可能的事。找到思想相近之作家，找到文学上之情人，必胸中感觉万分痛快，而魂灵上发生猛烈影响，如春雷一鸣，蚕卵孵出，得一新生命，入一新世界。George Eliot①自叙读《卢骚②自传》，如触电一般。尼采师叔本华，萧伯纳师易卜生，然皆非及门弟子，而思想相承，影响极大。当二子读叔本华、易卜生时，思想上起了大影响，是其思想萌芽、学问生根之始。因为气质性灵相近，所以乐此不疲，流连忘返；流连忘返，始可深入；深入后，然后如受春风化雨之赐，欣欣向荣，学业大进。

谁是气质与你相近的先贤，只有你知道，也无须人家指导，更无人能勉强，找到这样一位作家，自会一见如故。苏东坡初读《庄子》，如有胸中久积的话被他说出，袁中郎夜读徐文长诗，叫唤起来，叫复读，读复叫，便是此理。这与"一见倾心"之性爱（Love at First Sight）同一道理。你遇到这样作家，自会恨相见太晚。一人必有一人中意的作家，各人自己找去。找到了文学上的爱人，他自会有魔力吸引你，而你也自乐为所吸。甚至声音相貌，一颦一笑，亦渐与相似。这样浸润其中，自然获益不少，将来年事渐长，厌此情人，再找别的情人，到了经过两三个情人或是四五个情人，大概你自己也已受了熏陶不浅，思想已经成熟，也就成了一位作家。若找不到情人，东览西阅，所读的未必能沁入魂灵深处，便是逢场作戏。逢场作戏，不会有心得，学问不会有成就。

---

①即乔治·艾略特（1819—1880），英国小说家。——编者注。

②即让－雅克·卢梭（1712—1778），法国启蒙思想家、哲学家、教育家和文学家。——编者注。

　　知道情人滋味，便知道"苦学"二字是骗人的话。学者每为"苦学"或"困学"二字所误。读书成名的人，只有乐，没有苦。据说古人读书有追月法、刺股法及丫头监读法，其实都是很笨。读书无兴味，昏昏欲睡，始拿锥子在股上刺一下，这是愚不可当。一人书本摆在面前，有中外贤人向你说极精彩的话，尚且想睡觉，便应当去睡觉，刺股亦无益。叫丫头陪读，等打盹时唤醒你，已是下流，亦应去睡觉，不应读书。而且此法极不卫生。不睡觉，只有读坏身体，不会读出书的精彩来。若已读出书的精彩来，便不想睡觉，故无丫头唤醒之必要。刻苦耐劳，淬励奋勉是应该的，但不应视读书为苦。视读书为苦，第一着已走了错路。天下读书成名的人皆以读书为乐；汝以为苦，彼却沉湎以为至乐。必如一人打麻将，或如人挟妓冶游，流连忘返，寝食俱废，始读出书来。以我所知国文好的学生，都是偷看几百万言的《三国》《水浒》而来，绝不是一学年读五六十页文选、国文会读好的。试问在偷读《三国》《水浒》之人，读书有什么苦处？何尝算页数？好学的人，于书无所不窥，窥就是偷看。于书无所不偷看的人，大概学会成名。

　　有人读书必装腔作势，或嫌板凳太硬，或嫌光线太弱，这都是读书未入门路，未觉兴味所致。有人做不出文章，怪房间冷，怪蚊子多，怪稿纸发光，怪马路上电车声音太嘈杂，其实都是因为文思不来，写一句，停一句。一人不好读书，总有种种理由。"春天不是读书天，夏日炎炎最好眠，等到秋来冬又至，不知等待到来年。"其实读书是四季咸宜的。古所谓"书淫"之人，无论何时何地可读书皆手不释卷，这样才成读书人样子。顾千里①裸体读经便是一例，即使暑气炎热，至非裸体不可，亦要读经。欧阳修在马上厕上皆可做文章，因为文思一来，非做不可，非必正襟危坐明窗净几才可做文章。一人要读书则澡堂、马路、洋车上、厕上、图书馆、理发室皆可读，而且必办到洋车上、理发室都必读书，才可以读成书。

读书须有胆识，有眼光，有毅力。"胆识"二字拆不开，要有识，必敢有一自己意见，即使一时与前人不同亦不妨。前人能说得我服，是前人是；前人不能服我，是前人非。人心之不同如其面，要脚踏实地，不可舍己耘人。诗或好李，或好杜，文或好苏，或好韩，各人要凭良知，读其所好，然后所谓好，说得好的道理出来。或竟苏、韩皆不好，亦不必惭愧，亦须说出不好的理由来。或某名人文集，众人所称而你独恶之，则或系汝自己学力见识未到，或果然汝是而人非。学力未到，等过几年再读。若学力已到而汝是人非，则将来必发现与汝同情之人。刘知几少时读《前后汉书》②，怪前书不应有《古今人》表，后书宜为更始立纪。当时闻者责以童子轻议前哲，乃"赧然自失，无辞以对"，后来偏偏发现张衡、范晔等持见与之相同，此乃刘知几之读书胆识。因其读书皆得之襟腑，非人云亦云，所以能著成《史通》一书。如此读书，处处有我的真知灼

①顾千里（1766－1835），清代著名藏书家。——编者注。
②原文如此，即《前汉书》和《后汉书》。——编者注。

见，得一分见解是一分学问，除一种俗见算一分进步，才不会落人圈套，满口滥调，一知半解，似是而非。

（十二月八日复旦大学演讲）
（十三日大夏大学演讲）

林语堂（1895—1976），现代著名作家、翻译家、语言学家。福建龙溪人。1916 年在上海圣约翰大学获得学士学位，1920 年获哈佛大学文学硕士学位，1923 年获德国莱比锡大学语言学博士学位。曾任北京大学英文学系语言学教授、厦门大学文学系主任兼国学院秘书、联合国教科文组织艺术文学组组长、国际笔会副会长等职。其用英文所著《吾国与吾民》《生活的艺术》《京华烟云》等被译为多国文字。

读书与风趣

林语堂

　　黄山谷①说："三日不读，便觉语言无味，面目可憎。"这是一句名言，含有至理。读书不是美容术，但是与美容术有关。女为悦己者容，常人所谓容，不过是粉黛卷烫之类，殊不知粉黛卷烫之后，仍然可以语言无味，面目可憎。男女都是一样。我想到谢道蕴的丈夫王凝之。我想凝之定不难看，况且又是门当户对。道蕴所以不乐，大概还是王郎太少风趣。所以谢安问他侄女："王郎，逸少子，不恶，汝何恨也？"道蕴答道："一门叔父，则有阿大、中郎；群从兄弟，复有封、胡、羯、末。不意天壤之中，乃有王郎。"我个人断定，王郎是太不会说话，太无谈趣了。所以闺中日与一个虚有其表

---

　　①即黄庭坚（1045－1105），字鲁直，自号山谷道人，晚号涪翁，又称豫章黄先生。北宋诗人、词人和书法家。——编者注。

的郎君对坐，实在厌烦。李易安初嫁赵明诚，甚相得。何以？乃因为志趣相同。后来明诚死于兵乱，易安再嫁一位什么有财有势的蠢货，懊悔万分。道蕴辩才无碍，这我们知道的。凝之弟王献之与宾客辩论，辞穷理屈，这位嫂子倒能遣侍女告诉小叔"请为小郎解围"，乃以青绫步障自蔽，把客人驳倒。这样看来，王郎也是一位语言无味的蠢材无疑，人而无风趣，不知其可也。

凡人之性格，都由谈吐之间可看出来。王郎太无意见了。处于今日，道蕴问他看电影，他也好，道蕴说不去，他也好；要看西部电影，他也好，要看艳情电影，他也好。这样不把道蕴气死了吗？《红楼梦》大观园姊妹的性情都是在各人的说话中表达出来。平儿之温柔忠厚，凤姐之八面玲珑，袭人之伶俐涵养，晴雯之撒泼娇憨，黛玉之聪慧机敏，宝钗之厚重大方，以至宝玉之好说怪话，呆霸王之呆头呆脑，都由他们的说话中看出。你说读书所以养性也可以，说读书可以启发心灵、增加风趣也可以。只是语言无味，面目可憎，断断不可以。

或谓清谈可以误国。我说清谈可以误国，不清谈也可以误国。理学家"无事袖手谈心性，临危一死报君王"，一样地误国。东晋亡于清谈之手，南宋何尝不亡于并不清谈者之手？所以以亡国之罪挂在清谈上头是不对的。纣王亡于妲己，你想这个昏君，没有妲己就可以不亡吗？虐主、暴君亡国，都得找一个替身负罪。由于昏君、暴主政治不良，武人跋扈，像嵇康洁身自好的人犹不能免于一死。所以清谈是虐政生出来的，不是虐政由清谈生出来的。向来儒家倒果为因，不思之甚。

朱光潜（1897—1986），字孟实。安徽桐城人。现代著名美学家、文艺理论家、教育家和翻译家。先在香港大学学习，后留学英国、法国和德国，获文学硕士、博士学位。1933年回国后，先后在北京大学、四川大学、武汉大学任教。朱光潜是继王国维之后的一代美学宗师，对中西文化都有很高的造诣，所著《悲剧心理学》《文艺心理学》等具有开创性意义。

谈读书
朱光潜

朋友：

中学课程很多，你自然没有许多时间去读课外书。但是你试扪心自问：你每天真抽不出一点钟或半点钟的工夫么？如果你每天能抽出半点钟，你每天至少可以读三四页，每月可以读一百页，到了一年就可以读四五本书了。何况你在假期中每天断不会只能读三四页呢！你能否在课外读书，不是你有没有时间的问题，是你有没有决心的问题。

世间有许多人比你忙得多。许多人的学问都在忙中做成的。美国有一位文学家、科学家和革命家富兰克林，幼时在印刷局里做小工，他的书都是在做工时抽暇读的。不必远说，你应该还记得孙中山先生，难道你比那一位奔走革命席不暇暖的老人家还要忙些么？他生平无论忙到什么地步，没有一天不偷暇读几页书。你只要看他的《建国方略》和《孙文学说》，你便知道他不仅是一个政治家，而且还是一个学者。不读书而讲革命，不知道"光"的所在，只是窜头乱撞，终难成功。这个道理孙先生懂得最清楚的，所以他的学说特别重"知"。

人类学问逐天进步不止，你不努力跟着跑，便落伍退后，这固不消说。尤其要紧的是养成读书的习惯，是在学问中寻出一种兴趣。你如果没有一种正当嗜好，没有一种在闲暇时可以寄托你的心神的东西，将来离开学校去做事，说不定要被恶习惯引诱。你不看见现在许多叉麻雀、抽鸦片的官僚们、绅商们乃至于教员们，不大半由学生出身么？你慢些鄙视他们，临到你来，再看看你的成就吧！但是你如果能从读书中寻出一种趣味，你将来抵抗引诱的能力比别人定要大些。这种兴趣你现在不能寻出，将来永不会寻出的。凡人都越老越麻木，你现在已比不上三五岁的小孩子们那样好奇，那样兴会淋漓了。你长大一岁，你感觉兴味的敏锐力便须迟钝一分。达尔文在自传里曾经说过，他幼时颇好文学和音乐，壮时因为研究生物学，把文学和音乐都丢开了，到老来他再想拿诗歌来消遣，便寻不出趣味来了。兴味便在青年时设法培养，过了正当时节便会萎谢。比方打网球，你在中学时欢喜打，你到老都欢喜打。假如你在中学时代错过机会，后来要发愿去学，比登天还要难十倍。养成读书习惯也是这样。

你也许说，你在学校里终日念讲义、看课本不就是读书吗？讲义、课本着意在平均发展基本知识，固亦不可不读。但是你如果以为念讲义、看课本，便尽读书之能事，就是大错特错。

第一，学校功课门类虽多，而范围究极窄狭。你的天才也许与学校所有功课都不相近，自己在课外研究，会发现自己性之所近的学问。再比方你对于某种功课不感兴趣，这也许并非由于性不相近，只是规则的课本不合你的口味。你如果能自己在课外发现好书籍，你对于那种功课的兴趣也许就因而浓厚起来了。第二，念讲义、看课本，免不掉若干拘束，想借此培养兴趣，颇是难事。比方有一本小说，平时自由拿来消遣，觉得多么有趣，一旦把它拿来当课本读，用预备考试的方法去读，便不免索然寡味了。兴趣要逍遥自在地、不受拘束地发展，所以为培养读书兴趣起见，应该从读课外书入手。

书是读不尽的，就读尽也是无用的，许多书都没有一读的价值。你多读一本没有价值的书，便丧失可读一本有价值的书的时间和精力，所以你须慎加选择。你自己自然不会选择，须去就教于批评家和专门学者。我不能告诉你必读的书，我能告诉你不必读的书。许多人尝抱定宗旨不读现代出版的新书，因为许多流行的新书只是迎合一时社会心理，实在毫无价值。经过时代淘汰而巍然独存的书才有永久性，才值得读一遍、两遍以至于无数遍。我不敢劝你完全不读新书，我却希望你特别注意这一点，因为现代青年颇有非新书不读的风气。别事都可以学时髦，唯有读书、做学问不能学时髦。我所指不必读的书，不是新书，是谈书的书，是值不得读第二遍的书。走进一个图书馆，你尽管看见千卷万卷的纸本子，其中真正能够称为"书"的，恐怕还难上十卷百卷。你应该读的只是这十卷百卷的书。在这些书中间，你不但可以得较真确的知识，而且可以于无形中吸收大学者治学的精神和方法。这些书才能撼动你的心灵，激动你的思考。其他像《文学大纲》《科学大纲》以及杂志报章上的书评，实在都不能供你受用。你与其读千卷万卷的诗集，不如读一部《国风》或《古诗十九首》；你与其读千卷万卷谈希腊哲学的书籍，不如读一部柏拉图的《理想国》。

你也许要问我，像我们中学生究竟应该读些什么书呢？这个问题可是不易回答。你大约还记得北京《京报》副刊曾征求"青年必读书十种"，结果有些人所举的十种尽是几何、代数类，有些人所举的十种尽是《史记》《汉书》类。这在旁人看起来似近于滑稽，而应征的人却各抱有一番大道理。本来这种征求的本意，求以一个人的标准做一切人的标准，好像我只欢喜吃面，你就不能吃米，完全是一种错误见解。各人的天资、兴趣、环境、职业不同，你怎么能定出万应灵丹似的十种书，供天下无量数青年读之都能感觉同样趣味，发生同样效力？

我为了写这封信给你，特地去调查了几个英国公共图书馆。它们的青年读品部最流行的书可以分为四类：①冒险小说和游记；②神话和寓言；③生物故事；④名人传记和爱国小说。就中代表的书籍是幽尔泛①的《八十日环游世界记》（Jules Verne：*Around the World in Eighty Days*）和《海底两万里》（*Twenty*

---

①今译凡尔纳。——编者注。

Thousand Leagues Under the Sea），德孚①的《鲁滨孙漂流记》
（*Robinson Crusoe*），仲马②的《三剑侠》（*Three Musketeers*），霍
爽③的《奇书》和《丹谷闲话》（Hawthorne：*Wonder Book and*
Tanglewood Tales），铿斯来④的《希腊英雄传》（Kingsley：*Heroes*），
菲伯尔⑤的《鸟兽故事》（Fabre：*Story Book of Birds and Beasts*），
安徒生的《童话》（Andersen：*Fairy Tales*），骚德⑥的《纳尔逊
传》（Southey：*Life of Nelson*），房龙的《人类故事》（Vanloon：
The Story of Mankind）之类。这些书在外国虽流行，给中国青年
读却不甚相宜。中国学生大半是少年老成，在中学时代就欢喜
像煞有介事地谈一点学理。他们——你和我自然都在内——不
仅欢喜谈谈文学，还要研究社会问题，甚至于哲学问题。这既
是一种自然倾向，也就不能漠视，我个人的见解也不妨提起和
你商量商量：十五六岁以后的教育宜注重发达理解，十五六岁
以前的教育宜注重发达想象，所以初中的学生宜多读想象的文
字，高中的学生才应该读含有学理的文字。

　　谈到这里，我还没有答复应读何书的问题。老实说，我没
有能力答复，我自己便没曾读过几本"青年必读书"，老早就读
些壮年必读书。比方在中国书里，我最欢喜《国风》、《庄子》、

①今译笛福。——编者注。
②即大仲马。——编者注。
③今译霍桑。——编者注。
④今译金斯利。——编者注。
⑤今译法布尔。——编者注。
⑥今译骚塞。——编者注。

《楚辞》、《史记》、《古诗源》、《文选》中的《书笺》、《世说新语》、《陶渊明集》、《李太白集》、《花间集》、张惠言的《词选》、《红楼梦》等。在外国书里，我最欢喜溪兹①（Keats）、雪莱（Shelly）、考老芮基②（Coleridge）、白朗宁③（Browning）诸人的诗集，苏菲克里司④（Sophocles）的七悲剧，莎士比亚的《哈孟列德》⑤（*Hamlet*）、《李耳王》⑥（*King Lear*）和《奥赛罗》（*Othello*），哥德⑦的《浮士特》⑧（*Faust*），易卜生的戏剧集，妥格涅夫⑨的《新田地》⑩（*Virgin Soil*）和《父与子》（*Fathers and Sons*），妥斯套夫斯克⑪的《罪与罚》（*Crime and Punishment*），福洛伯⑫的《波华荔夫人》⑬（*Madame Bovary*），莫泊桑的小说集，小泉八云关于日本的著作等。如果我应北京《京报》副刊的征求，也许把这些古董洋货捧上，凑成"青年必读书十种"，但是我知道这是荒谬绝伦。所以我现在不敢答复你

①今译济慈。——编者注。
②今译柯勒律治。——编者注。
③今译布朗宁。——编者注。
④今译索福克勒斯。——编者注。
⑤今译《哈姆雷特》。——编者注。
⑥今译《李尔王》。——编者注。
⑦今译歌德。——编者注。
⑧今译《浮士德》。——编者注。
⑨今译屠格涅夫。——编者注。
⑩今译《处女地》。——编者注。
⑪今译陀思妥耶夫斯基。——编者注。
⑫今译福楼拜。——编者注。
⑬今译《包法利夫人》。——编者注。

应读何书的问题。你如果要知道，你应该去请教你所知的专门学者，请他们各就自己所学范围以内指定两三种青年可读的书。你如果请一个人替你面面俱到地设想，比方他是学文学的人，他也许明知青年必读书应含有社会问题、科学常识等，而自己又没甚把握，姑且就他所知的一两种拉来凑数，你就像问道于盲了。同时，你要知道读书好比探险，也不能全靠别人指导，你自己也须得费些工夫去搜求。我从来没有听见有人按照别人替他定的"青年必读书十种"或"世界名著百种"读下去，便成就一个学者，别人只能介绍，抉择还要靠你自己。

关于读书方法，我不能多说，只有两点须在此约略提起：第一，凡值得读的书至少须读两遍。第一遍须快读，着眼在醒豁全篇大旨与特色。第二遍须慢读，须以批评态度衡量书的内容。第二，读过一本书，须笔记纲要、精彩和你自己的意见。记笔记不但可以帮助你记忆，而且可以逼得你仔细，刺激你思考。记着这两点，其他琐细方法便用不着说。各人天资习惯不同，你用哪种方法收效较大，我用哪种方法收效较大，不是一概论的。你自己终究会找出自己的方法，别人绝不能给你一个方单，使你可以依法炮制。

你嫌这封信太冗长了吧？下次谈别的问题，我当力求简短。再会！

你的朋友，光潜

（《给青年的十二封信》）

王云五（1888—1979），广东香山（今中山市）人，民国时期著名出版家，商务印书馆乃至中国出版业的领军人物。1912年任中华民国临时政府大总统府秘书，后在北洋政府教育部任职，1913年任中国公学大学部专任教授。1921年，经胡适推荐，到商务印书馆任编译所所长，1930年起任商务印书馆总经理。1946年辞职从政，先后任国民政府经济部长、行政院副院长、财政部长。

怎样读书

王云五

我们为什么要读书呢？为什么大家都要读书呢？读书的原因大概有三种：第一是强迫读书。有许多人并不知道读书的原因，不过被父兄强迫去读书。这种现象大家一致承认是不好的。第二是有目的地读书。譬如自己将来想做什么事，便读什么书，但这样的读书是否最好？不是最好的。有的家里有钱，不知做事，那么，这样说来就可以不读书了。只有那穷困的人要读书，为着他们非做事不可。所以这是不对的。第三是为读书而读书。为读书而读书究竟有什么好处呢？这是为着兴趣，读书最好是从养兴趣起，这样书一定读得好。譬如看电影一样，看起来觉得十分有兴趣。

现在且说一说我个人的小经验。我生来就有一种豪气，否则便不能读书。我到过美国、德国，但它们的有声电影我却没有去听过，什么大音乐院、大戏院我也从来没有到过，因为我的兴味不在这里。这是我的短处，但也有长处。不过我很快乐，因为家里也有些藏书，但我觉得无论什么事再没有比读书那样快乐的了。读书好比和名人对谈，只要有一卷在手，我不但可以和安迭生①、爱因斯坦那些活人对谈，而且也可以和牛顿等死人对谈，无论哪一国的人，我都可以和他对谈，这实在是难得的机会。但梅兰芳、谭鑫培那些人，我却没有和他们对谈过。专门发展一方面自然也太偏，所以我也不反对看有声电影，因为这是另一种兴趣。但是有一件事我们不要忘记，就是读书要有方法，要有鼓动兴趣的方法，我们要养成读书的乐趣。

在未讲到读书的方法以前，我先要说到读书的两种难关：第一是关于时间方面，第二是关于经济方面。我们要读书，必须先打破这两重难关。

先说到读书的时间问题。学生很有福气，很快乐，日夜可以读书；至于学徒，一天到夜要做事，只有抽出工夫来读书。所以一个学生应该尽量享受这幸福，因为他读书的时间多得很。我有一种长处，就是能读书，所以虽则我没有进过学校，却也当过大学教授。我以为一个人只要肯读书，时间是没有问题的，一天能有八小时、十小时的读书时间就够了。读书不是一种紧张的工作，不是一天到晚不停的。一天有二十四小时，除了睡眠八小时，工作八小时之外，还剩下八小时，这是很好的读书

①今译爱迪生。——编者注。

时间，就是打一对折，也有四小时，打一个七五折，也有六小时。学生一天要上几点钟课呢？有时一天上六小时的课，最多的时候有八小时，比仅有四小时读书时间的人幸福自然要加上一倍。但人家四年可以毕业，我不妨八年毕业；如果我每天能有六小时的读书时间，我的毕业期限也可以减少一些。所以时间是不成问题的。不怕没有时间，只怕没有读书的志气。我这次出国，到过八九国，先到日本，国外留学生叫我演讲，我第一句就说：我向来未出门一步。有的人虽然没有到过城里，但城里的事务也知道不少，这就是因为他读过书。日本人很欢喜读书，我们要学日本人读书的精神。我们天天喊着打倒帝国主义，只是因为我们恨它，但中国能不能给它恨呢？前次我在日本时受着一种很大的感触，因为日本人很欢喜读书。我跑进一家旅馆，看见一个日本小孩子，年约十二三岁，左手开门，右手拿着书在读，他读的并不是《西游记》或是其他爱情小说之类，却都是关于少年自然科学、社会问题这一类规规矩矩的书。我并不是反对看小说，而且像那样枯燥无味的书本是不应该给年轻的人看的。日本全国人民都能读书，就是下女也是如此。美国就不行了。美国有很多图书馆，但美国人却不大享受图书馆，只是摆样子。我这次在美国时，我天天往北美图书馆看书，吃饭也在那里。总之，我们不要怕没有时间读书，我们要尽量享福，有一半时间也好，有四分之三的时间也好。时间是不成问题的。

　　第二种难关，是关于读书的经济问题的。现在读书不如从前，读书的负担很重，这是就一般的读者而言，并不是专指学生。中国图书馆不多，对于这一点我很担忧。为便利读书起见，我们要多创造图书馆。我之所以办"万有文库"，就是因为我想到从前失学之苦，而欲救济一般失学的青年。上海的图书馆更是缺少，这也是一个问题，而且现在书价也并不便宜。我们要把读书当做吃饭，不读书也是饿，不过这饿是看不见的。能努力就不会饿，我们不要饿着脑筋。我们每个月若能省下两块钱去买书，我想也不是怎样的难事。衣服可以少穿一些，我们不妨以步代车，这样车费可以省去，而且对于身体也有好处，所以经济也不成问题。一个月省下两元，就是衣服、饭食各省下一元，坐车的钱省下半元，能省下三元更好。一块钱可以买三百面的书本，这样一个月就可以读四十八万字的书。我幼时苦无此福，只在学校里念过几个月的书。我每日饭时由学校回家，所以我每饭吃得很快，三分钟、两分钟就吃完，吃了饭便到学校里去。人家说饭吃得快要不消化，我却很容易消化。有一次母亲说我吃了饭就走路不大好，于是她给我几个铜板，说：到了学校在休息时买一点东西吃。我的胃口本来很好，可是我不想买点吃的，只想积钱买书。少吃并不见得会弄坏身体，到现在我的身体还是很好，可以在讲台上接连说三小时的话。精神是越用越好的，刀是越磨越快的。少吃不会弄坏身体，我一星期中倒有三四天不吃早饭，但身体是很好，而且还可以省下钱来买书。

难关是过了，每天可以有六小时读书的时间，每个月可以省下三块钱买书，这样一年便可以读六百万字的书。所谓小数怕长算，这句话真是不错！我于读书并没有什么法宝，这不过是我凭着个人经验所得，随便谈谈的家常话罢了。

现在要讲到读书的方法。我们知道做文章的方法，是多读、多做和多看，这些方法也可以应用到读书上去，不过我再加上一个，就是多想。因为只管多读、多做和多看，还是不成功的。但我这些话实在不过也是老生常谈罢了。

先说到多想。呆读书是书呆子干的事，孟子所谓"尽信书不如无书"，这句话委实不错。好奇、怀疑，是读书的好方法。怀疑并不是说对于任何事都要怀疑，乃是说脑子要多想。我常常有着一种幻想，我发明"四角号码检字法"① 就是这幻想的结果。现在打电报要从字译成号码，找字很费时，有的难字又找不出，这很麻烦。若是把文字统统编成号码，每个字都有一个号码，那么就有四万个号码，比电码要多。这许多号码究竟从什么地方得来呢？有什么记号呢？用部首检字太麻烦，后来我终于想出了一个方法，现在每一个字有一个号码。而且无须强记，每一个号码都可从理性推想出来，只要把字一看就可以想出来，我的小孩子比我还想得快。"四角号码检字法"已经是经过几次的改良，从前的那种方法是老老实实的、呆板的，后给我很多的改良机会，所以现在的方法要比从前好得多了。我

---

①汉字查字法之一。把每个字分成四个角，每个角确定一个号码，再把所有的字按照四个号码组成的四位数的大小顺序排列。——编者注。

有一次在吃饭时忽然把桌子一拍，同时嘴里喊着："好了！好了！"因为我想出了号码，以前的那个方法虽然不好，但没有以前的方法，便没有现在的方法。例如，"天"字的号码只要一推想，就知道是20110。好了！号码来了。又譬如，"横"字也只要一推想，就知道其号码是31000。现在的方法确要比从前好。现在"四角号码检字法"用的人有一百多万，就是四万万字都有法子想，这是说明幻想的功用。但光是求幻想而不求方法也没有用处，《封神榜》里哪吒的风火轮便永远只是风火轮，绝不会变成实在的飞机。所以一个人若要得到正确的思想，仅有一个方法，就是学算学。中国人的通病即没有学这算学的头脑，学文科究竟有什么好处呢？学算学好，学算学能得到正确的思想。中国人有一句话：马马虎虎、大概、差不多。我们要打倒马马虎虎、大概、差不多这三位先生，其方法就是用算学。中国不注重算学，这是很坏的现象。现在高中的算学一科最多也不过学到微积分。初中只有混合算学，这从为免除消耗脑力的一个观点上看来自然也很对，其实是知其一不知其二。一般人以为学文学的人为什么要学算学呢？几何、代数都用不着，学算学只要能知道一些名称，懂得一点比例和百分数，可以应用于商业上就够了。现在只有学工程物理的人才学算学，出版界对于高等算学这方面也不注意，这种现象对于前途是很危险的。我们若是要使思想正确，一加一一定是二，二加二一定是四！那么，不独学理工的人要学高等算学，就是学文学的人也要学高等算学了。文艺只能养成幻想，养成永久的幻想而毫无归宿，这样思想便不能正确。为什么许多人不欢喜研究算学呢？这是因为学别的科学——例如社会科学——可以跳学，算学不能跳，不能激进，只能一级一级地上去。现在一般人只知道节省时间，以为只要学应用的算学就够，而不想学其他的算学，这完全抱的功利之义，是不对的。我话说得太多，现在要收束。思想有两种：第一，要不怕幻想，譬如四角号码的发明，就是这幻想的结果；第二，要幻想到底，没有算学是不成功的。我没有进过什么学校，我学算学完全自己靠自己，到现在微积分还记得。我一生得之于算学很大。若学算学能使脑力健康，这也是一个脑筋的运动，多学些高等算学绝不会坏脑筋，脑筋不怕坏，只怕失却官能，所以我们要常常训练脑筋。

其次要说一二点关于多读书方面的话。滥读也有好处，譬如一张桌子，因为看得多了，一看就知道是桌子，可以不用想。我以前不敢做文章，但滥读书后，写出来就是文章。读书要明白意义，光是呆读不好。学外国文也是如此。我英文写得还好，有人以为我出洋很久，其实以前先生只教过我七八个月晚上的英文，在白天我过的都是学徒生活。然而到现在，即使我不预备也能用英语演讲，这全是自修的结果。从前美国大发明家、大政治家、大文学家富兰克林，他是一个自修的人。他在自传里讲到他幼时的读书方法。他说他在三岁时①专替人家做皮鞋、修皮鞋。有一天，有一个人带着一本宗教的书到他铺子里来，

①原文如此，疑"三岁"有误。——编者注。

这个小孩子就翻着看了。那个人看见他欢喜读书，很称许他，便把这本书送给他。这个小孩很聪明。他读书的方法是先把头十面念熟，读到第二十面时就把头十面写出来，没有人改文呢？就把自己当做先生，自己改一遍。等到读第三十面时，又把自己写出的东西和原文对照一下，这样，书上的文字就是他的文字了。我从前也学过这方法，也是呆念，若和原文一对，不像，便自己骂自己。这是自己的经验，但这个方法是从富兰克林那里偷来的。好的东西可以偷来自己用。

第三要多做。多做就是多实行。读书要多做笔记，横竖给自己看，自己修改，也无须怕难为情。多写几回就有进步。有文化就是有习惯，所谓熟能生巧。

第四是多看。多看书也有毛病，这一点是我自己所要忏悔的。随便看看书不但花了许多精神，而且是白费时间，这是多看的坏处。有一个笑话，《大英百科全书》本是一种参考书，而我却把这部书从头至尾地读了一遍。像这样的读书是等于不读书，希望诸君不要走我失败的路。我承认我自己很肯吃苦读书，聪明也有一点，但我虽很聪明用功，而读书的方法都是太笨。假使我读书能有系统，二十余年来专攻一学，那么，像我这样肯用功而又有小聪明的人一定可以成为一个专家。现在呢，我变了一个"四不像"，只好算是四角号码专门家吧！以往我差不多什么都看，算学、物理、化学，程度都很好，医学、矿学也都学过，也不知用了多少精神，直学到现在头发白、六十岁了。从前我读书好像绕远路，倘使我能专心做一事，那是多么好呢！

我还要多说几句话。四角号码并不是退步而是进步的，现在总算做成功了，这全赖有毅力。别的我不敢认，但"四角号码专家"我是承认的。我为一件事，花了几年工夫，现在还是继续改良，并未抛弃。希望大家要先认定方针，然后读书。为求其应用而读书才有好处。若只为着兴趣，自然可以无须定方针，什么都可以学。读书第一要定方针，为学要像金字塔，不要滥看。

有第三件事要附带地报告一下：第一是图书分类法，第二是"万有文库"，第三是《四角号码标准大字典》。先说图书分类法。现在图书馆还没有把图书分类清楚。杜威把图书分为十大类，以下还有千百小类；如果范围再广一点，还可以再分为多少类。好比我们跳到先施、永安等百货公司里面，各种货物分门别类，琳琅满目，这里跑了，又回头跳到那里。求学也是如此，要抱定方针，专攻一学，要打定基础，不要离中心太远。譬如，你是学法律的，那么经济、哲学、政治、心理、算学等科学你都可以学，因为这些科学和法律都很有关系。其次要说到"万有文库"。凡必要读的书都已分别先后编入"万有文库"内。对于一个普通人来说要读的书太多，所以读书要经过一番选书工夫。像我这样走了二十年的冤枉路，现醒来已太迟。在"万有文库"里面各国名著一百种，此外还有百科、农业、工商等小丛书。至于索引，这全赖出版业去提倡的。我前次在美国看了一千多本书，只花了十天工夫就看完，因为每本书都有索引。像中国的《二十四史》，真是无从说起，并不是觉得其大，乃是因为没有索引。因此我发明了一种检字法，用"四角号码检字法"去找字典，比旧法按照部首去找要容易得多。有许多人字音念错很多，应该常常去找字典。若用"四角号码检字法"去找字典，找一个字只需两分钟，有的只需几秒钟就够了，这打破了以前的纪录。外国字典很容易找，因为有检字法帮找。现在商务印书馆对于索引有着大规模的计划，最近《王云五大辞典》开辟了一个新时代，这部辞典与众不同，注音很正确。其内容颇适合于中学以下的程度，而且也注意到时间和空间，例如光绪某年等于外国纪元哪一年，王阳明先生生于公元哪一年，死于公元哪一年等，以及人口的统计等都有。

　　总之，读书一定要学索引。此外，还要尽量利用字典。这是读书的唯一方法。

何炳松（1890—1946），字柏丞。浙江金华人。1912年入选浙江省公费留美学生，1916年获普林斯顿大学硕士学位后回国。先后任北京大学历史系教授、北京高等师范学校教授及史地系主任、浙江省立第一师范学校校长。1924年进入商务印书馆，任史地部主任、编译所副所长等职。1935年任国立暨南大学校长。著有《中古欧洲史》《近世欧洲史》《通史新义》《浙东学派溯源》等，被誉为"中国新史学派领袖"。

怎样读书

何炳松

诸位先生，诸位同学，今天亲自参加贵校读书运动周，殊觉荣幸。余自量实不足称为读书人，所以对此讲题——怎样读书——本不敢担任。而且贵校诸先生平日对各位之训导有才素所钦佩，自毋庸再来饶舌。唯余深感郑校长暨诸位先生提倡读书盛意，似不能不提出愚见，聊供诸位之参考。

为什么读书以及应读什么书，已有另约专家演讲，现在可以不必再提。余兹所讲者为"怎样读书"，即读书之方法。此题王云五先生上月在上海青年会亦曾讲过，故余此次演讲，一部分即参考王先生所已言，一部分补充王先生所未及。

谈读书，有先决之条件三：

第一，要有决心读书。读书之先，须下决心；苟无决心，遇艰必馁。孔子之十五而志于学，即谓年十五既下决心读书，

既下决心读书，始不致走马看花，毫无心得，此实是最重要之
条件。

第二，要量自己能力。既下决心读书，则应尽其能力以读
其所能读之书，尤应顾到有多少能力，读多少书。若不顾自己
能力而勉强去读，设脑力未充，精力不足，势必促成神经病之
现象，是好果未见，坏果已成，诚应注意者也。

第三，要顾自己兴趣。读书而无兴趣，必事倍功半，虽勉
强为之，见效亦鲜。若愈读而愈趣，愈趣而愈读，则必易于奏
效。唯平日学生之对于功课鲜感兴趣，然不能以其无兴趣而不
读，如对英文无兴趣遂不读英文，对算术无兴趣就不学算术，
须知在中学时代，各种科目为政府规定所必备之常识，诸位起
码应将此种基础打好，虽觉少趣，亦应勉强。至于专门学问，
则应择其对个性之所近者研究之，是其基础已打好，而且具有
专门学识，若是始可与语读书。

既有决心，又量能力，且趣味盎然，是可算有读书之资格
矣。然吾侪所应读之书甚多，中国旧书已汗牛充栋，又加上数
十倍之外国书籍，岂不要令人望洋兴叹么？吾人于此又有一事
焉宜注意及之，即读书之态度是也。我国现代学生之喜读中国
书籍者，往往容易流入沉湎之一途。只知有中国学术，而不知
世界学术，且其态度自大，以为我国学术非他人所及，此已成
中国迷，即所谓国学家也。又有西洋学者，辄以凡属西洋事物
无不尽善矣，颂扬西洋，讴歌西洋，只见西洋，不见中国，其
盲从态度与中国迷同。此两种态度皆非读书人应有态度。善读

书者应不分中外，要在书上去读，要做书之主人，不做书之奴隶，若徒因其为中国书而读之，是为中国之奴隶；反之，西洋书亦然。为书籍奴隶，无异为书籍以屈服，又何贵去读书？故如决心去读书，不应分别中国书或西洋书之界限，应站在书之外面，以自己常识定其好坏，以公平之态度下其批评，不迷信、不排斥之在书上去读，然后不致为书之奴隶，而为书之主人。

吾人既有以上读书之态度，又能具以上之先决条件，固可去读书矣。然若无工具，不完备，仍不能以云读也。工具为何？即除本国文字外起码要懂一二种外国文字是也。在今日而徒懂中文，工具实嫌不足。良以二十世纪为世界文化交流时期，若只知中文，其狭窄之苦痛殊非一言所能喻。故对于英文、德文、法文或日文等，择其一二种，悉能明了应用，姑足称为工具完备的读书人。贵校已有日文、法文为选修，英文为必修，固毋庸再为赘言也。

此外，则读什么书？亦发生选择问题，此不能定一原则。余觉比较易办者，贵校各先生负一部分责任，以各先生读书比诸位多，见识比诸位广，可以介绍名人著作与诸位读。又或注意著作后所附之参考书目，亦足为参考之材料。至若读中国古书，有《四库提要》等名著，至于《四库提要》内容丰富，殊值一读，以其提要部分颇有应用科学方法之处也。

读书矣，有目录可以选择矣，然而范围如何？盖吾人上寿不过百岁，唯二十岁左右始足云真正读书。故余有二简则，以能解决此问题焉：

　　一要读得多。书读得愈多愈妙，多所谓博也。中学之功课不能算多，只不过丰富其常识而已。

　　二要读得精。读书要博，尤其要精。诸位有丰富常识之后，应择自己志趣所近者去专门研究，愈多愈好，愈精亦愈好，此二点表面上似乎矛盾，实不冲突，我们常识要富，学术要专，譬如名画，必须有美丽之背影才可烘托其精彩之点。若徒有精彩之点而无背影，或只有背影而无精彩之点，皆非画之上乘者。故精之与博，实有相互表里之关系。总之，博而不精，可谓知二五而不知一十；精而不博，可谓知一十而不知二五。此皆不能谓之知，犹之偏于精或博者不能谓完备之读书人也。

　　现在说读书之方法矣。所谓读书，当然指朗诵或暗读而言，然仅诵读一过，必将走马看花，无甚实益，清儒章实斋语其子，望其点香读书，并望其做札记，否则将如雨珠入海。可见所谓读书不仅诵读一遍即算了事，必须兼做札记工夫，方为得法。诸位读书果能勤做笔记，既可检查自己之成绩与进步如何，而自己之心得亦不至如雨珠之入海。盖经过一番之札记工夫，则书中之意义印入脑中者必能更为深切著明也。此外，并须于读书时随时加一种思考的工夫。吾国古代学者尝谓"学而不思则罔"，意即在此。在此，凡读书必得多经一番思考，即可得一层更深之意义，且常有豁然贯通、左右逢源之乐。读而不抄而不想，都属走马看花，将等于不读也。

　　此外，读书须能耐劳苦，富恒心。凡存心不劳而获者都非好人，若读书而欲不劳而获，非唯是懒人，亦非好人。余深望诸位成一刻苦用功之学者。古人读书往往弄到两肩如石压，两眼如火烧，亦不肯中止。古人苦读，一至于此。诸位正年富力强，尤应不怕劳苦，有持久不怠之精神，钻坚仰高之志愿，幸勿以为今日头痛，请俟明日，今天心乱，尚有明天。有此行为，不如劝其不必读书致牺牲金钱与时间也。

夫能用功读书，固是好事，唯就余主观之见，似应有消极之限止：

第一，下流之书不必读。下流之书至无益于身心，尤无干于学问，读之非唯无益，为害实多。

第二，浅薄之书不必读。此种书籍近来甚多，书坊之中只顾于自己赚钱，不顾读者利益，诸位应谨慎选择，不可徒丧金钱。

第三，不必以其难读而不读。难读之书，初读虽难，读多自易。若以难读而不读，则难者仍难，终无能读之一日。倘不顾其难，一遍不懂二遍，二遍不懂乃至三五遍……百遍，及其既懂，则易者更迎刃而解矣。

第四，不必以其易读而多读。浅近之书，一看即懂，虽有不可忽略之处，然不能以易读而多读，不肯另求高深，安于小就。

最后余尚有二忠告焉：

第一，不要做未成熟之著作家。现代青年，个个有发表热。发表何尝不可，唯未成熟之作品，发表似嫌过早。余金华同乡朱一新先生尝谓："多著书不如多抄书，多抄书不如多读书。"

其意即以抄书比著书好，读书更比抄书好。此信条余甚赞成，用以奉劝诸位，不要做未成熟之著作家，应做努力之读书家。读书多，有心得，再发表其成熟作品，未为迟也。

第二，不要做蛀书虫。余劝诸位不要做蛀书虫，并非自相矛盾，余之意思希望诸君毋单读书本之书，须并读书外之书。吾国俗对有云："世事洞明皆学问，人情练达即文章。"又云："好鸟枝头亦朋友，落花水面皆文章。"所谓世事，所谓人情，所谓好鸟枝头，所谓落花水面，无处不可为吾人研究之场所，无物不足为吾人研究之对象，只要能加以注意，即为书本，未必线装平面，白纸黑字即为书本也。从前亚希米提①入浴而发明比重律，瓦特见水沸而发明蒸汽机，法兰克林②放纸鸢而发明电气，牛顿见苹果落地而发明地心引力，浴室、水炉、纸鸢、果园，岂读本耶？而大发明家乃能获若此惊人奇绩。即不独兹数人，其他许多发明家，亦非专重书本上之智识，实亦多靠书外之书。诸位现在身居校中，种种团体生活，朋友交际，无一不足以增进诸位之智识，余深望诸位并读偌大之书外书，勿徒做线装书之蛀虫也。

（上海中学演讲稿）

---

①今译阿基米德。——编者注。
②今译富兰克林。——编者注。

童润之（1899—1993），著名教育家。早年毕业于南京金陵大学农科，1926 年赴美留学，获加州大学教育硕士学位，1928 年回国。1929 年后，在江苏省立教育学院任教，讲授乡村中等教育和乡村社会学；1934 年任教务主任，自编教材《乡村社会学纲要》等；1938 年任代理院长。1943 年赴重庆，任国立社会教育学院社会教育系主任。

怎样读书

童润之

读书有两大问题，第一是读什么书？第二是怎样读书？今天要谈的，只是属于第二者的范畴。我们相信，这个问题绝不是一千言或两千言的文字所能完全解决的；但一般所感到的困难，大抵是"不易熟""不易记"，或因要熟记而花费的时间过多，这里就是要解决这几个问题，至少是与这几个问题有确切的帮助！

第一，怎样准备读书——要解决某一种问题，必须有事前的准备，才能得到较为完满的收获，这是谁也不能否认的事实。例如，农人获得稻粱，必赖有昔日的播种；工人制造商品，也必要相当的工具；读书问题，当然也是这样！所以必须有事前的准备！

A. 要有适当的环境和时间——没有适合心理的布置，就不肯安心地去读;有了妨害生理的设施,又不能致力地去读。所以,适当的环境和时间是读书的必要条件!我们固然不要求有多么好的物质享受,然而至少是不要阻碍我们的兴趣或者妨害我们的健康的。最低的限度,也要具备以下的条件:

甲,环境:

①静——人每每是随着环境而变动的,环境嘈杂则内心不能专一,因而对于读书的效率也有很大的妨碍。

②光线充足——光线与目力有直接的关系,光线不充足,则因眼睛过于用力,必致身体疲倦,这样是不容易获得效果的。

③空气流通——空气窒塞,则精神必生倦怠,往往因气闷而惹起头晕目眩,这是必须注意到的。

④座位适宜——座位不宜过高或过低,否则有碍于读者的生理及读书的效率。

乙,时间:

一般地说"一日之计在于晨",所以自来的读书者,都是主张"书声堪傍鸡声早"的。我却不主张这样,因为我们每日的读书时间,不只是清早的一小时或两小时,而我们每日所要读的书,也绝不是在这一小时或两小时之内所能完全办了。假若我们起床之后就去读书,那么一清早所消耗的精神,必至一日或半日才能恢复原状,结果是得不偿失的。所以读书最适当的时间,是在上午八时至十一时,下午一时至三时,而在每时之中都不宜使精神过于疲乏,觉得有些疲乏的时候就休息;至于每日的课程也必须有适当的支配,根据订定的课程表循序渐进,不要把多量的功课集在一起，以致精神受过甚的疲倦。

B. 要有读书的志愿——学习的根本条件，基于人类内心的快感，强迫地、抑制地工作，总不容易获得若何的效果。从前美国心理学家 Book 氏，曾把学生分做两部，一部鼓以兴趣，一部听其自读，结果还是有兴趣的一部收效较大，所以读书要有兴趣，而这种兴趣又须自己去请求，在读书之先，一定要有以下的志愿：

甲，熟虑结果——这是给予一种希望，以为自己策励的余地，例如，想到现在所不知的将来也会知，现在所不能的将来也会能，就一定不肯怠惰，而孜孜用功了。

乙，确定目标——目标是我们努力的准绳，有了目标才不至误入歧途，才能引起我们的兴趣，所以目标是必须确定的。

丙，聚精会神——精神不专一，无论做什么事体都不易成功，尤其是读书的时候，更要专心致志地去干，不然的话，"一心以为有鸿鹄将至，思援弓缴而射之"，这样虽说是读书，恐怕也与不读者等。

丁，不屈不挠——确定目标，抱定志愿，无论有什么样的困难，也必要坚持到底，不要受外界的动摇，同时内部也不要自生厌恶，而至功亏一篑。

第二，怎样去读——有了优良的环境与时间，又有了一定的目标与坚确的志愿，假若你不得读书的门径，那么所得的效果依旧是微乎其微而形成事倍功半的笨举，所以又要研究怎样去读。

A. 未读之先：

甲，熟思课题——将课题熟思之后再读，容易鼓起兴趣，印象既除，收效亦大，所以在未读之前，必将课题熟思。

乙，预备脑力——脑力过于疲劳，则读书不易收效。且脑海之中先有一思想在，则其他思想不容易混入，故在未读之前，必平心静气，使脑力有充分的静养。

丙，循序渐进——每得一新书，必从表面看起，著者、书名、序言、目录，然后再细读其内容，往往一本书的纲要都在序言与目录上面。

B. 正读之时：

甲，怎样速读——现代的书籍浩如烟海，所以必须有速读的方法以节省时间，才能从多种书中取得某一问题的纲要，一小时多读一页，一日就要多读五六页或七八页，将这个数目用一周或一月来统计，那不就大有可观了吗？然而所谓速读，并不是略读，速读的目的就是要于最短的时间中读得最多的书，收得最大的效果。

①注意读——每读一篇，必须聚精凝神。所谓"口而诵，心而唯"，不要使书中的精华处有一些脱落。

②以段为单位——将所读之书，每篇之中拟分若干段，第一段已能了解，继读第二段；第二段已能领会，再读第三段……依次递衍，最易收效。否则囫囵吞枣，读到篇末则篇首业已遗忘，复读篇首则篇末又不复记忆，结果依旧是模模糊糊，至多是略留影迹。所以还是分段读起来为利。

③相当距离——眼睛离书不可太远或太近，以致有害目力，一般以十二英寸为度。

④练习速读——某心理学家曾制以活动之轮,轮周缀以字,拨轮使转,由慢而快,而目力亦能渐渐增快,可见读书读得快,可以由练习而成。假若我们要在读书的时候慢慢练习,久之也可以增加速率。

⑤择尤而读——若遇长篇或不切要的文字,可提出篇中纲领,其他不切要之处,均可不读或略读。

⑥勉强自己读——在规定的时间,若遇心思繁杂或为其他思虑所牵扯而不高兴读下去的时候,也可加一些勉强的工夫,使心绪冷静后,再继续读下去。

乙,注意复读——读书最大的毛病,就是读过一遍之后,以为篇中意旨已完全明了不必再读。这样虽说暂时能得一个大概,然而不待持续好久就会全盘忘记,所以必然注意复读。刚读之后,尚未遗忘,于此加以回溯,必能得到很大的效果。复读应注意之点如下:

①每段读完之后,宜多加考虑——每段读完之后宜闭目略加思索:所读过之意旨是否能完全记忆?如有遗忘,而随时翻阅。

②读到困难的时候宜缓读——如篇中辞意过于深奥,不易了解,可反复细玩,一字一句地读下去,刺激既深则收效亦大。

③要有批评的态度——无论读到什么书籍,都要用客观的眼光细细地研究与批评,万不要汩没了自己的意志。

④应做笔记——读书既多,则必用笔记以代记忆,短文录其精华,长篇摘其纲要,最好记明其篇名及页数。

第三，怎样上课——普遍以为上课就是听讲，只等上课的钟声一响，就揣着机械的课本到课堂上去听"留声机器"："留声机器"开得好，大家就静静地寻寻开心；"留声机器"开得不好，大家就各看各的小说或各打各的瞌睡。这样是失掉上课的真意的。要知道教师只能替我们引路，而不能替我们走路，我们要达到预定的目标，非得小心翼翼地随着我们的向导不可。所以我们在上课的时候，一方面要听教师的讲解，主要的工作还是要自己多加努力，多绞出一些脑汁，才不至把大好的上课时间轻轻掷去！

A. 上课之前——在上课之前，一定要有相当的预备，看课程中某处已经明了，某处尚有怀疑，某处须向教师请问，都要用纸片一一记载下来，或标记在课本的空白处，如时间过剩，则复习旧课。

B. 上课之时——上课的时候，要多用脑力，要留心笔记，对于教师的讲话，要有深切的注意；同时对于课业上发生的问题，也要加以深深的探讨，无关于本课的思想最好摒弃不用，把全副的精神都贯注到所要讨论的问题上来。

C. 下课之后——下课之后，必须有五分钟的复习。一般是把复习移到自修或者其他的时间，但耽搁既久容易遗忘，究不若课后复习所得的印象较为深刻。

第四，怎样记忆——记忆为学习过程之基础，一个人的记忆力薄弱，他绝没有很快的进步，所以科学发达的国度里，都须注意儿童的记忆力。我们要谈到读书问题，同时也要谈到怎样记忆。下面就是几个普通的练习记忆的方法：

A. 对于读过的材料要用明了——读过的文字，必须有深切的了解，才能有深刻的印象而便于记忆；假若你不求甚解，把文字生吞活剥地咽下去，纵令暂时能记个大概，然而也不会持久的。

B. 熟读之后要回忆——每读一篇文字，如必须要精读的可努力读熟，读熟之后仍要时时地回忆。

C. 聚精会神地复读——精神贯注，读一遍足抵数遍；精神散漫，复读的次数虽多，仍是不容易记忆。

D. 时间要分开——依据文字的难易及自己精神的强弱，将时间支配适宜，不要把若干课程集在一起。

E. 练习时间不宜太长——每次练习只宜三十分钟，如觉得兴趣浓厚，可酌量将时间延长。然亦不可过长。

以上是我们练习记忆的时候应行注意的几点。还有文字的本身也与我们的记忆有直接的关系，所以我们的读法又可因某种文字而各异其方式。例如，篇幅过长的，我们不妨将一篇分做数段；篇幅过短的，我们也可以将数篇合为一节。至于美术的文字，我们更可以用音调帮助记忆，这都在读者自己去应变的。

还有值得我们注意的，就是不要把书中错误的地方记忆下去，所以在读书的时候应时时留心，一发现错误即立时改正，经一番改正之后则多一番认识，也深一层记忆。

（二〇年四月二十四日在江苏省立教育学院演讲）

夏丏尊（1886—1946），名铸，字勉旃，号闷庵，别号丏尊。著名文学家、教育家、出版家，新文学运动的先驱。浙江上虞人。1901年中秀才。1905年东渡日本留学，1907年辍学回国，先后在浙江、湖南、上海的几所学校任教。1930年与叶圣陶创办民国时期在莘莘学子中颇有口碑的《中学生》杂志。1933年与叶圣陶合著出版小说体裁语文学习读本《文心》，其后15年间再版达22次。1936年任《新少年》杂志社社长，同年被推为中国文艺家协会主席。

阅读什么

夏丏尊

中学生诸君：

我在这回播音所担任的是中学国语科的节目。国语科有好几个方面，我想对诸君讲的是些关于阅读方面的话。预备分两次讲，一次讲"阅读什么"，一次讲"怎样阅读"。今天先讲"阅读什么"。

让我在未讲到正文以前，先发一句荒唐的议论。我以为书这东西是有消灭的一天的。书只是供给知识的一种工具，供给知识其实并不一定要靠书。试想，人类的历史不知已有多少年，书的历史比较起来是很短很短的。太古的时代并没有书，可是人类也竟能生活下来，他们的知识原不及近代人，却也不能说全没有知识。足见书不是知识的唯一来源，要得知识，并不一定要靠书的了。古代的事，我们只好凭想象来说，或者有些不可靠。再看现在的情形吧。今天的讲演是用无线电播送给诸君听的，假定听的有一万个人，如果我讲得好，有益于诸君，那效力就等于一万个人各读了一册"读书法"或"读书指导"等类的书了。我们现在除无线电话以外还有电影可以利用，历史上的事件，科学上的制造，如果用电影来演出，功效等于读历史书和科学书。假定有这么一天，无线电话和电影发达得很进步、普遍，放送的材料有人好好编制，适于各种人的需要，那么书的用处会逐渐消灭，因为这些利器已可代替书了。我们因了想象知道太古时代没有书，将来也可不必有书，书的需要可以说是一种过渡时代的现象。

今天所讲的题目是"阅读什么"，方才这番议论好像有些荒唐，文不对题。其实我的意思只是想借此破除许多读书的错误观念。我也承认书本在今日还是有用的，我们生存在今日，要求知识，最普通、最经济的方法还是读书。可是一向传下来的读书观念，有许多是错误的。有些人把读书认为高尚的风雅事情，把书本当做玩好品、古董品，好像书这东西与实际生活无关，读书是实际生活以外的消遣工作。有些人把书认为唯一的求学工具，以为所谓求知识就是读书的别名，书本以外没有知识的来路。这两种观念都是错误的，犯前一种错误的以一般人为多，犯后一种错误的大概是青年人，尤其是日日手捏书本的中学生诸君。

我以为书只是求知识的工具之一，我们为了要生活，要使生活的技能充实，就得求知识。所谓知识，绝不是什么装饰品，只是用来应付生活、改进生活的技能。譬如说，我们因为要在自然界中生存，要知道利用自然界理解自然界的情形，才去学习物理、化学和算学等科目；我们因为要在这世界上做人，才去学习世界情形，修习世界史和世界地理等科目；我们因为要做现在的中国人民，才去学习本国历史、地理、公民等科目。学习的方法可有各式各样，有时须用实验的方法，有时须用观察的方法，有时须用演习的方法，并不一定都依靠书。只因为书是文字写成的，文字是最便利的东西，可把世间一切的事情、一切的道理都记载出来，印成了书，随时随地可以翻看，所以书就成了求知识的重要的工具，值得大众来阅读了。

以上是我对书的估价，下面就要讲到今天的题目"阅读什么"了。

青年人应该读些什么书？这是一个从古以来的大问题，对于这问题，从古就有许多人发表过许多议论，近十年来这问题也着实热闹，有好几位先生替青年开过书目单，其中比较有名的是梁启超先生和胡适之先生所开的单子。诸君之中想必有许多人见过这些单子的。我今天不想再替诸君另开单子，只想大略地告诉诸君几个着手的方向。

我想把读书和生活两件事联成一气、打成一片来说。在我的见解，读书并不是风雅的勾当，是改进生活、丰富生活的手段；书籍并不是茶余饭后的消遣品，乃是培养生活上知识、技能的工具。一个人该读些什么书，看些什么书，要依了他自己的生活来决定、来选择。我主张把阅读的范围分成三个：一是关于自己的职务的，二是参考用的，三是关于趣味或修养的。举例子来说，做内科医生的，第一应该阅读的是关于内科的书籍、杂志，这是关于自己职务的阅读，属于第一类。次之是和自己的职务无直接关系，可以做研究上的参考，使自己的专门知识更丰富、确切的书。如因疟疾的研究而注意到蚊子的种类，便去翻某种生物学书；因疟蚊的分布，便去翻阅某种地理书；因某种药物的性质，便去查检某种植物书、矿物书；因某一词的怀疑，便去翻查某种辞典。这是参考的阅读，属于第二类。再次之，这位医生除了医生的职务以外，当然还有趣味或修养的生活。在趣味方面，他如果是喜欢下围棋的，不妨看看关于围棋的书；如果是喜欢摄影的，不妨看看关于摄影的书；如果是喜欢文艺的，不妨看看诗歌、小说一类的书。在修养方面，他如果是有志于品性的修炼的，自然会去看名人传记或经典格言等类的书；如果是觉得自己身体非锻炼不可的，自然会去看游泳、运动等类的书。这是趣味或修养方面的阅读，属于第三类。第一类关于职务的书是各人不相同的，银行家所该阅读的书和工程师不同，农业家所该阅读的书和音乐家不同。第二类的参考书，是因了专门业务的研究随时牵涉到的，也不能划出一定的种数。至于第三类的关于趣味或修养的书，更该让各个人自由分别选定。总而言之，读书和生活应该有密切的关联。

上面我把阅读的范围分为三个：一是关于个人职务的，二是关于参考的，三是关于趣味或修养的。下面我将根据这几个原则对中学生诸君讲"阅读什么"的问题。

先讲关于职务的阅读。诸君的职务是什么呢？诸君是中学生，职务就在学习中学校的各种功课。诸君将来也许会做官吏、做律师、开商店、做教师，各有各的职务吧，现在却都在中学校受着中等教育，把中学校所规定的各种功课好好学习就是诸君的职务了。诸君在职务上该阅读的书不是别的，就是学校规定的各种教科书。诸君对于我这番话也许会认为无聊吧，也许有人说，我们每日捧了教科书上课堂、下课堂，本来天天在和教科书做伴侣，何必再要你来嘈杂呢？可是，我说这番话，自信态度是诚恳的。不瞒诸君说，我也曾当过许多年的中学教师，据我所晓得的情形，中学生里面能够好好地阅读教科书的人并不十分多。有些中学生喜欢读小说，随便看杂志，把教科书丢在一边；有些中学生爱读英文或国文，看到理化算学的书就头痛。这显然是一种偏向的坏现象。一般的中学生虽没有这种偏向的情形，也似乎未能充分地利用教科书。教科书专为学习而编，所记载的只是各种学科的大纲，原并不是什么了不得的著作，但对于学习还是有价值的工具。学习一种功课，应该以教科书为基础，再从各方面加以扩充，加以比较、观察、实验、证明等种种切实的工夫，并非胡乱阅读几遍就可了事。举例来说，国语科的读本通常是用几篇选文编成的，假定一册国文读本共有三十篇文章，你光是把这三十篇文章读过几遍还是不够，你应该依据这些文章做种种进一步的学习，如文法上的习惯、修辞上的方式、断句和分段的式样，诸如此类的事项，你都须依据这些文章来学习，收得扼要的知识才行。仅仅记牢了文章中所记的几个故事或几种议论，不能算学过国语一科的。再举一个例来说，算学教科书里有许多习题，你得一个一个地演习。这些习题，一方面是定理或原则的实际上的应用，一方面是使你对于已经学过的定理或原则更加明了的。例如，四则问题有种种花样，龟鹤算、时计算、父子年岁算，你如果只演习了一个个的习题，而不能发现这些习题中的共通的关系或法则，也不好称为已学会了四则。依照这条件来说，阅读教科书并非容易简单的工作了。中学科目有十几门，每门教科书先该平均地好好阅读，因为学习这些科目是诸君现在的职务。

次之，讲到参考书。如果诸君之中有人问我，关于某一科应看些什么参考书？我老实无法回答。我以为参考书的需要因特种的题目而发生，是临时的，不能预先决定。干脆地说，对于第一种职务的书籍阅读得马马虎虎的人，根本没有阅读参考书的必要。要参考，先得有题目，如果心里并无想查究的题目，随便拿一本书来东翻西翻，是毫无意味的傻事，等于在不想查生字的时候去胡乱翻字典。就国语科举例来说，诸君在国语教科书里读到一篇陶潜的《桃花源记》，如果有不曾明白的词儿，得翻辞典，这时辞典（假定是《辞源》）就成了参考书。这篇文章是晋朝人做的，如果诸君觉得和别时代人所写的情味有些两样，要想知道晋代文的情形，就会去翻中国文学史（假定是谢无量编的《中国文学史》），这时文学史就成了诸君的参考书。这篇文章里所写的是一种乌托邦思想，诸君平日因了师友的指教，知道英国有一位名叫马列斯的社会思想家写过一本《理想乡消息》① 和陶潜所写的性质相近，拿来比较，这时《理想乡消息》就成了诸君的参考书。这篇文章是属于记叙一类的，诸君如果想明白记叙文的格式，去翻看《记叙文作法》（假定是孙俍工编的），这时《记叙文作法》就成了诸君的参考书。还有这篇文章的作者叫陶潜，诸君如果想知道他的为人，去翻看《晋书·陶潜传》或《陶集》，这时《晋书》或《陶集》就成了诸君的参考书。这许多参考书是因为有了题目才发生的，没有题目，参考无从做起，学校图书室虽藏着许多书，诸君自己虽买有许多书，也毫无用处。国语科如此，别的科目也一样。诸君上历史课听教师讲英国的工业革命一课，如果对于这件历史上的事迹发生了兴趣或问题，就自然会请问教师得到许多的参考书，图书馆里藏着的英国史，各种经济书类，以及近来杂志上所发表过的和这事有关系的单篇文字，都成了诸君的参考书了。所以，我以为参考书不能预先开单子，只能照了所想参考的题目临时来决定。在到图书馆去寻参考书以前，我们应该先问自己，我所想参考的题目是什么？有了题目，不知道找什么书好，这是可以问教师、问朋友、查书目的，最怕的是连题目都没有。

上面所讲的是关于参考书的话。再次要讲第三种关于趣味修养的书了。这类书可以说是和学校功课无关的，不妨全然照了自己的嗜好和需要来选择。一个人的趣味是会变更的，一时

①此书作者今译摩里斯（William Morris，1834—1896），其著作 *News from Nowhere*，今译《来自乌有之乡的消息》。——编者注。

喜欢绘画的人也许不久会喜欢音乐，喜欢文学的人也许后来会喜欢宗教。至于修养，方面更广，变动的情形更多。在某时候觉得自己身心上的缺点在甲方面，该补充矫正，过了些时，也许会觉得自己身心上的缺点在乙方面，该补充矫正了。这种自然的变更原不该勉强拘束，最好在某一时期勿把目标更动。这一星期读陶诗，下一星期读西洋绘画史，趣味就无法涵养了。这一星期读《曾国藩家书》，下一星期读《程朱语录》，修养就难得效果了。所以，我以为这类的书，在同一时期中，种数不必多，选择却要精。选定一二种，预定了时期来好好地读。假定这学期定好了某一种趣味上的书，某一种修养上的书，不妨只管读去，正课以外，有闲暇就读，星期日读，每日功课完毕后读，旅行的时候在车上、船上读，逛公园的时候坐在草地上读，如果读到学期完了还不厌倦，下学期依旧再读，读到厌倦了为止。诸君听了我这番话也许会骇异吧。我自问不敢欺骗诸君，诸君读这类书，目的不在会考通过，也不在毕业迟早，完全为了自己受用。一种书读一年，读半年，全是诸位的自由，但求有益于自己就是，用不着计较时间的长短。把自己欢喜读的书永久地读是有意义的。赵普①读《论语》是有名的历史故事，日本有一位文学家名叫坪内逍遥②的，新近才死，他活了八

---

①赵普（922－992），北宋开国宰相，史传其读书只读一部《论语》，因此有"半部《论语》治天下"之说。——编者注。

②坪内逍遥（1859—1935），原名坪内雄藏，日本小说家、戏剧家和文学评论家。——编者注。

十多岁，却读了五十多年的莎士比亚剧本。

　　我的话已完了，现在来一个结束。我以为：书是供给知识的一种工具，读书是改进生活、丰富生活的手段，该读些什么书要依了生活来决定选择。首先该阅读的是关于职务的书，第二是参考书，第三是关于趣味修养的书。中学生先该把教科书好好地阅读，因为中学生的职务就在学习中学校课程。参考书可因了所要参考的题目去决定，最要紧的是发现题目。至于趣味修养的书，可自由选择，种数不必多，选择要精，读到厌倦了才更换。

　　　　　　　　　　　　（二十四年十二月十日在中央广播电台讲）

夏丏尊（1886—1946），名铸，字勉旃，号闷庵，别号丏尊。著名文学家、教育家、出版家，新文学运动的先驱。浙江上虞人。1901年中秀才。1905年东渡日本留学，1907年辍学回国，先后在浙江、湖南、上海的几所学校任教。1930年与叶圣陶创办民国时期在莘莘学子中颇有口碑的《中学生》杂志。1933年与叶圣陶合著出版小说体裁语文学习读本《文心》，其后15年间再版达22次。1936年任《新少年》杂志社社长，同年被推为中国文艺家协会主席。

怎样阅读

夏丏尊

前天我曾对中学生诸君讲过一次话，题目是"阅读什么"。今天所讲的，可以说是前回的连续，题目是"怎样阅读"。前回讲"阅读什么"，是阅读的种类；今天讲"怎样阅读"，是阅读的方法。

"怎样阅读"和"阅读什么"一样，也是一个老问题，从来已有许多人对于这个问题说过种种的话。我今天所讲的也并无前人所没有发表过的新意见、新方法，今天的话是对中学生诸君讲的，我只希望我的话能适合于中学生诸君就是了。

我在前回讲"阅读什么"的时候，曾经把阅读的范围划成三个方面：第一是职务上的书，第二是参考的书，第三是趣味修养的书。中学生的职务在学习中学校的课程，中学校的各科教科书属于第一类；学习功课的时候须有别的书籍做参考，这

是参考书，属于第二类；在课外选择些合乎自己个人趣味或有
关修养的书来阅读，这是第三类。今天讲"怎样阅读"，也仍想
依据了这三个方面来说。

先讲第一类关于诸君职务的书，就是教科书。摆在诸君案
头的教科书有两种性质可分，一种是有严密的系统的，一种是
没有严密的系统的。如算学、理化、地理、历史、植物、动物
等科的书，都有一定的章节，一定的前后次序，这是有系统的。
如国文读本、英文读本，就定不出严密的系统。一篇韩愈的
《原道》可以收在初中国文第一册，也可以收在高中国文第二
册。一篇富兰克林的传记，可以摆在初中英文第三册，也可以
摆在高中英文第二册。诸君如果是对于自己所用着的教科书留
心的，想来早已知道这情形。这情形并不是偶然的，可以说和
学科的性质有关。有严密的系统的是属于一般的所谓科学，像
国文、英文之类是专以语言文字为对象的，除文法、修辞教科
书外，一般所谓读本、教本，都是用来做模范、做练习的工具
的东西，所以本身就没有严密的系统了。教科书既然有这两种
分别，阅读的方法也就应该有不同的地方。

如果把阅读分开来说，一般科学的教科书应该偏重于阅，
语言文字的教科书应该偏重在读。一般科学的教科书虽也用了
文字写着，但我们学习的目标并不在文字上。譬如说，我们学
地理、化学，所当注意的是地理、化学书上所记着的事项本身，
这些事项除图表外原用文字记着，但我们不必专从文字上去记
忆揣摩，只要从文字去求得内容就够了。至于语言文字的学科

就不同，我们在国文教科书里读到一篇文章——假定是韩愈的《画记》，这时我们不但该知道韩愈这个人，理解这篇《画记》的内容，还该有别的目标，如文章的结构、词句的式样、描写表现的方法等，都得加以研究。如果读韩愈的《画记》，只知道当时曾有过这样的画，韩愈曾写过这样的一篇文章，那就等于不曾把这篇文章当做国文功课学习过。我们又在英文教科书里读华盛顿砍樱桃树的故事，目的并不在想知道华盛顿为什么砍樱桃树、砍了樱桃树后来怎样，乃是要把这故事当做学习英文的材料，收得英文上种种的法则。所以阅读两个字不妨分开来用，一般科学的教科书应懂它的内容，不必从文字上去瞎费力，只要好好地阅就行，像国文、英文两门是语言文字的功课，应在形式上多用力，只阅不够，该好好地读。

不论是阅或是读，对于教科书该毫不放松，因为这是正式功课，是诸君职务上的工作。有疑难，得去翻字典；有问题，得去查书。这就是所谓的参考了。参考书是为用功的人预备的，因为要参考先得有参考的项目或问题，这些项目或问题要阅读认真的人才会从各方面发现。这理由我在前回已经讲过，诸君听过的想尚还能记忆，不多说了。现在让我来说些阅读参考书的时候该注意的事情：

第一，我劝诸君暂时认定参考的范围，不要把自己所要参考的项目或问题抛荒。我们查字典，大概把所要查的字或典故查出了就满足，不会再分心在字典上的。可是如果是字典以外的参考书，一不小心，往往有辗转跑远的事情。举例来说，你读《桃花源记》，为了"乌托邦思想"的一个项目，去把马列斯的《理想乡消息》来做参考书读，是对的，但你得暂时记住，你所要参考的是"乌托邦思想"，不是别的项目。你不要因读了马列斯的这部《理想乡消息》，就把心分到很远的地方去。马列斯是主张美术的，是社会思想家，你如果不留意，也许会把所读的《桃花源记》忘掉，在社会思想、美术等的念头上打圈子，从甲方面转到乙方面，再从乙方面转到丙方面，结果会弄得头脑杂乱无章。我们和朋友谈话的时候，常有把话头远远地扯开去，忘记方才所谈的是什么的。这和因为看参考书把本来的题目抛荒，情形很相像。懂得谈话方法的人碰到这种情形，常会提醒对方把话说回来，回到所要谈的事情上去。看参考书的时候也该有同样的注意，和自己所想参考的题目无直接关系的方面，不该去多分心。

第二，是劝诸君乘参考之便留意一般书籍的性质和内容大略。除了查检字典和翻阅杂志上的单篇文字以外，所谓参考书者，一般都是一部一部的独立的书籍。一部书有一部书的性质、内容和组织式样，你为了参考，既有机会去见到某一部书，乘便把这一部书的情形知道一些，是并不费事的。诸君在中学里有种种规定要做的工作，课外读书的时间很少，有些书在常识上、将来应用上却非知道不可。例如，我们在中学校里不读《二十五史》《十三经》，但《二十五史》《十三经》是怎样的东西却是该知道的常识；我们不做基督教徒，不必读圣书，但《新约》《旧约》的大略内容却是该知道的常识。如果你读历史

课，对于"汉武帝扩展疆土"的题目想知道详细情形，去翻
《史记》或是《汉书》，这时候你大概会先翻目录吧；你翻目
录，一定会见到"本纪""列传""表""志""书"等的名目，
这就是《史记》或《汉书》的组织构造；你读了里面的《汉武
帝本纪》一篇或全篇里的几段，再把这些目录看过，在你就算
是对于《史记》或《汉书》发生过关系，《史记》《汉书》是怎
样的书，你可懂得大概了。再举一个例来说，你从植物学或动
物学教师口头听到"进化论"的话，你如果想对这题目多知道
些详细情形，你可到图书馆去找书来看。假定你找到了一本陈
兼善著的《进化论纲要》，你可先阅序文，看这部书是讲什么方
面的；再查目录，看里面有些什么项目。你目前所参考的也许
只是其中的一节或一章，但这全书的概括知识于你是很有用处
的。你能随时留心，一年之中，可以收得许多书籍的概括的大
略知识。久而久之，你就知道哪些书里有什么东西，要查哪些
事项，该去找什么书，翻检起来非常便利。

　　以上所说的是关于参考书的话。参考书因参考的题目随时
决定，阅读参考书的时候要顾到自己所参考的题目，勿使题目
抛荒，还要把那部书的序文目录留心一下，记个大略情形，预
备将来的翻检便利。

　　以下应该讲的是趣味修养的书，这类书我在上回曾经讲过，
种数不必多，选择要精。一种书可以只管读，读到厌倦才止。
这类书也该尽量地利用参考书。例如，你现在正读着杜甫的诗
集，那么有时候你得翻翻杜甫的传记、年谱以及别人诗话中对

于杜诗的评语等的书。你如果正读着王阳明的《传习录》，你得翻翻王阳明的集子、他的传记以及后人关于程、朱、陆、王的论争的著作。把自己正在读着的书做中心，再用别的书来做帮助，这样才能使你对读着的书更明白，感到更切实有味，不至于犯浅陋的毛病。

上面所讲的是三种书的阅读方法。关于"阅读"两个字的本身，尚有几点想说说。我方才曾把教科书分为两种性质：一种是属于一般的科学的，有严密的系统；一种是属于语言文字的，没有严密的系统。我又曾说过，属于一般科学的该偏重在阅；属于语言文字的，只阅不够，该偏重在读。现在让我再进一步来说，凡是书，都是用语言文字写成的，照普通的情形看来，一部书可以含有两种性质：书本身有着内容，内容上自有系统可寻，性质属于一般科学；书是用语言文字写着的，从形式上去推究，就属于语言文字了。一部《史记》，从其内容说是历史，但是也可以选出一篇来当做国文科教材。诸君所用的算学教科书当然是属于科学一类的，但就语言文字看也未始不可为写作上的参考模范，算学书里的文章朴实正确，秩序非常完整，实是学术文的好模样。这样看来，任何书籍都可有两种说法，如果就内容说，只阅可以了，如果当做语言文字来看，那么非读不可。

这次播音，教育部托我担任的是中学国语科的讲话，我把我的讲话限在阅读方面，我所讲的只是一般的阅读情形，并未曾专就国语一科讲话，诸君听了也许会说我的讲话不合教育部所定的范围条件吧。我得声明，我不承认有许多独立存在的所谓国语科的书籍，书籍之中除了极少数的文法、修辞等类以外，都可以是不属于国语科的。我们能说《论语》《孟子》《庄子》《左传》是国语吗？能说《红楼梦》《水浒传》《三国演义》是国语吗？可是如果从形式上着眼，当做语言文字来研究，那就没有一种不是国语科的材料，不但《论语》《孟子》《庄子》《左传》是国语，《红楼梦》《水浒传》《三国演义》是国语，诸君的物理教科书、植物教科书也是国语，甚至于张三的卖田契、李四的家信也是国语了。我以为所谓国语科，就是学习语言文字的一种功课，把本来用语言文字写着的东西当做语言文字来研究、来学习就是国语科的任务。所以我只讲一般的阅读，不把国语科特别提出。这层要请诸位注意。

把任何的书从语言文字上着眼去学习研究，这种阅读可以说是属于国语科的工作。阅读通常可分为两种，一是略读，一是精读。略读的目的在理解，在收得内容；精读的目的在揣摩，在鉴赏。我以为要研究语言文字的法则，该注重于精读。分量不必多，要精细地读。好比临帖，我们临某种帖，目的在笔意相合，写字得它的神气，并不在乎抄录它的文字。假定这部帖里共有一千个字，我们与其每日瞎抄一遍，全体写一千字，倒不如拣选十个或二十个有变化的、有趣味的字，每字好好地临几遍来得有效。诸君读小说，假定茅盾的《子夜》，如果当做语言文字的学习的话，所当注意的不该单是书里的故事，对于书里面的人物描写、叙事的方法、结构照应以及用词、造句等，该大加注意。诸君读诗歌，假定是徐志摩的诗集，如果当语言文字学习的话，不但该注意诗里的大意，还该留心它的造句、用韵、音节以及表现、对仗、风格等方面。语言文字上的变化技巧，其实并不十分多，只要能留心，在小部分里也大概可以看得出来。假定一部书有五百页，每一页有一千个字，如果第一页你能看得懂，那么我敢保证，你是能把全书看懂的，因为全书所有的语言文字上的法则在第一页一千字里面大概都已出现。举例来说，文法上法则，像动词的用法、接续词的用法、形容词的用法、助词的用法，以及几种句子的结合法，都已出现在第一页了。我劝诸君能在精读上多用力。

为了时间关系，我的话就将结束。我所讲的话，乱杂疏漏的地方自己觉得很多，请诸君代去求教师替我修正。关于中学国语科的阅读，我几年前曾发表过好些意见，所说的话和这回大有些不同。记得有两篇文章，一篇叫《关于国文的学习》，载在《中学各科学习法》（"开明青年丛书"之一）里，还有一篇叫《国文科课外应读些什么》，载在《读书的艺术》（"中学生杂志丛刊"之一）里，诸君如未曾看到过的，请自己去看看，或者对于我这回的讲话可以得到一些补充。我这无聊的讲话，费了诸君许多课外的时间，对不起得很。

（二十四年十二月十二日在中央广播电台讲）

叶圣陶（1894—1988），原名叶绍钧，字圣陶。现代著名作家、语文教育家，中国第一位童话作家。1911年中学毕业。1915年到上海尚公小学任教，同时为商务印书馆编写小学国文课本。1923年任商务印书馆编辑，1927年代理主编《小说月报》，1931年主编《中学生》杂志。著有小说、散文集、童话集及语文教育论著多部，编辑课本数十种。其中童话集《稻草人》是具有开拓意义的作品，长篇小说《倪焕之》被誉为划时代的扛鼎之作。

中学生课外读物的商讨

叶圣陶

第一讲

诸位同学：

这个题目是教育部出给我的。我以为对于诸位同学，这个题目的确至关重要；你们为着自己知识能力的长成起见，本来就应该仔仔细细地想一想。我的话不过表示我对于这个题目想到的一些意思，但是多少可以作为你们的参考。如果你们听了我的话，对于课外读物有了更清楚的认识，对于利用课外读物有了更适当的方法，就是我的荣幸了。我讲这个题目分为两次。现在是第一次，又分为两个节目：一个是课外读物的必需，一个是课外读物的类别。

课外读物是必需吗？这是个不成问题的问题，谁都知道是必需的。可是为什么必需呢？这就有给个回答的必要。假如回答不出来，或者只能够马马虎虎地回答，都不能认为懂得了课外读物的必需。

和课外读物相对的是课内读物，课内读物是些什么东西呢？无非各科的教科书罢了；也有不用教科书而用讲义的，那讲义也是课内读物。教科书和讲义的编撰，不是由编辑员和教师自作主张的，须得根据教育部的"课程标准"。在"课程标准"里详细规定着各科教材的内容纲要，编辑员编撰教科书，教师编撰讲义，都得按照着这些内容纲要，逐一加以叙述或说明。这种叙述或说明不能过分详细繁复，不然的话，每一科的教科书和讲义都将成为很厚的一部书。所以教科书和讲义还只是一个纲要——比较"课程标准"所规定的内容纲要略为详明的一个纲要。单凭这点点略为详明的纲要来学习是不济事的，所以教师还得给学生讲授。教师的讲授并不重在教科书和讲义的文字上的解释，而重在根据教科书和讲义中所提及的，反复阐明，使学生得到深切的了解。

万一学生把教师所讲授的忘记了一部分，再去翻开教科书和讲义来看就可以唤起记忆，追回那些忘记了的。说到这里，你们可以明白教科书和讲义的作用：在学习之前，不过提示纲要；在学习之后，不过留着备忘罢了。

课内读物的作用既然不过如此，这就见得课外读物的必需了。读了历史教科书，再去找一些关于历史的课外读物来看，读了动物讲义，再去找一些关于动物的课外读物来看，其意义等于在教室内听教师的反复阐明的讲授。并且，教师的讲授因为限于授课的时间，虽说反复阐明，实际上还是只能做扼要的叙说，简单的举例。唯有课外读物不受什么限制，叙说尽可详尽，举例尽可繁富。你要知道历史上某一事件的前因后果，你去看专讲这一事件的书；你要知道某种动物的生活详情，你去看专讲这种动物的书。看过以后，对于教科书和讲义中所提示的，教师口头所讲授的，你就有了更深广的印证。任何知识都是这样，仅仅在浮面上、概要上涉猎一点是没有多大用处的；越是往深广的方面去研求，越是可以豁然贯通，化为有用的经验。而课外读物正是引导你往深广的方面去的一条路径。

以上是说你们学习各种科目，为求深切了解起见，不能够单读教科书和讲义，必须再去读关于各种科目的课外读物。

除了关于各种科目的书以外，你们还需要其他的课外读物呢！譬如，你们修养身心，不但在实际生活上随时留意，还想听听古人今人的说话，以便择善而从，这时候，你们就得看关于修养的书；你们要认识繁复的人生，接近文学家的思想和情感，不但借此领受一点趣味，还想陶冶自己，使自己的人格更为高尚，这时候，你们就得看各种文学作品；你们为着国难严重，深切感觉"知己知彼"的必要，在"知彼"这一个项目之下，自然而然想知道日本的一切情形，这时候，你们就得看关于日本的书。广义地说起来，这些书也和各种科目有关：关于修养的书可以说是公民科的课外读物，各种文学作品可以说是国文科的课外读物，关于日本的书可以说是历史科、地理科的课外读物。可是这些书和前面那些书究竟有分别，因为它们并不限于教科书和讲义的范围之内，又并不被看做教科书和讲义的详细注脚，像前面那些书一样。前面那些书一般称为参考书，参考书是各科学习上的辅佐品。现在所说的这些书却直接供应实际生活上的需要，实际生活上需要什么，才去取什么书来看。

以上是说你们为充实你们的生活起见，在各科的参考书以外，必须再去读各种性质的课外读物。

再说一个中学学生，当他在学的时候，有两种习惯必须养成。两种什么习惯呢？一是自己学习的习惯，一是随时阅读的习惯。什么东西必须待教师讲授过了才开始去关心，教师没有讲授过，那东西即使摆在眼前，也只给它一个不理睬——这种纯乎被动的学习态度是万万要不得的。你们大概听说"举一反三"的话吧：教师的讲授无论如何详尽，总之只是"举一"，学校教育所以能使学生终身受用，全在乎学生的能够"反三"；教师绝不能把学生所需要的事事物物一股脑儿教给学生，而学生所需要的事事物物却多到不可数计，如果没有"反三"的能力，就只有随时碰壁而已。所以，纯乎被动的学习态度非打破不可，学生不应该把教师的讲授看做终极的目的，只应该看做发动的端绪；从这发动的端绪上，必须再加研求，以便取得更多的东西。就是教师并不曾给过端绪的东西，为着生活上的需要，也必须自辟门径，加以研求，以便打破事实上的困难，这是纯乎自动的学习态度。换句话说，就是自己学习的态度。凡是态度，勉强装扮是不行的，勉强装扮只能敷衍一时，不能维持永久；

必须养成了习惯，行所无事，而自然合拍，才可以历久不变，终身以之。所以，一个学生单知道应取自己学习的态度还嫌不够，尤其重要的是养成自己学习的习惯。自己学习固然不限于看书，从实务上去历练，从具体的事物上去推求、去观察、去实验，都是自己学习的方法。可是书中积聚着古人今人的各种经验，收藏着一时找不到手的许多材料，对于自己学习的人，书这东西究竟是必须发掘的宝库。因此，阅读课外读物实在有双重的效果，除了随时得到新的收获以外，又可以逐渐养成自己学习的习惯。

现在要说到养成随时阅读的习惯了。你们大概听见过熟悉外国情形的人的谈话吧，不然也总该看见过他们的文章，他们常常说欧美人和日本人如何如何爱好读书，学问家是不必说了，就是商店里的店员、工厂里的劳动者也都嗜书如命，得空就读，成为习惯。回转来看看我们自己，真是相差太远了。你们试各从自己的周围去想：家里的人有几个经常读书的？亲戚朋友中间有几个经常读书的？你们如果再下一点考察的工夫，就会知道现在的企业家中，很少有随时读书的；政治家中，嗜书如命的并不多；有一些大学教授，除了他们所教的那本课本以外，不再读什么书；有一些新闻记者，除了他们所编的那张报纸以外，不再读什么书。我国人把一切求学的事情叫做读书，又以为求学只是学生应当做的事情；不当学生，就不用求学，就不用读书。这显然是一个错误的观念。由这个错误的观念，造成了普遍地不读书的现象。这个现象表示着国力的不如人家。因为所谓国力，不仅限于有形的经济力、军备力等，一般民众的精神和智慧也在其中占着重要的成分；而普遍地不读书就是一般民众的精神衰弱，智慧萎缩，和经济力、军备力等的不如人家比较起来，至少有同等的严重性。不爱读书的中年人和老年人是没有办法的了，除非他们忽然觉悟，感到读书的必需，自己去养成读书的习惯。可是青年人为自己的充实也就是为国力的充实起见，非在学生时代养成随时阅读的习惯不可。所有的青年都能够注意到这一点，那么，在不久的将来，我国就可以成为普遍地爱好读书的国家。你们要知道，仅仅读几本教科书和讲义是养不成这种习惯的。教科书和讲义是由教师所指派，但现在所要养成的这种习惯是不待别人指派，而能够随时去阅读自己所需要、所爱读的书。教科书和讲义，像前面说过的，不过是一个比较详明的纲要；但现在所要养成的这种习惯是不但求知一个纲要，而能够随时去阅读内容丰富、体裁各异的书。这种习惯，唯有多读课外读物才可以养成。

以上是说你们为养成自己学习和随时阅读这两种习惯起见，必须去读各种的课外读物。

至于课外读物的类别，依据前面所说的，大概可以分为四类。第一类是关于各种科目的参考书：如学习了动物学、植物学，再去看一些生物学的书；学习了物理学、化学，再去看一些讲到物理学家、化学家怎样发现、发明的书。这些书就属于这一类。第二类是关于修养的书：如伟大人物的传记，学问家、事业家的言行录，都属于这一类。第三类是取供欣赏的书：如小说、剧本、文集、诗歌集，都属于这一类。第四类是供应临时需要的书：如预备练习游泳的时候去看一些讲到游泳方法的书，当社会上发生了某种问题的时候去看一些关于某种问题的书，这些书就属于这一类。以上的分类并不由于书的本身，而由于读书的人利用它的目标。同样一部书，只因读书的人利用它的目标不同，可以归到不同的类别里去。譬如，一部《史记》，如果作为历史功课中上古史的参考，当然属于第一类；但是读它的目标如果在欣赏它的文笔的雄健、描写的生动，就属于第三类了。一部《论语》，如果作为领受儒家伦理的途径，当然属于第二类；但是读它的目标如果在知道《论语》是怎样的一部书，就属于第四类了。并且，读书的目标虽有专注，读过以后所受的影响却并不限于这个目标。如为着参考而去读《史记》，同时对于《史记》的文笔的雄健和描写的生动，多少也会得到一点欣赏；为着修养而去读《论语》，同时对于《论语》是怎样一部书，自然也会懂得很清楚。我们只能这样认定，为着某种目标而去读某一部书，这某一部书就属于那一类。

现成的书并不专为中学生编撰，当然，有许多不是中学生所能理解、所能消化的。尤其是古书，除了内容以外，还有着文字上的种种障碍。就像前面提起的《史记》和《论语》，虽是高中学生，恐怕也难以通体阅读，毫无疑难。如果各给编一个删节本，把不很重要的部分去掉，中间加上简要精当的新注，前面又加上一个导言，说明本书的来历，指示本书的读法——这样，中学生看起来就绝无问题了。这不过是一个例子罢了，我们并不在这里专谈古书。总之一句话，特地而又认真地编撰的书要比现成的书好得多，因为它适合中学生的理解力和消化力。现在出版界渐渐知道在编辑中学生的课外读物上努力了，这是一个很好的现象。

整本整部的书之外，现在还有各种杂志，也是课外读物。这些杂志中间的文章可以归入第三类、第四类的居多，可以归入第一类的似乎很少。像日本那样，按照着科目和年级专编《一年级英文》《二年级英文》之类的杂志，我国简直没有。这种杂志对于学习上很有帮助，希望出版界也能够办起来。

我的第一次讲演到这里为止，余外的话，留到第二次再谈。

（二十六年五月二十日在中央广播电台讲）

第二讲

诸位同学：

这是我的第二次讲演。前天是第一次，说了课外读物的必需和课外读物的类别两个节目。这一次是说怎样阅读课外读物。

在说到怎样阅读课外读物以前，有一个问题要附带地说一说。我知道现在各地的中等学校里对于学生阅读课外读物大体是鼓励的，但是同时往往指定某一些读物加以取缔，不准学生阅读。那些被取缔的读物是什么东西呢？多数是暴露现实的作品，以及关于政治、经济的叙述和评论。学校当局做这种措置，我们当然承认他们的善意和苦衷——他们无非要学生思想纯正，感情和平，不为偏激震荡的东西所扰乱，而那些被取缔的读物正是他们所认为偏激震荡的东西。可是从学生方面说，对于发生在周围的事象和议论，最重要是具有透彻的识别力；什么事象应该怎么看，怎么应付，什么议论应该赞同还是应该反对，凭着透彻的识别力就可以自己决定。专取躲避的态度是不行的。这个事象恐怕会给我坏影响吧，不要和它接触；那个议论恐怕会教我上个当吧，不要和它亲近。这样一味躲避，结果把锻炼识别力的机会都错过了。这时候，你所躲避的东西即使真是不对的、要不得的，你可不明白它为什么不对、为什么要不得；你所保守的东西当然是认为对的、要得的，但是你也不明白它为什么对、为什么要得。——因为你不曾具有透彻的识别力。并且，躲避的办法实在是无法彻底做到的。越是不准阅读的东西，越是想弄一本来看看，这是一般学生的常情。在学校里头，为着遵守学校的禁令，固然不去看那些被取缔的读物了；可是在学校之外，只要弄得到手，尽不妨自由阅读。这就是不躲避了。

再进一步说，即使在学校之外也并不去弄一本来看看，然而一切的现实排列在学生的眼前，各种的议论沸扬在学生的耳边，学生总得看见、听见。这样，岂不还是个躲避不来？躲避的办法既然无法彻底做到，无论对的不对的、要得的要不得的东西，既然在生活里都得碰到，唯有用透彻的识别力去应付，才可以立定脚跟，知所取舍。所以，取缔某一些读物的措置虽然见得学校当局的善意和苦衷，而实际上只是个消极的不很有效的方法，积极的有效的方法还得在锻炼学生的识别力上着手。假定没有这种措置，无论什么读物都让学生自由阅读，同时却给学生做平正、通达的指导，使学生的识别力渐渐地正确起来，坚强起来。这样锻炼的结果，学生将达到能够自动地批判一切读物的境界，即使遇到了偏激震荡的东西，也不会被它所扰乱。而且，这样锻炼得来的识别力不但在学生时代有用，简直可以终身受用不尽。讲起效果来，这不比漫然取缔某一些读物强得多吗？我希望学校当局为着学生的利益起见，对于这一个问题下一番仔细的考虑。至于学生这方面，应该知道一切读物不是完全可以信赖的。阅读固然要认真，但尤其重要的是能够抱一种批判的态度；不加批判，而只顾"照单全收"，那绝对不是妥当的读书方法。批判若把以"此时""此地"做标准，大概就不会有什么错儿。凡是和"此时""此地"不相应的，至多可供谈助而已，绝不能够作为行动的方针、生活的目标。

要谈怎样阅读课外读物，第一不能不谈到时间的问题。中等学校里科目繁多，每科的教科书和讲义都得在课外温习，又有笔记和练习工作，大部分得在课外动手，要划出充裕的时间来阅读课外读物，事实上是不可能的。但是阅读课外读物原不必在一天里头占着很长的时间。上一次不是说过吗，阅读课外读物的目标之一是养成随时阅读的习惯。只要能够具有恒心，每天阅读，时间少一点倒也不妨事。各科功课方面的工作无论如何繁忙，每天划出一点钟的时间来阅读课外读物，是不会做不到的。在一点钟里头，对于并无困难的书，该可以阅读一万字，就是需要费一点心思的书，至少也可以阅读五千字。这样说起来，假定是一本十万字的书，只要每天花上一点钟的时间，至多二十天就读完了。二十天读完一本书，一年里头不是可以读完十八本书吗？从初一到高三的六年里头年年如此，不是可以读完一百零八本书吗？这就很可观了。并且，一年里头有两个不短的假期——暑假和寒假，这正是阅读课外读物的最好的机会。在假期中间自然可以多划出一点时间来，假定每天划出三点钟，大概不能算多吧，两个假期合起来做八个星期计算，就有一百六十八点钟的阅读时间，就至少可以读完八本书，六年合计就是四十八本。所以，时间虽然并不充裕，只要能够具有恒心，每天阅读，成绩是不会少的。

上一次说过，课外读物大概可以分为四类：第一类是关于各种科目的参考书，第二类是关于修养的书，第三类是取供欣赏的书，第四类是供应临时需要的书。书的类别既然不同，阅读的方法也就因而各异。一般地说起来，读书的人对于第一类和第四类的书，只求理解而已；书中所有的内容，读过以后能够通体理解，这就完事了。譬如，为求物理学的知识更加精深起见，去找一本比较教科书更为详明的物理学书来看，为求懂得游泳方法起见，去找一本指导游泳方法的书来看，只要理解了它的内容，书本就不妨丢开。而且，真个理解以后，忘记的事情是难得有的，故而竟可以终身不必再看第二回。至于作者的身世，作者写作这书的旨趣，以及这书文笔方面的种种事项，读书的人都可以不用过问，因为不过问与过问没有两样。过问了这一些，对于理解物理学的内容和游泳的方法没有多大关系。所以，阅读这两类书只需在内容方面啃住，每一个用语的含义都不可含糊，每一句说明的真意都不可放松，"不求甚解"的态度固然要不得，误会和曲解尤其要绝对避免。对于第二类、第三类书可不同了。阅读第二类书，目的在接受了书中所陈说的，自己来躬行实践；阅读第三类书，目的在跟着作者的眼光，去观察社会，体会人生。这当儿，理解书中的内容虽然也属必要，但是不能够即此为止，在理解内容以外，对于作者更需有充分的认识。因为阅读这两类书，其实就是和作者结为朋友，不过不靠面对面的相识，而由文字做媒介，以求心和心的相通而已；文字上所表示是有限的，而隐藏在文字背后的心的活动却是无限的；为求深切地了解朋友的——就是作者的——心的活动起见，就有熟悉他的生平的必要。阅读一位哲人的言行录，同时考求他的历史，阅读一位作家的文学作品，同时考求他的整个生活以及时代背景，必然比较仅仅读他的一本书有益处得多。并且，这两类书是需要屡次阅读的。第一回阅读，在这一方面得到了若干解悟，第二回阅读，在那一方面又得到了若干领会，这是善于读这两类书的人所常有的经验。真是了不得的好书，竟可以终身阅读而不感厌倦，因为它好像一个发掘不完的宝藏，你每去发掘一次，总不会空手而回。以上说的，都是阅读第二类、第三类书和阅读第一类、第四类书的不同之点。

无论读哪一类书，工具书是必须使用的。所谓工具书，指字典、辞典、图表等而言。要知道一个字眼的精密的解释、一个用语的正确的含义，就得去翻查字典和各科辞典。要指认一处地方的位置，就得去翻查地图。要见识各种东西的实相，就得去翻查各种图谱。要知道一个人物的经历、一件事情的概要，就得去翻查年谱和大事表。这些工具书现在虽然并不怎样齐备，还待著作界和出版界多多努力，但是把现有的尽量使用，在阅读上总可以得到许多帮助。个人自然不能够置备所有的工具书，但是学校图书馆或者公立图书馆置备在那里，可以随时去翻查。你要自己学习，你要随时阅读，这使用工具书的习惯非养成不可。你遇到一些疑难的时候，工具书就是一个不开口的顾问；你查考一些东西的时候，工具书就是一个包罗万象的博物馆。我们要利用工具书，并不是说我们应该抛开了实际上的研求，而专门去做书本上的工夫；乃是因为实际上的研求有所限制，不能不间接地从工具书上得到解决和认识。譬如，我们想知道古人对于一个"仁"字有多少不同的解释，但古人已经过去，不会来亲口告诉我们的了，只有去翻查详细的字典，才可以得到解决。又如，我们想看看云冈的佛教艺术，但云冈离我们很远，一时没法前去，只有去翻查云冈的图片，才可以得到认识。当阅读课外读物的时候，同样的情形常常会遇到，所以使用工具书的习惯必须养成。

无论哪一类书中都有不必费多大心思，只消一口气松松快快地读下去就行的。但内容和文字比较艰深的，就没有这么方便；如果只让眼光在书面上跑马一般跑过，其结果往往仅能够得到一些朦胧的印象，甚而至于得到一些错误的观念。故而当读书的时候，第一，要集中心思，专门放在书上。一壁在读书，一壁在想着运动场中足球的胜负，或者学校园中什么花开了不曾，那是不行的。第二，一口气直读下去，不如每读了一段一节停这么一停，回转去把那一段一节想一想。这一点至关重要，譬之吃东西，这想一想就是细细地咀嚼，可以辨出食品中的真滋味来。对于修养的书和欣赏的书，这一回工夫尤其必需。第三，为督促自己必须想得切实起见，不妨随时提起笔来写笔记。因为漫然地想一想还可以浮泛而不着边际，但要写上笔记簿去，却非把读书所得整理得有条有理不可；如果没有条理，必然写不出什么来。写笔记或者取列表的形式，或者取杂记的形式，可依所读的书的性质而定。

讲述读书方法的文章和书籍以及各类的书的序文和例言，都应该看看，这些对于阅读的技术上都有帮助。懂得一点阅读的技术，比较没有技术可以"事半而功倍"。但是要知道，仅仅懂得还嫌不够，必须按照懂得的去实行，才有实际的效果。

我的话到这里为止。我自己知道所说的话有很多杂乱疏漏的地方，请诸位同学代求教师替我修正。完了。

（二十六年五月二十二日在中央广播电台讲）

黄天鹏（1909—1982），原名鹏，字天鹏，别号天庐。广东普宁人。中国现代新闻学的拓荒人之一。1927年在北平创办我国第一家新闻学刊物《新闻学刊》。1930年任复旦大学新闻系教授，创办中国第一个新闻学研究室；同时任沪江大学新闻系教授。曾任《新闻周刊》《报学杂志》《申报》《时报》等多家报刊主编、主笔。编著有《中国新闻事业》《现代新闻学》《新闻文学概论》《新闻学名论集》等。

怎样阅报

黄天鹏

一谈到"读书"就联想起"阅报"来，"读书阅报"这四个字差不多成了一个名词，许多学校和机关没有大规模的图书馆，总有个小小的书报室。我们固然要知道怎样读书，但也要知道怎样阅报，或许在一般人"阅报"比"读书"还要重要些和普遍些。刚才和本刊编者谈起，他就要我做篇"怎样阅报"的稿子，限定日子交卷，插印入第五期，回来只好提起钢笔来就赶快地写了。

要怎样阅报呢？我虽然也研究过新闻学这一套，做了多年的新闻记者，却不曾仔细地想过。平时谈天瞎三话四还不要紧，落在纸上却不能随便地胡说，但既答应下来了，只好写一篇交稿。现在分为三方面来说。

一、 为什么要阅报

为什么要阅报？答案很简单，就是要知道许多不知道的事情。人类本来是求知的动物，因有欲知道的欲望才有了报纸的要求。报纸的制造者就应了这种需求，搜集许多许多人要知道的事件在一起，来供给人们这个需要。通常人类的生活分做两部分，一部分是物质的生活，一部分是精神的生活。报纸是属于精神一方面的，我们每天起来就要阅报，看看世界、国家、社会有什么事情，已成了一种日常生活必需的习惯。若是有许多事情要办，则把报上重要的新闻翻阅一过，天下大事、市井琐闻都已了然于胸了。若是闲暇，在桌边披读，成了晨餐的伴侣，足未出门，人群的活跃已尽收眼底了。所以后藤氏说："报纸在今日已同晨餐一样的重要。"

从另一方面想，假使没有报纸，要成怎样的情形呢？在国际关系这样密切复杂的二十世纪，在人事往还这样繁冗重要的现代社会，要靠书信的传递，不但迟滞而且挂一漏万；要靠口头的传述，那更不行了。虽然有耳目，较远的地方便无所闻见，竟和聋盲的一般。吉弗孙①说："我愿意住在有报纸没有法律的国家，不愿意住在有法律没有报纸的国家。"大概就因了这种的感触。我们平时阅报成了习惯的人，一旦报纸中断了或停刊了，

①今译杰斐逊（Thomas Jefferson，1743—1826），美国第一任国务卿，第二任副总统，第三任总统，参加起草《独立宣言》。——编者注。

就立刻感到"无所知无所闻"的苦闷，好像今天的一件大事没有做，心里很有缺憾似的，因为报纸已成了人类精神的食粮，而不可片刻分离的了。

　　报纸是社会的缩影，我们既然在社会上做个"社会人"，对所处的社会自然非明了不可。报纸也是一部现代的历史，一部人类活动的现象的记录，大之如政治、经济、社会、教育等，小之如市镇琐闻、里巷杂事，以及科学、文艺、美术各端，报上无不包罗，色色俱备的。举凡一个国家的兴亡，一个人物的生死，一件事情的变迁，报上都穷原究委，原原本本地详细记载，像一面反映着整个社会的镜子。我们每日阅报，就是阅我们所在的社会，但社会是那样地广泛，发生的事情是那么地众多，凭个人的能力，当然不能遍尝各式的生活和具有各种的知识。于是新闻记者就把它整理剪裁，以最经济最科学的方法来制作为报纸。我们以极短的时间阅报，便可窥见整个的社会的活动。它告诉我们国际的新风云、国家的新设施、社会上发生悲的喜的事件以及科学的发明、学术的进步，差不多是无所不包，无所不有的。我们一天要做"社会人"，就非天天看这社会的缩影——报纸不可。

　　在反面上，还有一件时事可以证明阅报的重要。这回新年上海报纸停刊了九天，在这九天中我们感到异样的枯寂和沉闷。关心时事的，阅报成瘾的，对世界的国交、政府的新政以及新年的裁厘等各案、社会上发生各种事件的真相，都迫切地期待着知道。其次，那些有闲阶级，平时只阅社会新闻的奸杀盗匪案事件来做谈天资料的，读着报屁股的妙文谐著来消遣的，也同样感到没有报看的苦闷。还有专看娱乐广告的少爷哥子们、太太小姐们，也想知道大舞台上梅兰芳博士今晚演什么名剧，卡尔登换了什么香艳肉感的新片子，大家也一样地觉得没有报看的苦闷。于是就有人利用这个时机，临时来发刊"新年报"应市，果然一纸风行，做了一笔很好的生意。由这一点看起来，我们要阅报的需求是怎样地逼切了。

二、 要怎样地阅报

因为要知道许多不知道的事情，才有阅报的需求，但世界的事情是那么地繁多，个人的精力也不能件件都知道。而且报纸也有许多不同的种类，个人也没有时间都拿来阅读，于是就有了怎样阅报的问题。在大体上全份的报纸都要浏览一过，谁都应这样的。次则因为各人的兴趣不同，立场各异，各有各人的焦点和阅法。例如，政界的人物注重政治方面，军界的人物注重军事方面，教育界的人物注重教育方面，商人注意经济栏，运动员注意体育栏，文人注意文艺栏，妇女关心家庭儿童的各种消息，每种人都有他的侧重点，而目的在增进智识、扩大视线，却是一样。但是报纸的内容是复杂而整个的，各种材料无所不包的。页数少的一二张，多的连本埠增刊七八张。好像一部《二十四史》，不知从哪一张来读起，有些人茫无头绪，东看看，西看看，莫明其妙，兴趣索然，这是他不知道怎样读的缘故。我常常劝告朋友们，阅报应先有一个中心的主见，对那些必须知道的和想知道的，有了屡次的观念，才能有次序的阅法，才能显出报纸的效能。这个中心系统的确立基于下列三点：

第一，在"社会人"的立场上——报上许多重大事件，凡具有重要性、与社会有密切关系的，因为他们也是社会的一分子，这一类都要阅要读的。

第二，在个人的事业上——报上关于自己职业上和事业上的一类事件，应特别地注意，以供参考或取法，这一类阅读后，最好剪存或摘录起来。

第三，在时间上和兴趣上——报上新闻过多时，没有时间详阅，要择要地阅读。若是对某种消息或某一专栏有特别兴趣的，可另提出来精阅。

由上面这三个元素来决定阅报的次序和重点，才有效力而不致浪费光阴。不过报的种类多着哩，有的注重政治新闻，有的注重经济消息，有的注重妇女与体育，还有的是营业报，有的是机关报，种类繁多，不胜枚举。我们既不能尽目地阅报，就是从早晨阅到晚上也是阅不全的，即阅完也没甚好处，所以就要有一个经济而有效的阅报法了。照我个人想到的方法如下：

第一，选报。现在新闻事业勃兴，每个城市都有数种以上的报纸，有的可以代表时代性，有的有自己的特点，我们看着某报的宗旨和言论上消息上，自己的需要和时间经济上，来选定一二或数种。譬如，对住在上海的来说，日报公会的五个大报会员都有自己的截然不同的历史和背景，我在《中国新闻事业》中说得很详细，现在把这五个大报的特点简要地说一说：

一是《申报》——注重国内及国际的政治消息。它有悠久的历史，始终抱着稳健的态度、显明的特点，是各种新闻和广告的齐备。新闻偏重政治方面，广告侧重文化方面（如招生、新书等广告），销行各行省及国外。

二是《新闻报》——注重国内及国际的经济消息。它也有相当的历史，宗旨比较地趋重保守方面。新闻和广告每与《申报》竞争。新闻侧重经济方面，广告侧重商业方面，较《申报》为多。在本埠及江浙各地销路占第一的位置。

三是《时报》——注重妇女家庭运动，在过去也有光荣的历史，采取最新的经营法，改良铅字，套印多色，注重社会新闻，提倡运动。而最大的特色是"图画时报"，为青年及妇女所爱读。在新闻的取材上独具只眼，注意到兴趣方面。

四是《时事新报》——注重学艺及青年修养。这个报一向富于改革的精神，日日在进步中，评论很为一般人所称许，学艺方面也能引起青年人的注意。近也增刊画报，与《时报》争胜，在教育界有特别的势力。

五是《民国日报》——注重党政。这报为国民党的党报，为党报中的最有力量者。新闻注重党务，广告有法律上的效力。读者以党政机关及党员最多。

这是各报上最显明的特点，自然关于其他的重要新闻，都以一样争胜的，不过各有各的侧重点罢了。要读哪一种报，随着各人的志趣，为适宜的措置。我有一位朋友是学界的人物，他订了一份《申报》，因为各种消息广告比较地齐备；同时又加一份《时报》，因为有点美术的意味，而且他的新夫人也欢喜看《时报》的。各地虽然不能依着这个标准来选报，也没有比较近于我理想的报纸，但也只好选一种比较地尚可一阅的地方报，再辅以一种都市报，或再选一二外国报以备参考。

第二，阅法。报纸既选定了，在未阅之前，心中应先有了个阅读的次序，大概材料可分做纵横两个方面：横的如国际、国内、地方、本埠等，纵的如政治、经济、教育、社会等，纷然杂呈，繁杂万端。阅读的方法，应该依着次序的前后，由第一张第一栏到最后的一栏止。但没有悠闲的时间，故应划分为精阅、浏览和备阅三种，在时间上可以自由地伸缩。新闻中像提要、电讯、大事以及自己有特别关系这一部分，不管怎样地忙碌，每日要有恒心和一定时间来精阅，不要轻易忽略了。其次是浏览部分，像各种次要事件、地方新闻、社会新讯等，只要顺便浏览标题式中冒头的一段，获到新闻的精彩就得了。最后就是备阅一部分，如在办公余暇或是在假日，就把副刊及各种的周刊以及普通的广告之类看看，也是有益的。若是事情实在太忙，翻阅报上的提要、标题及重要消息也是必要，这个习惯不管怎样都要养成的。

近来很多阅报的人有个不良的习惯，大部分都不阅社论、电讯、要闻，尤其是国际消息，好像政治、军事、经济等要讯，国际的变化，和我们漠不相关似的。大家都争阅着社会新闻上的奸淫盗杀等案。报馆为着迎合读者的下级趣味，也笔墨淋漓地来描写这些事件，很有美国黄色报纸的趋势。这班人阅报并不是为了满足生活上必须知道的知识，只是为了满足好奇心，或消遣无聊的时光。有些还只光读报屁股的妙文，像"路偷电"、"太阳晒屁股赋"、山海经式的小说等，这完全是下级趣味的嗜好。这些恶习惯是应该打倒的，新时代的人要戒绝这坏习气，养成良好的阅报习惯，依照我前面所叙述的方法来阅报。同时报纸方面也应该改良，不要只顾赚钱，只求迎合读者的下级趣味。真正的办报者要下决心来革新，提高读者的程度，把漠视国家的心理变成关切的态度，也成为舆论中的健全的分子。这一点我们应该注意，尤其是新闻界的同业们。

第三，评断。今日的新闻业尚在发育的时期，委实没有几种近乎我们理想的报纸，也有些是因为特别的压迫，不能自由地来尽它的责任。营业化的报纸，四方八面玲珑，抱着不得罪人的宗旨，有许多消息都是很囫囵的，立论的圆滑更不用说了。靠津贴的报纸，本来就是人家宣传机关，只一方面地带色彩的新闻和有作用的社论，都不是我们所需要的。在这种情况之下，我们阅报要先有见识，对报上消息的真伪、评论的是非，我们要有锐敏的观察力、坚强的判断力，自己来下主决，才不致为似是而非的言论所迷惑，半真半伪的消息所欺骗，这是读报的人应有的资格。不过有些报纸具有报格的，也可相当地信任。有时在一种变态的情形之下，报上失却它的自由，消息上只能给你一点暗示，或是露出一点真相的痕迹。这些大半靠你的敏锐的感受力和读报的经验才能领会。

在这种情况之下，透露事实的真相有很多的方式，要靠聪明的读者来领会。至于评论的公私，记载的确否，读者要下判断，一半可以根据这个报纸的背景和平素立言的态度，一半也可照自己的观察和意见来决定的。随机应变，在我们的聪明的读者了。

第四，监督。报纸是社会公共的言论机关、民众的喉舌，读者与报馆并不是商店与顾客的关系，而只是职务上的不同而已。所以报上的立言应以公众利益为前提，站在大众的地位来说话，若是违背这个原则，大众必共弃之，而走上自绝于众的危崖。故办报者只有深明此真谛者才能得群众的拥护，获到多数的读者，立下他的巩固的基础，因此读者对于报纸，应自觉其责任，对于报纸取一种监督的态度。凡有不知自爱的报纸，自堕报格，为一党一派所利用，违背大众的利益而不顾，则应予以警告，警告无效，予以不阅看的裁制。报既没有人要看，自然关门大吉。违背公众利益的报纸自然逐渐地被淘汰，或转变而从善了，这才显出大众监视的力量。

在欧美的大报，对于读者的意见是极端尊重的。《英京》的每日新闻的柱石，为无数热诚的读者，每日每年以此自豪。该报对于读者的来稿除尽量地采纳刊出外，还要减轻报资，赶速递送。一切关于读者，总求迅速和便利。日本的报馆更有社会事业部来服务读者，如运动会、展览会、病院、航空等事业。听说欧洲有一个地方读者向报上投稿发表意见，未见刊载，还可以"钳制舆论"的罪名起诉呢。上海《时事新报》近来增了

"来函"一栏，以容纳投稿，也许就是上述的觉悟吧。总之，读者取一种监视的态度来督促报纸的上进，才尽他读者的责任。

第五，研究。阅报成了习惯，就引起了兴趣，有比较的批评，就引起研究新闻学的志愿。那种报有什么优点，那种报有什么劣点，某报采用分类的编法，某报采用综合的编法，孰优孰劣，下一评判，这么一来，就可拿新闻学原理来做准绳了。这儿我是主张阅报者应有新闻学的常识的。我在上海复旦大学曾这样地讲过：

新闻学不但是从事新闻事业的人应当研究，就是一般人也应当具有这种智识，才对新闻纸的记载有评判正谬、辨别是非的能力，且可知道尊重舆论的威严以及记者的人格，来督进新闻事业的发展。另进一步，由此种涵养历练，可以观察世变，洞悉奸网，揭发社会上的黑幕、政治上的真相，而战争期内尤可解读记事字里行间所流露出来的消息。当那疑云当前、谣言纷纷的时候，较一般不知新闻学者较为容易明了许多，或先领会一切的。所以新闻学这一门也可以说是授人以敏锐的眼光、灵敏的思想、刚果的决断力：进可以理解复杂的社会，左右人群的潜势力；退可以析疑辩难，为立身处世的辅助。因为这番缘故，新闻学凡是从事新闻事业的人应当学自不消说，就是一般人也是应具的常识。

关于新闻学的研究，本刊前期各科研究法专号我有一篇
《研究新闻的方法》可以参看，这里不赘述了。

三、 阅报有甚好处

知道要怎样地阅报了，阅了报有什么好处，这可以知道的。
若自然，还是前面说过了许多不知道的事情。再具体地说点：
在公众上可以沟通人类的思想感情，促进世界的大同；在个人
上可以增加新的智识，获得生活必需的学问来应付新的环境。
世界的人类本来有群居的可能性，但因为环境的风俗、习惯、
生活、气候等的不同，流传下来就形成隔膜了。野心家利用起
来，而发生了战争等许多不幸的事件。铲除这种不幸障碍物，
报纸是好的工具，因为报纸是公众的机关，是代表大众利益说
话的，而内容又是现代社会的反映、时代思潮的结晶。东方的
思想可以借着它运输到西方，西方的思想也可以由它介绍到东
方来。东西的思潮能有接近的机会，自然有互相了解的效能，
而阻止不幸事件冲突的发生。在消息上又把这个地方的新闻传
播到另一个地方，把别个地方的新闻供给本地方的读者，交换
双方的消息，使两个天涯海角地域的民众互相了解，互相熟识，
渐渐发生感情来，不幸的事件便可消灭了。不幸发生误会也易
于解释，这是在人类方面最大的贡献，也是我们阅报最大的
益处。

至于个人可以得到许多的利益，更不消说。一张报纸的内
涵比一个图书馆还要实用，它不但告诉你世上所发生的事件，

人类活跃的情形，你所处在的社会的现状，这些你都不知道，便可从它很迅速地知道，才应付这新生活的环境。同时，它还载科学、文学、哲学、医学各种学艺，你可以随你所要知道的获得新的智识，比你在学校所受的还要丰富，成了你终身的教师，一年三百六十五日地指导着你，不曾间断。较之学校短期的毕业，只给你一部分的知识，已大有广狭长短的不同了。所以一个人由出世识字起，到了老死，可以说都受着报纸的教育，受着这种活的教育。英国人民自十四岁高等小学毕业后，到了社会有十分之八此后只受着报纸的教育，他们从报纸上获到许多生活上必需的智识，较在学校课本上所得到的不知多了若干万倍，报纸以"日日新"的消息以及人生最重要的问题来供给一般的读者，满足新的智识欲。脱离了学校教育的人，完全倚赖着它来做新智识的粮食，为终身不断的修养。我们若是一旦离绝报纸的接触，不啻窒塞了自己的聪明，观察每流于错误，生活在社会上必到动辄得咎的痛苦。故此报纸的教育是一日不能够中断的。我们阅报不但要知道国家大事，而且要知道世界的大事，沟通人类的思想感情，来促进世界大同的实现。在个人要把它认做终身的导师、生活必需的新智识的宝库，这样才能发现阅报的效能、阅报的真意义。

1931 年 5 月 25 日

丰子恺（1898—1975），著名漫画家、散文家、文艺理论家和翻译家。1919年毕业于浙江省立第一师范学校。1921年获亲友资助赴日留学，10个月后因经济困难回国，先后在上海、浙江、重庆等地任教，并曾任上海开明书店编辑、《中学生》杂志编辑。1924年在文艺刊物《我们的七月》上第一次发表漫画《人散后，一钩新月天如水》。1942年在重庆自建"沙坪小屋"，专事绘画和写作。

我的苦学经验

丰子恺

我于1919年，二十二岁的时候，毕业于杭州的浙江省立第一师范学校。这学校是初级师范。我在故乡的高等小学毕业，考入这学校，在那里肄业五年而毕业。故这学校的程度，相当于现在的中学校，不过是以养成小学教师为目的的。

但我于暑假时在这初级师范毕业后，既不做小学教师，也不升学，却就在同年的秋季来上海创办专门学校，而做专门科的教师了。这种事情，现在我自己回头想想也觉得可笑，但当时自有种种的因缘使我走到这条路上。因缘者何？因为我是偶然入师范学校的，并不是抱了做小学教师的目的而入师范学校的。故我在校中只是埋头攻学，并不注意于教育。在四年级的时候，我的兴味忽然集中在图画上了，甚至抛弃其他一切课业而专习图画，或托事请假而到西湖上去做风景写生。所以我在校的前几年，学期考试的成绩屡列第一名，而毕业时已降至第二十名。因此毕业之后，当然无意于做小学教师，而希望发挥自己所热衷的图画。但我的家境不许我升学而专修绘画。正在踌躇之际，恰好有同校的高等师范图画手工专修科毕业的吴梦非君，和新从日本研究音乐而归国的旧同学刘质平君，计议在上海创办一个养成图画、音乐、手工教员的学校，名曰专科师范学校。他们正在招求同人，刘君知道我热衷于图画而又无法升学，就来拉我去帮办。我也不自量力，贸然地答允了他。于是我就做了专科师范的创办人之一，而在这学校中教授西洋画等课了。这当然是很勉强的事。我所有关于绘画的学识，不过在初级师范时偷闲画了几幅木炭石膏模型写生，又在晚上请校内的先生教些日本文，自己向师范学校的藏书楼中借得一部日本明治年间出版的《正则洋画讲义》，从其中窥得一些陈腐的绘画知识而已。

　　我犹记得，这时候我因为自己只有一点对于石膏模型写生的兴味，故竭力主张"忠实写生"的画法，以为绘画以忠实摹写自然为第一要义。又向学生演说，谓中国画的不忠于写实为其最大的缺点，自然中含有无穷的美，唯能忠实于自然摹写者方能发现其美。就拿自己在师范学校时放弃了晚间的自修课，而私下在图画教室中费了十七小时而描成的 Venus① 头像的木炭画揭示学生，以鼓励他们忠实写生。当 1920 年的时代，而我在上海的绘画专门学校中厉行这样的画风，现在回想起来真是闭

①维纳斯，古代罗马神话故事中的女神。——编者注。

门造车。然而当时的环境颇能容纳我这种教法。因为当时中国
宣传西洋画的机关绝少，上海只有一所美术专门学校，专科师
范是第二个兴起者。当时社会上人士大半尚未知道西洋画为何
物，或以为美女月份牌就是西洋画的代表，或以为香烟牌子就
是西洋画的代表。所以在世界上看来我虽然是闭门造车，但在
中国之内，我这种教法大可卖野人头呢。但野人头终于不能常
卖，后来我渐渐觉得自己的教法陈腐而有破绽了。因为上海宣
传西洋画的机关日渐多起来，从东西洋留学归国的西洋画家也
时有所闻了。我又在上海的日本书店内购得了几册美术杂志，
从中窥知了一些最近西洋画界的消息以及日本美术界的盛况，
觉得从前在《正则洋画讲义》中所得的西洋画知识实在太陈腐
而狭小了。虽然别的绘画学校并不见有比我更新的教法，归国
的美术家也并没有什么发表，但我对于自己的信用已渐渐丧失，
不敢再在教室中扬眉瞬目而卖野人头了。

　　我懊悔自己冒昧地当了这教师。我在布置静物写生标本的
时候，曾为了一只青皮的橘子而起自伤之念，以为我自己犹似
一只半生半熟的橘子，现在带着青皮卖掉，给人家当做习画标
本了。我想窥见西洋画的全豹，我也想到东西洋去留学，做了
美术家而归国，但是我的境遇不许我留学。况且我这时候已经
有了妻子，做教师所得的钱，赡养家庭尚且不够，哪里来留学
的钱？经过了许久烦恼的日月，终于决定非赴日本不可。我在
专科师范中当了一年半的教师，于1921年的早春，向我的姊丈
周印池君借了四百块钱（这笔钱我才于两三年前还他。我很感

谢他第一个惠我的同情），就抛弃了家庭，独自冒险地到东京去了。得去且去，以后的问题以后再说，至少，我用完了这四百块钱而回国，总得看一看东京美术界的状况了。

但到了东京之后，就有许多关切的亲戚朋友设法接济我的经济。我的岳父给我约了一个一千元的会，按期寄洋钱给我。专科师范的同人吴、刘二君，亦各以金钱相馈赠。结果我一共得了约两千块钱，在东京维持了足足十个月的用度，到了同年的冬季，金尽而返国。这一去称为留学嫌太短，称为旅行嫌太长，成了三不像的东西。同时我的生活也是三不像的，我在这十个月内，前五个月是上午到洋画研究会中去习画，下午读日本文；后五个月废止了日本文，而每日下午到音乐研究会中去学提琴，晚上又去学英文。然而各科都常常请假，拿请假的时间来参观展览会，听音乐会，访图书馆，看 Opera，以及游玩名胜，钻旧书店，跑夜摊（Yomise）。因为这时候我已觉悟了各种学问的深广，我只有区区十个月的求学时间，绝不济事，不如走马看花，呼吸一些东京艺术界的空气而回国吧。幸而我对于日本文在国内时已约略懂得一点，会话也早已学得了几声。到东京后，旅舍中唤茶、商店中买物等事，勉强能够对付。

我初到东京的时候，随了众同国人入东亚预备学校学习日语，嫌其程度太低，教法太慢，读了几个礼拜就辍学。自己异想天开，为了学习日本语的目的，向一个英语学校的初级班报名，每日去听讲两小时。他们是从"A boy, A dog"教起的，所用的英文教本与《开明第一英文读本》程度相同。对于英文我已完全懂得，我的目的是要听这位日本先生怎样地用日本语来解说我所已懂的英文，便在这时候偷取日本语会话的诀窍。这异想天开的办法果然成功了。我在那英语学校里听了一个月讲，果然于日语会话及听讲上获得了很多的进步，同时看书的能力也进步起来。本来我只能看《正则洋画讲义》一类的刻板的叙述体文字，现在连《不如归》和《金色夜叉》（日本旧时很著名的两部小说）都会读了。

我的对于文学的兴味是从这时候开始的。以后我就为了学习英语的目的而另入一英语学校。我报名入最高的一班，他们教我读伊尔文的 *Sketch Book*①。这时候我方才知道英文中有这许多难记的生字（我在师范学校毕业时只读到《天方夜谭》）。兴味一浓，我便嫌先生教得太慢。后来在旧书店里找到了一册 *Sketch Book* 讲义录，内有详细的注解和日译文，我确信这可以自习，便辍了学，每晚伏在东京的旅舍中自修 *Sketch Book*。我自己限定于几个礼拜之内把此书中所有一切生字抄写在一张图画纸上，把每字剪成一块块的纸牌，放在一只匣子中。每天晚上，像摸数算命一般地向匣子中探摸纸牌，温习生字。不久生字都记诵，*Sketch Book* 全部都会读，而读起别的英语小说来也很自由了。路上遇见英语学校的同学，询问知道他们只教了全书的几分之一，我心中觉得非常得意。从此我对于学问，相信用机

①今译《见闻札记》，作者伊尔文今译欧文（1783 – 1859），美国作家。——编者注。

械的方法而下苦功。知识这样东西，要其能够于应用，分量原是有限的。我们要获得一种知识，可以先定一个范围，立一个预算，每日学习若干，则若干日可以学毕，然后每日切实地实行，非大故不准间断，如同吃饭一样。照我当时的求学的勇气预算起来，要得各种学问都不难：东西洋知名的几册文学大作品，我可以克日读完；德文、法文等，我都可以依赖各种自修书而在最短期内学得读书的能力；提琴教科本 *Homahnn* 五册，我能每日练习四小时而在一年之内学毕。除了绘画不能硬要进步以外，其余的学问在我都可以用机械的用功方法来探求其门径。然而这都是梦想，我的正式求学的时间只有十个月，能学得几许的学问呢？我回国之后，回想在东京所得的，只是描了十个月的木炭画，拉完了三本 *Homahnn*，此外又带了一些读日本文和读英文的能力而回国。回国之后，我为了生活和还债，非操职业不可。没有别的职业可操，只得仍旧做教师，一直做到了今年的秋季。十年来我不断地在各处的学校中做图画、音乐或艺术理论的教师。一场重大的伤寒病令我停止了教师的生活。现在蛰居在嘉兴的穷巷老屋中，伴着了药炉、茶灶而写这篇稿子。

故我出了中学以后，正式求学的时期只有可怜的十个月。此后都是非正式的求学，即在教课的余暇读几册书而已。但我的绘画、音乐的技术，从此日渐荒废了。因为技术不比别的学问，需要种种的设备，又需要每日不断地练习。研究绘画须有画室，研究音乐须有乐器，设备不周就无从用功。停止了几天，笔法就生疏，手指就僵硬。做教师的人，居处无定，时间又无定，教课准备又忙碌，虽有利用课余以研究艺术的梦想，但每每不能实行。日久荒废更甚。我的油画箱和提琴久已高搁在书橱的最高层，其上积着寸多厚的灰尘了。手痒的时候，拿毛笔在废纸上涂抹，偶然成了那种漫画。口痒的时候，在口琴上吹奏简单的旋律，令家里的孩子们和着了唱歌，聊以慰藉我对于音乐的嗜好。世间与我境遇相似而酷嗜艺术的青年们，听了我的自述，恐要寒心吧！

但我幸而还有一种可以自慰的事，这便是读书。我的正式求学的十个月给了我一些阅读外国文的能力。读书不像研究绘画、音乐需要设备，也不像研究绘画、音乐需要每日不断的练习。只要有钱买书，空的时候便可阅读。我因此得在十年的非正式求学时期中，读了几册关于绘画、音乐、艺术等的书籍，知道了世间的一些些事。我在教课的时候，常把自己所读过的书译述出来，给学生们做讲义。后来有朋友开书店，我乘机把这些讲义稿子刊印为书籍，不期地走到了译著的一条路上。现在我还是以读书和译著为生活。回顾我的正式求学时代，初级师范的五年只给我一个学业的基础，东京的十个月间的绘画、音乐的技术练习已付诸东流。独有非正式求学时代的读书，十年来一直伴随着我，慰藉我的寂寥，扶持我的生活。这真是以前所梦想不到的偶然的结果。我的一生都是偶然的，偶然入师范学校，偶然欢喜绘画、音乐，偶然读书，偶然译著，此后正不知还要逢到何种偶然的机缘咧。

读我这篇自述的青年诸君，你们也许以为我的读书生活是幸运而快乐的，其实不然，我的读书是很苦的。你们都是正式求学，正式求学可以堂堂皇皇地读书，这才是幸运而快乐的。但我是非正式求学，我只能伺候教课的余暇而偷偷隐隐地读书。做教师的人，上课的时候当然不能读书，开议会①的时候不能读书，监督自修的时候也不能读书，学生课外来问难的时候又不能读书，要预备明天的教授的时候又不能读书。担任了他一小时的功课，便是这学校的先生，便有参加议会、监督自修、解答问难、预备教授的义务；不复为自由的身体，不能随了读书的兴味而读书了。我们读书常被教务所打断，常被教务所分心，绝不能像正式求学的诸君的专一。所以我的读书，不得不用机械的方法而下苦功，我的用功都是硬做的。

我在学校中，每每看见用功的青年们，闲坐在校园里的青草地上或桃花树下，伴着了蜂蜂蝶蝶、燕燕莺莺，手执一卷而用功，我羡慕他们，真像潇洒的林下之士！又有用功的青年们，拥着棉被高枕而卧在寝室里的眠床中，手执一卷而用功，我也羡慕他们，真像耽书的大学问家！有时我走近他们去，借问他们所读为何书，原来是英文、数学或史、地、理、化，他们是在预备明天的考试，这使我更加要羡煞了。他们能用这样轻快闲适的态度而研究这类知识学科的书，岂真有所谓"过目不忘"的神力么？要是我读这种书，我非吃苦不可。我须得埋头在案上，行种种机械的方法而用笨功，以硬求记诵。诸君倘要听我的笨话，我愿把我的笨法子一一说给你们听。

---

①即会议，他处亦同。——编者注。

在我，只有诗歌、小说、文艺可以闲坐在草上、花下或偃卧在眠床中阅读。要我读外国语或知识学科的书，我必须用笨功。请就这两种分述之：

第一，我以为要通一国的国语，须学得三种要素，即构成其国语的材料、方法以及其语言的腔调。材料就是"单语"，方法就是"文法"，腔调就是"会话"。我要学得这三种要素，都非行机械的方法而用笨功不可。

"单语"是一国语的根底。任凭你有何等的聪明力，不记单语绝不能读外国文的书。学生们对于学科要求伴着趣味，但谙记生字极少有趣味可伴，只得劳你费点心了。我的笨法子，即如前所述，要读 *Sketch Book*，先把 *Sketch Book* 中所有的生字写成纸牌，放在匣中，每天摸出来记诵一遍，记牢了的纸牌放在一边，记不牢的纸牌放在另一边，以便明天再记。每天温习已经记牢的字，勿使忘记。等到全部记诵了，然后读书，那时候便觉得痛快流畅，其趣味颇足以抵偿摸纸牌时的辛苦。我想熟读英文字典，曾统计字典上的字数，预算每天记诵二十个字，若干时日可以记完，但终于未曾实行。倘能假我数年正式求学的日月，我一定已经实行这计划了。因为我曾仔细考虑过，要自由阅读一切的英语书籍，只有熟读字典是最根本的善法。后来我向日本购买一册《和英根柢一万语》①，假定其中一半是我所已知的，则每天记二十个字，不到一年就可记完，但这计划

①原文如此，其中"根柢"今用"根底"。——编者注。

实行之后，终于半途而废。阻碍我的实行的，都是教课。记诵
《和英根柢一万语》的计划，现在我还保留在心中，等待实行的
机会呢。我的学习日本语，也是用机械的硬记法。在师范学校
时就在晚上请校中的先生教日语。后来我买了一厚册的《日语
完璧》，把后面所附的分类单语用前述的方法一一记诵。当时只
是硬记，不能应用，且发音也不正确；后来我到了日本，从日
本人的口中听到我以前所硬记的单语，实证之后，我脑际的印
象便特别强明，不易忘记。这时候的愉快也很可以抵偿我在国
内硬记时的辛苦，这种愉快使我甘心消受硬记的辛苦，又使我
始终确信硬记单语是学外国语的最根本的善法。

关系学习"文法"，我也用机械的笨法子。我不读文法教科
书，我的机械的方法是"对读"。例如，拿一册英文《圣书》
和一册中文《圣书》并列在案头，一句一句地对读，积起经验
来，便可实际理解英语的构造和各种词句的腔调。《圣书》之
外，他种英文名著和名译，我亦常拿来对读。日本有种种英和
对译丛书，左页是英文，右页是日译，下方附以注解。我曾从
这种丛书得到不少的便利。文法原是本于论理的，只要论理的
观念明白，便不学文法，不分 Noun 与 Verb 亦可以读通英文。
但对读的态度当然是要非常认真，须要一句一字地对勘，不解
的地方不可轻轻通过，必须明白了全句的组织，然后前进。我
相信认真地对读几部名作，其功效足可抵得学校中数年的英文
教科。这也可说是无福享受正式求学的人的自慰的话，能入学
校而受先生教导，当然比自修更为幸福。我也知道入学是幸福

的，但我真犯贱，嫌它过于幸福了。自己不费钻研而袖手听讲，由先生拖长了时日而慢慢地教去，幸福固然幸福了，但求学心切的人怎能耐烦呢？求学的兴味怎能不被打断呢？学一种外国语要拖长许久的时日，我们的人生有几回可供拖长呢？语言文学，不过是求学问的一种工具，不是学问的本身。学些工具都要拖长许久的时日，此生还来得及研究几许学问呢？拖长了时日而学外国语，真是俗语所谓："拉得被头直，天亮了！"我固然无福消受入校正式求学的幸福，但因了这个理由，我也不愿消受这种幸福，而宁愿独自来用笨功。

关于"会话"，即关于语言调腔的学习，我又喜用笨法子。学外国语必须通会话。与外国人对晤当然须通会话，但自己读书也非通会话不可。因为不通会话，不能体会语言的腔调；腔调是语言的神情所寄托的地方，不能体会腔调，便不能彻底理解诗歌、小说、戏剧等文学作品的精神。故学外国语必通会话。能与外国人共处，当然最便于学会话。但我不幸而没有这种机会，我未曾到过西洋，我又是未到东京时先在国内自习会话的。我的学习会话也用笨法子，其法就是"熟读"。我选定了一册良好而完全的会话书，每日熟读一课，克期读完。熟读的方法更笨，说来也许要惹人笑。我每天自己上一课新书，规定读十遍。计算遍数，用选举开票的方法，每读一遍，用铅笔在书的下端画一笔，使凑成一个字。不过所凑成的不是选举开票用的"正"字，而是一个"讀"字。例如，第一天读第一课，读十遍，每读一遍画一笔，便在第一课下面画了一个"言"字旁和一个

"士"字头。第二天读第二课，亦读十遍，亦在第二课下面画一个"言"字和一个"士"字，继续又把昨日所读的第一课温习五遍，即在第一课的下面加了一个"四"字。第三天在第三课下画一"言"字和一"士"字，继续温习昨日的第二课，在第二课下面加一"四"字，又继续温习前日的第一课，在第一课下面再加了一个"目"字。第四天在第四课下面画一"言"字和一"士"字，继续在第三课下加一"四"字，第二课下加一"目"字，第一课下加一"八"字，到了第四天而第一课下面的"讀"字方始完成。这样下去，每课下面的"讀"字逐一完成。"讀"字共有二十二笔，故每课共读二十二遍，即生书读十遍，第二天温五遍，第三天又温五遍，第四天再温两遍。故我的旧书中，都有铅笔画成的"讀"字。每课下面有了一个完全的"讀"字，即表示已经读熟了。这办法有些好处：分四天温习，屡次反复，容易读熟。我完全信托这机械的方法，每天像和尚念经一般地笨读。但如法读下去，前面的各课自会逐渐地从我的唇间背诵出来，这在我又感到一种愉快，这愉快也足可抵偿笨读的辛苦，使我始终好笨而不迁。

会话熟读的效果，我于英语尚未得到实证的机会，但于日本语我已经实证了。我在国内时只是笨读，虽然发音和语调都不正确，但会话的资料已经完备了。故一听了日本人的说话，就不难就自己所已有的资料而改正其发音和语调，比较到了日本而从头学习起来的，进步快速得多。不但会话，我又常从对读的名著中选择几篇自己所最爱读的短文，把它分为数段，而用前述的笨法子按日熟读。例如 Stevensen 和夏目漱石①的作品，是我所最喜熟读的材料。我的对于外国语的理解和对于文学作品的理解，都因了这熟读的笨法而增进一些。这益使我始终好笨而不迁。以上是我对于外国语的学习法。

第二，对于知识学科的书的读法，我也有一种见地：知识学科的书，其目的主要在于事实的报告；我们读史、地、理、化等书，亦无非欲知道事实。凡一种事实，必有一个系统，分门别类，原原本本，然后成为一册知识学科的书。读这种书的第一要点，是把握其事实的系统，即读者也须原原本本地谙记其事实的系统，切不可从局部着手。例如，研究地理，必须原原本本地探求世界共分几大洲，每大洲有几国，每国有何种山川形胜等。则读毕之后，你的头脑中就摄取了地理的全部学问的梗概，虽然未曾详知各国各地的细情，但地理是什么样一种学问，你已经知道了。反之，若不从大处着眼，而孜孜从事于局部的记忆，即使你能背诵喜马拉雅山高几尺，尼罗河长几里，也只算一种零星的知识，却不是研究地理。故把握系统，是读知识学科的书籍的第一要点。头脑清楚而记忆力强大的人，凡读一书，能处处注意其系统，而在自己的头脑中分门别类，做成井然的条理，虽未到书中详叙细事的地方，亦能知道这详叙位在全系统中哪一门哪一类哪一条之下，及其在全部中重要程度如何。这仿佛在读者的头脑中画出全书的一览表。我认为这

---

①夏目漱石为日本近代作家。——编者注。

是知识书籍的最良的读法。

但我的头脑没有这样清楚，我的记忆力没有这样强大。我的头脑中地位狭窄，画不起一览表来。倘教我闲坐在草上、花下或偃卧在眠床中而读知识学科的书，我读到后面便忘记前面，终于弄得条理不分，心烦意乱，而读书的趣味完全灭杀了。所以我又不得不用笨法子。我可用一本 Note Book 来代替我的头脑，在 Note Book 中画出全书的一览表。所以我的读书非常吃苦。我必须准备了 Note Book 和笔，埋头在案上阅读。读到纲领的地方，就在 Note Book 上列表；读到重要的地方，就在 Note Book 上摘要。读到后面，又须时时翻阅前面的摘记，以明此章此节在全体中的位置。读完之后，我便抛开书籍，把 Note Book 上的一览表温习数次。再从这一览表中摘要，而在自己的头脑中画出一个极简单的一览表。于是这部书总算读过了。我凡读知识学科的书，必须用 Note Book 摘录其内容的一览表。所以十年以来，积了许多的 Note Book。经过了几次迁居损失之后，现在我的废书架上还留剩着半尺多高的一堆 Note Book 呢。

我没有正式求学的福分，我所知道于世间的一些些事，都是从自己读书而得来的；而我的读书，都须用上述的机械的笨法子。所以看见闲坐在青草地上、桃花树下，伴着了蜂蜂蝶蝶、燕燕莺莺而读英文、数学教科书的青年学生，或拥着棉被，高枕而卧在眠床中读史、地、理、化教科书的青年学生，我羡慕得真要怀疑！

1930 年 11 月 13 日

孙伏园（1894—1966），原名福源，字养泉，笔名伏庐、柏生、桐柏、松年等。现代散文作家、著名副刊编辑，为民国"副刊大王"。1912 年北京大学毕业后任北京《晨报》副刊编辑，主编《京报》副刊。1927 年任《中央日报》副刊编辑。后赴法国留学。抗日战争期间曾任重庆中外出版社社长。1939 年当选为中华全国文艺界抗敌协会理事。1945 年赴成都，先后在华西大学和铭贤学院任教，同时主编成都《新民报》。

读书与求学

孙伏园

四十岁以上的人，每把求学叫做读书，这种读书也就是四十岁以下的人所称的求学。（虽然四十岁只是一句含混话，并不极端附和钱玄同先生一过四十岁即须枪毙之说，但是到底隐隐约约有一条鸿沟横在三五十岁中间的某一年或几年，也是不必讳言的事实。）理由是：四十岁以上的人一说到求学，即刻会引起他那囊萤映雪①、窗下十年的读书生活，所以他以为书中自有黄金屋，书中自有颜如玉，读书以外无求学，要求学唯有读书。而四十岁以下的人，在他们年幼的时候，新教育已经发现了曙

---

①囊萤映雪是两个典故，都是晋朝的事。车胤家贫不常得油，夏月则练囊盛数十萤火，以照书，以夜继日。孙康家贫无油，尝于冬月映雪读书。见《晋书·车胤传》及《孙氏世录》。盖一以见盛暑之苦读，一以见寒冬之苦读，后世遂以"囊萤映雪"况一切勤读之人也。——原注。

光，知道求学不必限于读书，于是轻轻易易地把年长者认为读书这件事，用求学两个字来代替了。

拿小学校来讲，校内功课共有七八种，国文只占七八种中之一种。国文之中，造句也，缀字也，默写也，问答也，而读书又只占四五种中之一种。中学大学也如此，有实验室，有运动场，有植物园，有音乐会，有各种交际，必种种分子凑合而成为所谓求学，读书更是其中的小部分了。

有的前辈先生说：学生只准读书，不准做别的事。试设身处地一想，青年学子要不要怒发冲冠，直骂他为昏庸老朽，因为青年一听见他这句话，立刻就要想到："然则我们踢一脚球，走一趟校园，拿一支实验管也犯罪了。这还成什么世界！"其实呢，前辈先生口中的所谓读书，有一大部分也无非是求学，不过在他们壮年的时代，读书以外的求学确是少有罢了。

这两个字的关系并不很小①。因为专心读书，第一，得不到活的知识，凡书上所有，虽假也以为真，反之则虽真也以为假，这是读死书的先生们的普遍毛病。第二，身体一定不能健康。所谓求学，是游戏与工作间隔着做的。在游戏的时候，虽然似把所学渐渐地忘去，其实则是渐渐地刻深，凡是学习以后继以游戏的，则其所学必能格外纯熟。因所学纯熟而得到精神上的慰安，因精神上的慰安又影响于身体上的健康。所以专心读书的人绝不会有

---

①原文如此，或指读书这两个字，或指求学这两个字，或指读书与求学的关系。——编者注。

健康的身体的。第三，专心读书的人一定不能在团体中生活。

　　这第三层最重要。学生到学校里去，不是去读书的，是去求学的，换句话说，就是去学做人的。人是社会的动物，学做人便是学习社会的生活，就是团体的生活。团体生活的要素，如秩序，如提案，如监察等，都是非常切要的学问。团体生活要保持平安，第一须遵守秩序。章程法律虽然都是纸片，但潜伏着莫大的势力，这势力本是团体中的各分子所给予的，却依然管束着团体中的各分子。所以各分子如果有扰乱团体安宁的事实，团体一定会有制止的实权，使秩序永远保持。但是各分子中如有真正不满意于团体进行的方向而想设法改良的，也不是没有方法，这方法就是提案，提案希望大多数地通过，所以有宣传，有各种运动，使大多数人对于现状感着不满，而对于新提案表示同情，于是而有不费一兵一卒而得着的人群的进步。这就是提案的功效。提案既经通过而尚有不奉行的，乃至被发现有违反议决案的行动的，于是有团体中的任何分子负着监察的责任。这种事例讲起来非常简单，但孔孟之书里是不载的，前几年的教科书里也未必载，一直要到最近的三民教科书里也许会有。但有又有什么相干呢，这全在于实地的练习。如果在学校生活时深知球场规则，出来绝不会在各种会场里捣乱，也不至于因一时的私利而起干戈的冲突。十几年来，中华民国的扰攘不出二途，即文人争国会，武人抢地盘。从前在北京时，朋友间闲扯淡，有人研究这现象的原因在什么地方，我毫不迟疑地答复他，说这是因为国会议员与督军们都没有踢过球的缘故。这句话是顽皮的，意思却是庄重的。那时候的国会议员与督军们都是旧教育制度下出身，的确一辈子只把读书当做求学，没有受过一毫好好的游戏教育、运动教育和团体生活的教育。

于今十余年了，情形还是没有十分大变。这次中央全体会议如果开得成，那自然是一天大喜；万一开不成，如果有人来问我，我还是毫不客气地答复他，这是因为中央委员都没有踢过球的缘故。

叫人读书的人现在还是遍地皆是呵！

书是前人经验的账簿，查阅起来当然可以得到许多东西的，但是前人有的爱上账，有的爱把账目记在肚角里，死的时候替他殉了葬。即使前人经验全在书里面，他的一点也只是浅陋的，我们要依着他走过的途径，在实验室里，在运动场里，在博物园里，在实际社会里，一步一步地向前进行。

研求呀，向着学问的大海，书籍只是海边上的一只破船，对于你的造船也许是有参考的用处的，但你却莫规行矩步地照着它仿造，因为这只是前人失败的陈迹，你再也没有模仿的必要了。

再过五十年，我相信，即使是白发老翁，也只有劝人好学，万不会再有人劝人读书了吧。

余楠秋（1897—1968），外国文学专家、翻译家。湖南长沙人，毕业于清华大学。1921 年获美国伊利诺伊大学文学学士学位。回国后，先后任江苏省立商科大学、省立东南大学教授等职。1923 年任复旦大学文学院院长兼西洋文学系主任，并兼任中国公学英文教授。著有《美国革命史》《中日美间之国际关系》等，译著有《近代欧洲史》《英国史》等多部。1968 年夏被红卫兵抄家和批斗后，和妻子一起在家中开煤气自杀。

我的读书经验

余楠秋

　　讲到读书经验这个题目，当然是极感兴趣。因为一个人把过去的经验记录下来，必定要追忆他自己从前所经过的历史，而这种的追忆是多么地甜蜜，是多么地耐人寻味。况且读书又是至美的事，凡是学生，个个人人，必须经过这段生活，谈起来自能使人格外地感受兴奋。但是各人有各人不同的经验，境遇有时偶或相同，然而造就总是各别。不过谈到读书的方法上，似乎都是大同小异。已经有许多人把他们读书经验的过程和读书的方法写出来，我们对于前者总可以看得出它们的互异点，对于后者，恍惚有一定的路程一样，这种路程，大家都是照着固定的路线走的。我现在随便把我的读书经验写出，助助谈话的资料，绝对地不敢像主笔先生所说的可以作为青年的楷模。本来这种题目可以写得很长，但是现在因为篇幅所限，又以时间匆促的关系，诸从简略，还祈读者原谅是幸。

我从四岁起就认字，起先跟着兄弟姊妹们在家中随便读书，后来我的父亲请了一位先生在家正式教读。当时我读的虽说是古书，然而先生对于讲解很是认真，使我得益匪浅。加以乡居清静，有天地自然助力，而先生复能循循善诱，我自然地感受读书的兴趣。在家塾读了四年，到了九岁我又去长沙城进长沙高等小学，我的父亲那时在省城办理全县的小学校，这个也是其中之一。因为这个缘故，所以学校里的教员对于我特别注意，青眼相看；在教读方面，自然也就较对于其他学生为认真。我在暑假寒假回到家中的时候，我的父亲仍然是请着先生替我补习，从没有把他儿子的可爱的青年光阴消磨于无意识的嬉戏之中。

在这个时期，我很欢喜看小说，《水浒》《三国志》《红楼梦》《东周列国志》等类小说，我一拿到手，非把它们看完，决不放手。就是逢着家人亲戚生日喜庆的时候，我也常从热闹场中，一个人独自找着一间空房，静心地阅看小说。我当时觉得小说很可以增长我的智慧，同时觉得世界之大，无奇不有，小说书倒引起我的好奇心不少。我的后来的远游思想似乎亦基于此。前清宣统元年，清华学校成立，清廷令各省选派学生赴北京，由省资送入校，湖南定八名。那时我年纪虽小，然而听了这个消息，也不知道怎的一心想去试试；冒失地与家兄剑秋说服我们的父亲，卒得报名应试。因为名额有限，我们两兄弟中间，只能够取录一名。当然地这种取录，一半靠着个人的资质，一半也无非倚赖势力。吴提学与我的父亲素有交情，不料竟把年幼的我看上了。榜发出来，五百多人投考，仅仅录取八名，而我的名字居然高列，这也总算是我的学运好。

　　我十二岁去北京入清华学校，读的是中学。"水木清华"原是一个王府的旧邸，园林之胜，在北方是很有名的，空气既好，地方又清静，极适于读书。我怎样地愉快呀！家兄明秋在涛贝勒手下做事，于是在京我又得人照顾。过了一年，清华校长唐介臣和督办周自齐与外交部商定，试派幼年生一班赴美留学，这种梦想不到的机会我竟然又恰恰碰着。考试的结果，初次选定四十余名，而复选则仅仅取十四名。现在周自齐在工字厅考古文口试的情形恍惚仍在目前，不禁令人犹有余怖。榜贴在高等科的正厅上，我的名字居然又列在十四名的中间了。校长命令，十四名幼生，由校派人护送至沪，即刻出洋赴美。我们到了上海，留美监督黄佐庭为我们做行装，满拟如期出发。不料霹雳一声，武昌起义，清廷的寿命告终。当时上海道台将我们留学的款项拿去，逃避不见。于是我的出国的梦想暂时只好告一结束。我随着家兄明秋回到长沙。未几，民国秩序恢复，我就进了长沙雅礼学校。这个著名的教会学校，规则既严，功课逼得更紧，我的英文的基础总算是有点萌芽。在雅礼过了两年，其间除开学生为放假做礼拜的事闹过一次很大的风潮外，尚觉风平浪静，安安稳稳地过去。到了民国三年（1914年），清华派遣幼生去美的消息复活。我虽然在雅礼最后一学期得着了全班第一名得学校免费的权利，但是仍于民国三年春季重返清华。

读完半年，即由清华重复派赴美国留学。一个十六岁的青年，正抱着满腔的志愿，远渡重洋，以求深造。那时的我，私怀的欢慰可想而知。临行前父亲的谆谆教导，慈母的依依惜别，以及兄弟姊妹的劝勉，至今仍不能忘。到了美国之后，我因为程度尚低，就在东部麻省①进了一个高等学校叫做德麦（Dummer Academy）。读了两年，又转入安渡华（Andover）高等学校。在这两个学校里面，中国学生寥寥无几，我于是得着许多机会与美国学生同在一起。日子渐久，很能了解他们的性情及思想，并且很觉得在美学生生活有兴味。不过也就是在这个时候，我受了美国人民对于种族界限分别的刺激。我的脑海中得到一个不可磨灭的印象，时常感觉到救国的紧急，这种心思很能激起我的读书的兴奋，使我益发努力。

民国七年（1918年），我由美国东部至中部，入意利诺大学②。在大学里面读书纯粹靠着自动。这个时期中的我总是常常坐在图书馆，镇日地忙着看参考书，每一点钟的课差不多要看自五六十页至百余面的书。起初很觉不惯，吃力得厉害，但是久而久之，也渐渐习惯成自然了。一种关乎事实上的书籍，像历史一类，把不同的参考书看过一遍，再参阅我所录下来的教授演讲笔记，颇能使我牢记不忘。除读正书之外，我还有余空时间，有时也参加各项运动，如打网球、踢足球、游泳等，

①即美国马萨诸塞州。——编者注。
②今译伊利诺伊大学。——编者注。

俾得身心两益，否则用心过度，或且伤身。远处异邦的学生，应知所以保养之道。到了大学后来的一二年，因为我读书得法，更觉得多余空时间，在这种余空时间中，我常写文章投入各种报章及杂志。我的文章无非是为祖国做宣传的工夫，侥幸尚为社会所欢迎。意利诺大学所出的日报，有一个时期，差不多每天有我的通信，而芝加哥、波士顿、三藩市①，各处所发行的报纸和杂志，也常有我的文稿。后来我又担任一种英文杂志叫做《少年中国》的主笔，并任《留美学生月报》的副主笔。当我做《留美学生月报》的副主笔的时候，我被主笔何杰才指定负责"书报批评与介绍"一栏。这样一来，我倒看了许多中外有关系的书，使我更明了国际情形，增加兴趣不少。同时我又常往学校附近各城、村、市、镇演讲，礼拜堂里，开会场中，常有我的声浪。民国九年（1920 年）夏季，美国中部的中国学生开夏令会于安恩阿巴（Ann Arbor）② 城之密西根大学③内，我被举为中美中国学生会会长，这会长的职务使我益感忙迫。

我在意利诺大学读了六学期和四个暑期学校，得着学位，乃于民国十年（1921 年）夏季返国。归国十年，整整地在教育界服务。所谓对于国家的贡献，言之殊觉惭然。所堪自慰的，就是现在正在教书，既教书所以读书，仍在继续地研求，

①旧金山的别称。——编者注。
②今译安娜堡，美国密歇根州第六大城市。——编者注。
③今译密歇根大学。——编者注。

这也是一种难得的机会。

这个就是我的读书经验的过程的一个大概。

至于要讲到我的读书方法呢，前面已经说过，大概与他人所写者大同小异，不过据我的个人经验所得，也有地方很可以供给大家讨论的价值，或者使青年们也可得些微的助力。我现在把读书者应有的几个条件先来随便谈谈，然后再述方法。

我认为读书必须要感觉到读书的乐趣，一个人如果觉得读书是一桩很苦的事情，他根本就不应该读书，他应该去学一门手技，择其性之所近而发展其本能，这才是教育的原旨。所以兴趣这一层，我觉得在读书者是一个先决的条件。有了兴趣，须得要把读书养成习惯，天天如是，差不多与吃饭睡觉一般。古人有言：习惯为第二之天性。凭着天性做事非常自然而不吃力，事半功倍，易收效果。学校里面的敲钟上课，按时晨兴晚睡，也无非是要把学生有秩序地训练下去，不期而然地成为习惯，这是读书的一种紧要训练。

我还觉得我个人方面，因为在国外目击外国人之欺侮我国人，深深地受着刺激，使我益发勤奋，这种刺激很可以帮助读书者的努力。但是所谓刺激，却也不限定发生于国际的分别，就是朋友间的嘲笑、亲戚的藐视，以及家庭的复杂，都足以激发人的奋心。在我的亲戚朋友当中，我知道有许多人因为受了旁人的刺激而发愤读书，后来居然能成大名、立大业，这就是有刺激的一种好结果。

但是读书除开上述的几层之外，同时须要慎交。近朱者赤，近墨者黑，这是一定不移的道理。如果有许多朋友都是发愤好学的人，那我也就自然会被同化，欢喜读书起来。不过我的读书绝不可倚赖朋友，须得要靠自己。朋友仅仅可以同我研究，互相切磋而已！自己读书应当专心。董仲舒三年不窥园的故事是一个很好的榜样。读者切不可坐在自己的书桌旁边，虽说是有书放在面前，而一心却以为有鸿鹄将至，像那种情形的读书，就令坐上几天几月，仍然是毫无用处的。

我们读一本书，最要紧的是应当完全懂解、明了语句的构造，分析作者的用意。打开书本，最好先看目录，懂得全书的大概，然后再翻阅内容，有重要的地方，可以用不同颜色的铅笔画做记号，以便重温及记忆。如果逢着课本，有时也可摘要批注，更觉易醒眉目；若是看参考，必须另用练习本将要点摘录下来，并且分别首要、次要处所。我认为做笔记是读书者一种很重要的训练，因为做笔记可以试测读书者能否鉴别书中的要点，而且记忆起来比较容易。至于把教授的演讲做笔记，这种训练为益更大，因为在教授演讲的时候，学生的记录，除用心之外，尚须用耳与手，这几项同时的训练，当然对于将来在社会上做事，是很能帮助本人的。看参考书与听课，还有一个方法可以增进并测验自己的能力，这个就是重述。若是我们把已经看过或是听过的东西重行写出，那很可试验我们记忆的能力和我们摘要的能力。如果是学习语言，我们不妨每摘用这种语言做日记录，每天早晨或晚上费掉十几分钟的时光来写已经做过的事情，既有材料，又感兴趣，同时再加阅看报纸与杂志，研究文章的构造法，久而久之，自然会有进步。这种进步，当然也是习惯所养成的结果。

以上所书我的读书经验的过程和读书的方法，均觉拉杂无比；而于读书方法，更是随笔乱涂，言未尽意。不过暂时我所能够想得到的，就信笔写来，诚不敢谓青年模范，只聊以供谈助资料而已！

马仲殊（1900—1958），字广才，笔名老秀、马二先生等。现代作家、著名教育家。1925 年从国立东南大学教育系毕业后，到广州岭南大学任教。1927 年加入创造社，投身新文学创作。1930 年其长篇小说《太平洋的暖流》问世，一时风行全国。此后长期在上海的中学和师范学校一边教学，一边创作。著有短篇小说《三太爷》《李星》《屈服》《京沪线上》《邂逅》等，长篇小说另有《两难》《一个中学生的日记》《桃色的云》。

我的读书经验

马仲殊

做梦也没想到现在要做这咬文嚼字的玩意儿，在学校里研究的是教育。

便是教育，也非我所愿。从师范本科毕业后，做了一年小学教员，得父兄的庇荫，要居然谈到升学问题。那时师范里也分科，我进的第三类，天天忙于数学公式的排列，竟排出兴味来。升学的唯一目标是上海的交通部工业专门学校，到了南京，因为哥哥的指导，去投考高师，糊里糊涂。记得临考的前一天还看了夜戏，回到旅馆闹着一夜没困，竟录取了。取的是农科。那时怕名落孙山，又去考河海工程专门学校，直到进高师上课，河海工程才发榜，也侥幸地录取。然而这使我难为，照我当时的性之所近，要入河海工程，同学同乡也这样主张，我马上写信回家；为我计划的宋伟如君还替我弄一个病单到河海工程去请假，假使那时就进了河海工程，我不知现在是怎样地生活着。

在高师农科混过一年，插秧种麦也玩过，粪桶也挑过，每星期有些时要与牛羊鸡鸭为伍，现在想来亦颇有趣。那时便受不了这愁城之困，第二年暑假就转教育科。一瞬地几年过去，走出学校门，再投向学校门，这其间又是飞也似的几年。说来真觉惭愧，在学校里苦心研究的什么心理、测验、比较教育已和我说声"再会"，逼着我要津津于之乎者也地贩卖。即使承认我教的是国文，但也谈不到所谓文学。那么，我之于文学始终还是个门外汉。盲人瞎马所留下的指迷，其价值也就可想而知。

从另一方面说来，我宁可把什么事皆丢开，每天不看一点文学的书，理论也好，作品也好，好似一天的责任没完。所以然要如此，我自己也不相信。若说性之所近，也没甚证据。五岁以后，在私塾读了一年的书，《三字经》《百家姓》和《四书》，只顾机械地背得烂熟，当然说不上什么文学的兴趣。在小学里成绩是不差，没考出前三名。然而那时我似一张白纸，任凭先生在纸上写下痕迹，我无半点成见，也没抱定"国文要格外注重"的念头。若是承认我有所谓天才吧，那我相信，算术是我极得法的，练习簿上总是一百分。从什么时候暗暗地向着文学的路上奔跑，我自己也莫名其妙。在师范学校里，我最觉头痛的就是国文，先生换了不计其数，竟没一个和我有缘。看见同学们的作文本上大圈特圈，末尾还有什么"云中白鹤，天半朱霞"或"文似春云出岫，笔如秋雨洗山"等的批示，心中无量羡慕，自己未轮到一次，便清通流畅的字眼也没福气。有一学期最倒霉，那位国文先生上得课堂，点了名，不是叫着唐雕程或张建伍，那便叫着我。因为这三个人，在他看来，程度既不好又不用功。真的，消极、积极两方面皆教我和文学隔绝。现在，我好似经过了改造一般的。

若说这是经验，这或许就是我和文学结下的姻缘。

再向上说，我已经记不清楚。记得在初等小学时候，对于各样皆喜欢做整理的工夫。算学簿子，不待言，胆①得清而且洁；书包，笔记，皆是爱收拾的。其实这只是受着算学的训练。虽然母亲常夸奖说我小时候最会睡觉，怎样也不打被子，然而，这也不能说是爱好文学的动力啊。

正读得兴高采烈，那武昌起义影响到各地闹土匪，家里不能住，就随着母亲到县城的舅家去。那时虽只十岁，在舅舅家的书房里附读。先生一向采取放任主义，我又是临时附读更觉随便，那精力的过剩，现在也记不清是受什么的引诱，教我喜欢订些小本子，把听来的故事写在上面，这便是所谓写小说的开始吧。

我想，倘若从那时起就努力下去，不问好坏，糊七乱八地写，直到现在，我总不至于还是这样的四不像吧。只可怜那时仅是个冲动。因此我又想不到，我们对于一切学问，尝试的精神是不可少的，但尝试之后还得继之以努力。若只凭一次尝试，那么，结果还只是一次尝试，不能走到成功之门。这是我深深

---

①通"挦"，擦拭。——编者注。

引为遗憾的。

从舅家归来，地方已经平静，但学校仍关门大吉。那时，父亲于繁忙中抽时间来教，所教的课本却是唐诗合选。我同姐姐读得津津有味，教过的，每一首皆背得出，真是倒背如流，恐怕就是所谓"熟读唐诗三百首，不会作诗也会吟"的原因。我也用七字或五字凑成四句给父亲看，父亲很为惊讶，说："这是你作的吗？"父亲没加以提倡，也未禁止，我作的所谓古诗和绝句着实不少。只是不几时，学校开门了，丢了这个玩意儿，又专心到九九表上去了。若从那时起，我便走向"诗"的一条路，也不至于仍是现在这样的四不像吧。想了起来真可痛心啊！

戏剧，到现在也没写过半幕的戏剧，甚至于这念头也没有，但小时候我最爱看戏的。记得我们镇上只要唱戏，风雨无阻，唱了几十天就得去看几十天，虽然父亲管束我不能出门。这大概是自己的不景气，只爱享福，不喜努力。懊悔、悲伤有什么用处，还不如重行打头做起吧。

进了板浦陶公祠大门，这是师范学校的所在地，因我根基太浅，在高等小学一年级就跳进师范，各种功课全是新花样，管理又严，当时也没有什么图书馆，几乎连小说这个名词皆不了解。直到第三年，从第五师范转来一个同班学生，他是李涵秋的门徒，什么功课皆不好，带来小说却是洋洋大观。由他的提倡，我们的小说迷风靡一时，新的小说看得不计其数。那著名的《玉梨魂》《余之妻》《冷红日记》的四六文读在嘴里，伴着床边的洋烛不敢出声，但不由得要忘形高声引吭。同学们凑钱，汇到上海来大批购买，门房也和我们通了；我们真神通广大，便舍监先生床头的《金瓶梅》皆被我们偷出来一读。那时学校里有一种油印的半月刊，那位从第五师范转来的同学居然也做一篇小说登在校刊上，题目叫什么"铁血男儿"，我看见了大为羡慕，就和一个叫唐雕程绰号"小矮子"的，两人鬼鬼祟祟写了几天，合作成一篇小说，我们的雄心大，便把它寄到上海来。记不清楚是投向《小说新报》或是投向《小说大观》的。现在想想，那时胆量实在不小，以僻处海隅风气不开的师范生竟有这野心，不容易找得出。只是那时，因为没得到编辑先生的回信，但也不晓得我那篇所谓小说登出来没有，可是我的勇气，或者说是做小说的兴趣，便骤忽地退减。我想，那时我要更聪明一点，不因这一次失败而灰心，继续地干下去，不断地努力，我也不至于还如现在这样的四不像吧。

出了师范的门，回到本乡做小学教员，那时正值"五四运动"以后，虽是我那小镇市，却已被新文化的势力派来两个"暗探"，这便是《新青年》和《新潮》。在这杂志上我最爱看的当然是小说。好像是罗家伦的一篇《是爱情还是苦痛呢》，看了以后，心中有无名的悲哀。不过那时我的最大希望被升学占据了，终日埋头于数学公式和英文字典中，也没有其他心意来照顾所谓文学。升学到了南京高师，既然农科非我所愿，每到花牌楼就得买得一两本小说来，看了之后还得加圈。那《隔膜》，我买过三本，还有《海滨故人》《少年维特之烦恼》《命命鸟》等也皆买过两本以上，这就是因为被人借了一去不还，自己爱读着又得再买一本。好像那时不但欣赏，还具着批评的眼力。在《学灯》或《小说月报》看到一些短篇觉不满意时，自己总想写自己的小说，并在估量自己写小说也不见得比那些杂志、报纸上所发表的更为恶劣。自己也曾预定些题目，也曾计算好每一篇的大纲。那时，我对文学真热烈欢迎，遇到同学谈天，总是为白话诗辩护。他们辩论不过我，皆说是拾人余吐，我却以新文学者自居呢。但是不知从什么时候起，一方面，我所预备做的小说，一天一天地因循，许债一般拖欠下去；另一方面，我竟被那些诗和词所浸没，把我的对于新文学的热情摧残了。我想那时我能在此读书，或是我能战胜了环境，再把"懒"之一字丢开，我总不至于仍是现在这样的四不像吧。

说来真是万分悔恨，一切的机会皆蹉过了。我还是个四不像啊！

若是这篇东西容许我向着青年说话的，那么，亲爱的青年们，你们在消极方面至少要这样的：你们那天才所指使你们来了个冲动，要你去尝试，你们千万细心去培养这颗幼苗，不让它夭逝了，赶快地追上前去。在你们开始努力时，偶然失败了，千万不要灰心，只有不断努力是唯一的武器、唯一的成功秘诀。遇到环境的压迫，要拿全副精神去抵抗，战胜一切，勇往直前走上你们的康庄大道。还有，这个"懒"字，那是再厉害没有劲敌了。有多少事业，总被因循所延误了。亲爱的青年们，只要努力总有代价的。

这在诸位要说我是老生常谈，但却是语重心长了。

直到现在，我还在做这种悔过的工夫。

我已立定心志把我这一生送给文学。无论被生活压得去做怎样的佣工，我每天要留一定的时间为着文学的。

阅读，现在已经实行着，不问理论或作品、翻译的或创作的，每天要抽出一小时在这上面消费。但这我并不满足，现在正在计及着，有的已经做了，有的将要开始写下来，算着一得之愚吧。

将你创作的态度做成图画写生一般，这再好没有的。在教室里看到同学们的睡态，痴想的呆容，先生教书的可发笑的态度，这就是绝好材料，把它写在你那小本子上；你没事的时候，就去寻找，校园的风景、操场的凄凉，甚至厕所中的形形色色，你见到了，总得不要割爱。这样练习下去，一面迅速地描写手腕，一面又可做你小说的材料，一举两得。若再加上年月日，做成日记的形式，这更好，日记也要这样写才有兴趣。若是刻板地记着每天几课，几时困觉，几时起身，好似流水账一般，没有什么益处的。

还有一样，笔记，是怎么也少不了的。阅读以后，不有札记，过而不留，这无成效可言。但这笔记不要订成本子，而要活叶的。单张独立的，这最大便利，就是你所记的材料，积得多了，可依着性质分类，归纳起来能做你研究的极好材料。如你看过的小说，记出那里的事实的大概，描写的手腕如何，中心的思想何在。自己的感想、批评，日积月累，就可成了某类小说的提要，这便是你阅读的成绩。轻而易举，不要偷懒。理论方面，当然也可应用这法则。

　　光阴，一点情面也没有，期之将来，总是危险的。自己想想，这几年若是着实地努力一番，也不至于仍是不学无术。固然，大部分时间被生活压得没有工夫，但"白相"谈天，也就是我的致命伤了。现在才知道光阴的可贵，亲爱的青年，我们一同地走上努力之路吧。

谢冰莹（1906—2000），中国第一个女兵作家。1926年考入武汉中央军事政治学校，旋即开往北伐前线参战，在战地写成并发表《从军日记》。1931年从北平女师大毕业后，自费赴日留学。"七七"事变后，回国组织"战地妇女服务团"，自任团长，开往前线救助伤员，并写下了《抗战日记》。其一生出版的小说、散文、游记、书信等著作达80余种，代表作《女兵自传》被译成英、日等10多种文字。

我的读书经验

谢冰莹

学校里放一个星期的寒假，同房的两位小姐，一个回到爱人的怀里，一个看朋友去了，剩下孤零零的我整天在房子里像牛马一般工作着，要知道我是永远没有休息的呀！我这两三天来为了给学生改卷子，计算分数，出试题，整理稿件……闹得头昏眼花，精神恍惚。说不出我的苦痛来，我像没有灵魂一般在活着，真的，有时我怀疑我死去了，但不是还在动着吗？

跑到屋子来，抬头就能看到插在信袋里的K君给我的信，马上就会使我忆起信中的话来，他是希望我写一篇我的读书经验给他的，可是太惭愧了，我读的书太少，而读诗又过于马虎，不求甚解，因此"经验"两个字不但谈不到，而且会被我侮辱的，假若我真的写出来的话。

不过为了答谢朋友的希望，为了想和敬爱的读者诸君说说我小时读书的故事，所以也不妨写一点在这儿。假若诸君因为得不到半点益处而埋怨我，或骂一声"这是什么东西"时，我一定诚恳地接受，而且谨以致敬的热情向诸君道歉！

我对读书感兴趣是在我住高小的第一年，在私塾和在家里读的那些《烈女传》《四书》《五经》《史记》《唐诗》……时我只知死读死背，半点兴趣也得不到。我真不懂父亲为什么要教我读这些东西，我并不反抗，因为我需要知识呵！

以一个读了这许多书的孩子跑到高小去应该是首屈一指、顶呱呱吧？然而不，恰恰相反呵！我还当不得六七岁的孩子，因为我不懂亚拉伯①字，明知三加二等于五，但从哪里知道写 $3+2=5$ 呢？至于 A，B，C，D 这些洋文，更不知怎样读法了。

的确，我有一点小聪明，这不但父母、兄弟、老师、同学、亲戚、朋友都说我不是普通天才，即是我自己也觉得真有点小聪明，不过我是被聪明误了！唉！我的前途，我的一生也许会完全断绝在聪明里面吧？我时时这样恐惧着。

不到半年，不但我对于各科都学会了许多，而且居然为全班之冠了。师友们都互相惊讶，我也不知是怎样得来的优等成绩。

"我还要看些别的书才好，我开始感到知识恐慌，我需要有思想的东西来帮助我的作文、我的研究。"

恰好在这年的冬天，二哥从山西寄来一部胡适译的《短篇

---

①今译阿拉伯。——编者注。

小说》，我那时快活得跳了起来，好像叫花子拾得一袋宝贝般发狂。我一口气把它读完了，我最爱《二渔夫》《最后一课》《杀父母的儿子》。至于什么《梅吕里》《一件美术品》，老实说，我还不明白它写的是什么呢？

这是我生平第一次读小说，也是生平第一次感到读书乐趣："呵！原来还有比课本上更好的书！"小说在我的心田里撒下了爱的种子，种下了爱的深根，于是我们恋爱了，甚至整个的灵魂和心都被它吸引去了，但是旁的功课也是最需要的，因此我还得分出些时间和精神来顾到其他。

我写了信给二哥后，他又寄来一部新演讲集和新小说集，这次给我印象最深的是曼殊的《碎簪记》和《是爱情还是痛苦》（作者的名字我忘了）两篇。我记得寒假二哥归来时还在问及我对这两篇的意见，我回答他说："什么是爱情？不由爱情结合的夫妇有什么痛苦呢？"当时二哥哈哈大笑起来，他说："真是蠢东西，连这都不懂。"三哥忙说："希望她永远不要懂吧，多么天真可爱的孩子。她知道了痛苦就会来寻找她的。"我那时莫明其妙的，不知他们说些什么，只是睁着两个大眼睛对着他们。

谁也不会相信以一个高小一年级生会考上鼎鼎有名的 F 女师的。这是个公立学校，限制每县录取二名。先在县里初试，再到省里复试。这回我县去考的有十八九人之多，我知道一定会名落孙山的，谁知反坐了第一把交椅。据说国文做得顶呱呱，这不能不归功到我看小说的功劳——其实我仅仅只看到两部呵！

要开始说到本题了，也许诸君早已厌烦了我的啰唆吧，但我正要试验你们是否有耐烦心，假若有，你们还可得到一点好的印象，否则，那就冤枉花费几分钟时间了，哈哈！

到师范后，教师们都以为我是在中学念过二三年书的，谁也不相信我还是高一的小学生。因为跳得太远，所以我唯恐掉了下来。这时我对于地理、历史、博物、算术、英文等特别用功。前二者是没有什么困难的，只要记忆力好就不成问题，后三者除了记忆外，还须理解。这时我对于功课的注意是这样：

1. 上课时绝对不看旁的书，静心听讲，遇有重要的地方用颜色笔做〜〜〜号在句子的旁边，也有时用点或圈的。教师讲的参考材料——本书上没有的我一一把它记了下来，简单的我写在书的上面，繁长的我另抄在 Note Book 上。一课授完了，如果有问题，在当天晚上自修时一定将它答完。因为过一些时脑筋里的印象渐渐忘记了，想起来时就不容易，甚至翻书连地方都找不到了。

2. 对于算术也是一样。当天的习题无论如何晚上要习完，同样的怕日子过久了而忘记。习题时遇有难解决的问题时先不要管它，先把知道的通通做完了，留下有困难的问先生或同学。这样免得因为一个难题而妨害了许多时间。记得那时有个同学黄君她恰和我相反，遇到有困难问题时马上拿去找先生，假若先生不在，她就很急忙地去问同学，假若同学也模糊不能解答，她就着急起来，忙把书一丢。"真气死人！"她骂着而且急得大闹起来。

"你先习知道的题目，不好吗？"我问她。

"不，我要按着次序来。"

"那有什么关系呢？何必一定按着次序。"

"不，我一定要这样做。"

"那么，你空一块地方好了。"

她不听我的话，每每和我争论起来，及到后来看见我每次先交卷，于是她也跟着我转变了，因为这样要省去许多时间和麻烦。

习几何时我总先在草本上随便画个图，及到证好了之后再用"三两米"——这是我新发明的名词，是三角板、两脚规、米突尺的缩写——好好地在演草本上画着。算术教员曾笑我："真想不到小文学家也会画出这样精美的几何图来的。"

"一切都艺术化呵！"我笑了。

同学们以为我是想毕业时得头名，所以每门功课都很认真，其实我不过喜欢这样而已。我没有什么目的，更没有注意到几何、三角、代数到底对我有什么益处。的确，我是为了兴趣而读书。假若对于任何功课感不到兴趣，我敢担保他一定听不进脑子里去，也永远不会有进步的了。比方我后来讨厌几何上的轨迹、算术上的微积分数和无机化学，于是对于这几门，就渐渐地由厌恶而抛弃了。

3.物理、化学、生物、动物、矿物……这些是需要实习的，尤其是物理、化学的根本知识，要到实验室去找，光是看书是枯燥无味的，但一跑到实验室来就快活了。记得有次实验氢气时因瓶子没有装好，"硼"的一声炸裂了，伤了化学教师的右眼，当时大家哄乱起来，有害怕的，有大笑的，不但不以"危险"而中止工作，反而更高兴地干起来。这当然是因了好奇心的缘故，同时也要求得实验的结果。这里诸君请不要笑我的矛盾，前面既说为了兴趣而读书，并没有预料到结果，而这里又说出结果，岂不自相矛盾吗？不会的！假若我们对实习不感觉兴趣，即使你明知道它有什么功用还是不能去干的——我始终是这样感觉到。

实验亚母尼亚①时大家都掩着鼻子闭上嘴，但当听到第一组在叫着"呵，我的蓝试纸变红了""我的红试纸变蓝了"的时候，大家的精神又紧张了起来。至于做胰子、雪花膏、花露水这些能实用的东西时，我们更高兴了。还有一次是最初讲吸引力，教师用铁吸磁来实验给我们看时，有位同学低声地说："恋爱也像磁与铁一般有吸引力的。"于是后来大家就笑她是恋爱发明家，或者说恋爱科学家。

一切的科学都要实习才能得到益处的。有次讲动物解剖，一只小鸽子，我为了不忍见它的死（我还写了一篇《小鸽子的死》，替它鸣不平，骂科学是残忍的东西）——哈哈！好一个慈善家的心肠，现在想来我还觉得好笑——终于没有去看。及到

①即氨气（Ammonia）。——编者注。

考试时我的卷子不完全，但我并不懊悔，因为躲开是我自己愿意的，而且我们求学并不机械地每门功课要求它得一百分，我们要求和自己性情、思想、能力相近的学问，我们不要贪多，应该求点实在的、实用的学问。

4.上旁的功课，如教育心理、论理时我注重抄笔记。有时教师口讲的，书上没有，假若不记，考试时教员若出口讲那题目时，那可糟糕了。我并不是完全说为了考试而记笔记，实在因为有许多书我们没看到而他们见到了，他们引来讲给我们听，自然我们有记的价值（当然，要看讲的人怎样，他假若说的是与我们所学的无干的废话，我们当然不记）。我们除了上课外，最重要的是看参考书。

我在学心理学时看了郭任远的心理学后，更引起我研究的兴趣，因此又看了几本，后来考试时我的卷子特别比同学的好，她们的知识仅仅限于先生讲的讲义上的，而我是意外得到了材料。"你真用功呀！好孩子。"先生望着我微笑，我骄傲地向他瞪眼："不要吹，我不是牛皮。"

这里，我应该说到考试了。一般学生最怕的是考试，而我恰恰相反。我最喜欢考试，因为在停课期间我好利用时间来看我所爱看的小说和诗歌、戏剧。每次期考到时，同学们都忙着预备功课，甚至有不吃饭不睡觉从早起来坐到晚不动的，诸位也许不信，的确她们连饭都不下楼来吃（我们的自习室在楼上），愿意随便买点包子、油条来充饥。还有因晚上校长不允许点灯，同学跑到 W. C. 去冬天受凉、热天受热而病的，以及半夜起来燃灯看书，精神不济，火熄灭时烧掉东西，或因勤劳过度而吐血致病的，比比皆是。因此我那时极力反对考试，但区区小子，何能推翻根深蒂固的考试制度呢？

我怎么会不怕考呢？因为：

1.我每次上课时将重要的地方打了记号，抄了笔记，自己做了练习题。以前的影子至少还保留了十分之三四，只要我再翻开有记号的地方一看就可记起其余的，那么考试时就不怕了。有些平时没有注意听讲或者没有打记号的，到考试时急得了不得，大家要求教员指定范围，假若老实点的他还指出给你，聪明而厉害的他不是不指范围，就是指了范围而到临考时他偏要出范围以外的题目，这时真叫你哭也不好，笑也不好。所以我们应该每次上课时要留心重要的地方，不然到考试时厚厚的一部书到底从何处看起呢？

2.我是不做分数的奴隶的，只要每门功课都看了一下，自己有把握不至打零分能够及格就行。我不想取头名，我也不希望做高材生，因此我对于考试还是和平时一样，我不把它当做严格的考试，而只当做自己温习一遍一般。所以每次考试来到时，我要看完好几部书。那是十四年①的暑假，学校为了考试停课一周，我们的教务长刘大胖子和训育主任李阎王每天夜晚白天都来查自修室。他们不让我们唱歌或者说话，更禁止我们看课外书，原因是他们特地停一星期的课给我们温习。我们如不

---

①指民国十四年（1925年）。——编者注。

好好预备，自己答不出固然活该，还要受他们的记过处分，说你不守规则，扰乱秩序。可怜我那时只好像哑子一般地坐在自习室偷着看小说，他们来时我忙将教科书盖上。有一天清早我预料到胖子和阎王还没起床的，所以痛痛快快地唱了一个歌后，就坐在紫藤花下看《苦闷的象征》。不到半小时，正在看到高兴的时候，阎王跑来了。

"看什么？"他板着面孔问我。

"物……物理。"我忙将坐在屁股底下的物理拿出来，谁说我的举动快，他比我还要快，忙从我手中抢出了《苦闷的象征》。天呵，这时我真恨他，恨死了他这个鬼阎王，他抢去了书要到考试完了后才给我，这简直比要我的命还厉害！

但是我仍旧看旁的小说，到考试时我的分数并不比别人少，有时反多，这不能不引起先生和同学们的注意。其实有什么稀奇呢？不过我注意在平时，而她们是平时不烧香，临时抱佛脚而已。

还有，我们看书时应当先有一个计划，以书的页数的多寡来规定看书的时间。今天决定看这部的，就不要去翻别的书，不然东翻一下，西翻一下，结果还是看不进眼。不过如果万一看不下去时，可换一部旁的，顶好理论与文艺同时都摆在桌上，看理论看到头昏时马上丢下去休息，精神恢复了之后再来看一点文艺书调剂一下。这是最好的办法。

在上课时千万不要看理论的书，假若这门功课非你抄笔记或看讲义不可的，简直连看小说都不可能，因为任你如何脑筋静钳，也制止不了讲台上的声音。在喧闹的群众场中看书是最不合算的事，脑筋既被闹昏了，书仍是一点看不进眼，何苦呢？我们在清净的地方细心看十分钟等于在上课时看十点钟的效果。

现在教师讲的课的确大半都是催眠术。喜欢看小说或其他书的，上课时总是不停地加倍用力，为了学校的专制又不得不跑去敷衍。为了自己的志趣，想要求点有用的知识，又不得不自己偷着看书。我现在不希望诸位在课堂上看书，也许有人反对吧，其实是为了保护诸位有用的脑子，所以才敢这样诚心忠告呵。

底下我要讲一点关于看书的故事了。

1.文艺方面的。F女师究竟是所很好的学校，图书馆的书比别的学校多很多。我在初入校的冬天就被同学们举为图书管理员。那时每班有两个轮流值日，我每周有一整下午要去服务的，因此好的几本书都被我先看，有时我竟忘记了借书给别人。"喂！干什么去了，不理我们。"她们竟大发雷霆骂我不负责，但也有能原谅我，说我是被小说迷了的。

托尔斯泰和莫泊桑的小说我看得很多，但比较起来我是爱莫泊桑的小说的。那部《人心》我看了三次，当时也说不出所以然来，只觉得他描写社会生活，分析法国贵族妇人的心理是很详细深刻的。爱罗先珂的童话《桃色的云》，给我以极大的思想的启发。讲到中国小说，起初我看的是叶绍钧①的《隔膜》

_____

①即叶圣陶。——编者注。

和冰心的《超人》。以后看得很多，自然我也不必开单。要说的是我那时对于看小说取种什么样的态度。

也许是因为那时年龄太小的缘故吧，我没有注意到每部书的思想——其实那时何尝有什么思想好的作品呢？我只看它的情节和描写。看时我真是一目十行地看，要是特别能引起我兴趣的，我要看它几遍。每部书我都看完，有些人因为起初不好看就丢下全书不管，但我不然，我有一种好奇心，它不好我也要看它不好到什么程度，到底不好的在什么地方？假若我来写这部小说应该要怎样布局？要怎样才不至失败？不过这是那时的思想，假若现在就不然了。我哪有许多时间来看不好的书呢？当然只能择最好的去读。

我对于看文艺方面的书有几种看法：注意它的结构、它的造句、它的描写，至于思想，自然更要注意。在这些条件之中要有一样能引起我的兴趣，这部书就有被我读的可能。有些人说看了哪方面的小说多，写起文章来就会不知不觉地受哪方面的影响，这的确是事实！有些青年爱看张资平的恋爱小说，有些爱郁达夫的沉沦小说，有些爱郭沫若的小说和鲁迅的讽刺笔调的，他们常常在文字上也流露着某某派的风味，但这是不好的，我们读他们的小说只能以一种鉴赏的态度去领略，而不可以学习的精神去模仿。一人有一人的笔调、风格、句法、体裁……正像各人有各人的个性一般。从他们的作品中我们找出他们的优点和劣点来，好的固然可以帮助我们作文，坏的更于我们的创作上有益，因为我们能指出他们的错处，到自己写时就会改正，不致再蹈覆辙。不过这也很难说，批评家他自己就不见得会创作。总之一句话，我们只能欣赏文学，不能模仿文学，因为模仿就失掉了自己的个性、自己的趣味和精神，这是件多么笨拙而不幸的事情呵！

有些人想看小说而引不起兴趣来，或者看后马上忘记了书中情节的，这一定是他对于那书没有充分感到快乐的缘故。我曾听到四五个朋友谈辛克莱①的作品太难看了，原因是在每部书的开首几章太写得琐碎，令人不高兴看。的确，我也曾经感到这样的痛苦，第一次看《石炭王》时我丢下了三次。我只想从中间看起，但又怕接不上气来，后来是那个歌引起了我的兴趣，于是一气把它读完。我的三哥看《屠场》时也感到前面的枯燥无味，但他随便一翻，看见了这么一句："世界上有女人存在时，劳动还有什么用处？"于是就高兴起来，一天就看完了。我读这部书是先翻着他描写屠场那段以后而从前面看起的。因此，我要告诉爱看小说的朋友们，假若我们起初看而不感兴趣时，马上随便翻看全书，若在书中发现了你所爱的一段一节或者一句话，我包你能引起看全书的动机来。看完了时假若书不好也不要埋怨，因为你已经花费了时光，你只要看到一句描写得好的，那就不冤枉你看它一遍。即使没一句值得你喜欢的，你看了它还是没有白花费工夫，因为你从他的失败里面得到了自己

---

①辛克莱（1876—1968），美国作家，下文所说《石炭王》（今译《煤炭大王》）、《屠场》等长篇小说即其作品。——编者注。

的成功！朋友，你应该是多么快活呵，读一部作品得到一个教训。

　　看小说只注重所描写的事实而不看它的思想结构、技巧的，正像小孩子听故事时问学自"后来呢？结果怎样？"是同样的事情。过去我也犯了这个毛病，每部小说看完了只记得里面的情节，没有注意到其他。见到某人问我时，忙把这书中的故事说给他听，也不知这书的好处究竟在什么地方。因此有时别人听了故事后，就不去看书。我问他时，他回答说："横竖你已经告诉过我了，还看它做什么？"那是多么可笑的事情呵，我们看书竟像小孩听红毛野人故事一般的，我说给你听，你又说给他听。故事不好的埋怨作者一顿，好的更替它添些花样，说起来时津津有味。我想这样的读者到现在总还有不少吧？

　　2. 理论方面的。文艺是可以很快地看去，而理论是不成的，因为要费思考，有时高深的理论竟要费许多脑力去理解，所以看的时候只能一个个字、一句句话看下去。我看这方面的书时差不多每部都写笔记，起初是看到有好的句子都节录在笔记本上；后来觉得这方法有点不好，因为正在看到高兴时就提起笔来一写，无论如何会减少一贯的注意力的。所以我又改变了方式，在看第一遍时将重要而必须节录的句子用颜色笔做记号，等到看完时就照着有记号的地方抄，即使不抄，下次需要参考时也可很便利地找出那些重要地方来。

　　从前我只限于看文艺理论方面的书，但后来知道这是错了，社会学、心理学、伦理学等都是与文学有极密切关系的，所以我们什么科学都应当读，我们要打破科学的难关。我们只知道描写，没有理论，是绝对不成的。文学需要热烈的情感，但更需要冷静的理智、正确的思想、活泼美丽的句法、深刻动人的结构以及勇往直前的精神。

末了，我要讲一点关于我们作文时应当注意的地方。

中国人擅长模仿，真是一点不错，许多人都没有创造性的。丢开一切不说，单就女人方面的装束来说——哪一样不是带着洋味的，明明是中国人，偏要做个洋蜜丝，穿着高跟鞋，涂上满脸胭脂水粉，走起路来一扭一拐，真令人作呕。文学家也有染上洋味的，他们写小说时常常套着翻译小说的格调写，其实大可不必。因为中国有中国的风俗习惯和环境关系，比方外国在街上行走的是摩托车，而中国有的是洋车；外国工人吃的是黑面包，中国是吃的棒子面、窝窝头、烧饼、油条；外国劳动妇女受压迫的多半在工厂，而中国则除了工厂以外，更有无数在乡村的礼教锁链下过着更残酷的生活的；外国人消遣的地方是马戏场、电影院、跳舞厅等，而中国大多数是听大鼓，看"红脸杀进黑脸杀出"的。因此，我们写小说时应当注意到我们是在描写中国的社会，绝不能用外国的公式。（这段话是看了某君完全模仿外国情调而描写中国社会的小说而写的，因为那些牛头不对马嘴的写法真令人笑脱牙齿。）

很对不起我的朋友和读者诸君，为了时间的关系，我不能再往下写了，有机会时我们再谈吧。

胡山源（1897—1988），原名胡三元，作家、翻译家。1920 年肄业于杭州之江大学。历任上海基督教青年协会书报部翻译、杭州之江大学教师、上海世界书局编辑等职。20 世纪 20 年代初与钱江春等发起组织的"弥洒社"，是新文化运动中一个有影响的流派。1916 年开始发表作品，一生著有长篇小说、短篇小说集、传记文学、剧本、译著约 1 000 万字。1957 年"反右"后从文坛上销声匿迹。

我的读书经验

胡山源

读书的方法很多，各人的经验也不同。如果将各种方法都写出来，各种经验都告诉出来，使喜欢读书的人有所取舍，有所参考，这实在是一件美事。因此，我也就不妨将我的读书方法写出来，虽然这方法未必好。

我的读书方法并没有什么出奇的地方。我每逢拿到一本书，不会翻开第一页来就一个字一个字、一页一页地读下去。我必先一页一页地翻下去，略略看看每页或若干页为一段落的情形。其次，我先看看序文或"凡例"或编辑大意，以及后面的跋或编后记。再次，则看看目录，然后挑选其中最觉得有兴趣或最重要的按着页数翻开来，仔细读下去。读时，如果发现它的前或后有连带关系的地方，我再从这方面看过去。要是它的前后没有什么必须连带要看的地方，那么，我看过它了才再从目录中去找我要看的地方。

我这种看法，自然有几个原因：①我自己买不起书，我所看的书往往都是向别人借来的。我总愿意早些还给别人，不要讨人的厌，所以不得不看得快些。要快，既不能一目十行，就只有这样拣来看，免得看不完而必须还人时反有买椟还珠之嫌。②我也实在忙，不能将一本书从头至尾看。这样看，得其大略，得其要点，就可以省去许多工夫。③即使我不忙，我也喜欢这样看，因为我以为不论哪一本书，绝没有从头至尾都精彩的，或者说，都合乎我的需要的，我实在不必浪费我的光阴，我的光阴还该用于我认为该用的地方。④我这样看，虽然不免有脱略的地方，或者竟有"遗珠"之憾，可是，我以为只要我能将其他的书多看几本，一定就可以弥补这个缺憾，因为三个一半，也许要比一个完全多些。

因此，我这样读书，其实不是读，只是看，至多只是略读。在学校里读教科书我是这样看法，在平常看参考书、文艺书，也是这样。只有看小说，尤其长篇小说，则不能这样，只有一开头就看下去，因为这不单是内容的关系，还有技巧的关系，不这样，就不能全盘领略。

因此，我所看的书，大概都只有一遍，几乎从来就没有翻上第二三遍。我的不买书，固然为了经济关系，实在也为了买来看过一遍就置之高阁，未免不合算。

不过到底我也有仔细地看，不，仔细地读，不但一遍，甚至十遍百遍的。这是中国的旧文学书，尤其是曲。我在旧制中学四年级和毕业后二年，以至入大学到"五四运动"为止，在这一个时期内，我废寝忘食地读着曲，读得背出来还不算，还要一再吟玩。"五四运动"后直到现在，我的思想改变了，我才不这样傻。现在，为了我与曲接近的机会很多（我妻学唱已十多年），有时我仍不免于吟玩，可是，那只是随时拉起来就算，已没有当时那股子傻劲了。

曹聚仁（1900—1972），民国时期著名记者、作家。浙江浦江人。毕业于浙江省立第一师范学校。1921 年至 1937 年在上海爱国女中、暨南大学、复旦大学等校任教。其间，因准确记录和整理出版章太炎的国学讲座，受到章氏赏识，被收为入室弟子，在上海文化界、学术界声名鹊起。抗日战争爆发后，作为战地记者，又因报道淞沪战役、台儿庄大捷而广为人知。作品有论著、散文集、报告文学集等近 70 种。

我的读书经验

曹聚仁

中年人有一种好处，会有人来请教什么什么之类的经验之谈。一个老庶务善于揩油，一个老裁缝善于偷布，一个老官僚善于刮刷，一个老政客善于弄鬼作怪，这些都是新手所钦佩所不得不请教的。好多年以前，上海某中学请了许多学者专家讲什么读书方法、读书经验，后来还出一本专集。我约略翻过一下，只记得还是"多读多看多做"那些好方法，也就懒得翻下去。现在轮到我来谈什么读书的经验，悔当年不到某中学去听讲，又不把那专集仔细看一看，提起笔来，觉得实在没有话可说。

记得四岁时，先父就叫我读书。从《大学》《中庸》读起，一直读到《纲鉴易知录》《近思录》；《诗经》统共背过九次，《四书》背过五次，《礼记》《左传》念过两遍，只有《尔雅》

只念过一遍。要说读经可以救国的话，我该是救国志士的老前辈了。那时候读经的人并不算少，仍无补于清朝的危亡，终于做胜朝的遗民。先父大概也是维新党，光绪三十二年就办起小学来了；虽说小学里有读经的科目，我读完了《近思录》，就读商务印书馆出版的《高等小学国文教科书》；我仿读史的成例，用红笔把那部教科书从头圈到底，以示倾倒爱慕的热忱，还挨了先父一顿重手心。我的表弟读《看图识字》，那上面有彩色图画，趁先父不在的时候，我就抢过来看。不读经而爱圈教科书，不圈教科书而抢《看图识字》，依痛哭流涕的古主任古直江、博士江亢虎的"读经""存文"义法看来，大清国是这样给我们亡了的。我一想起，总觉得有些歉然，所以宣统复辟，我也颇赞成。

先父时常叫我读《近思录》，《近思录》对于他有很多不利之处。他平常读《四书》，只是用朱注。《近思录》上有周敦颐、张载、邵雍、程明道、程伊川种种不同的说法，他不能解释为什么同是贤人的话有那样大的不同。最疑难的，明道和伊川兄弟俩也那样大不同，不知偏向哪一面为是。我现在回想起来，有些地方他是说得非常含糊的。有一件事，他觉得很惊讶。我从《朱文公全集》找到一段朱子说岳飞跋扈不驯的记载，他不知道怎样说才好，既不便说朱子说错，又不便失敬岳武穆，只能含糊了事。有一年，他从杭州买了《王阳明全集》回来，那更多事了，有些地方，王阳明把朱熹驳得体无完肤，把朱熹的集注统翻过身来，谁是谁非，实在无法下判断。翻看的书愈多，疑问之处愈多，一个十一二岁的小孩已经不大信任朱老夫子了。

我的姑夫陈洪范，他是以善于幻想善于口辩为人们所爱好，亦以此为人们所嘲笑，说他是"白痴"。他告诉我们："尧舜未必有其人，都是孔子、孟子造出来的。"他说得头头是道，我们很爱听；第二天，我特地去问他，他却又改口否认了。我的另一位同学，姓朱的，他说他的祖先朱××，于太平天国运动初起时，在广西做知县，"洪大全"的案子是朱××所捏造的。他还告诉我许多胥吏捏造人证物证的故事。姑夫虽否认孔、孟捏造尧、舜的话，我却有点相信。

我带着一肚子疑问到杭州省立第一师范去读书，从单不庵师研究一点考证学。我才明白不独朱熹说错，王阳明也说错；不但明道和伊川之间有不同，朱熹的晚年本与中年本亦有不同；不独宋人的说法分歧百出，汉、魏、晋、唐各代亦纷纭万状。一部经书，可以有打不清的官司。本来想归依朴学，定于一尊，而吴、皖之学又有不同，段、王之学亦有出入。即使一个极小的问题，也不能依违两可，非以批判的态度，便无从接受前人的意见的。姑夫所幻设的孔、孟捏造尧、舜的议论，从康有为《孔子改制考》《新学伪经考》找到有力的证据，而岳武穆跋扈不驯的史实，在马端临《文献通考》得了确证。这才恍然大悟，"前人恃胸臆以为断，其袭取者多谬，而不谬者反在其所弃"（戴东原语）。信古总要上当的。单不庵师读书之博，见闻之广，记忆力之强，足够使我们佩服，他所指示正统派的考证方法和精神也帮助我解决了不少疑难。我对于他的信仰，差不多支持了十年之久。

然而幻灭期毕竟到来了。"五四运动"所带来的社会思潮使我们厌倦于琐碎的考证。胡适的《中国哲学史大纲》带来实证主义的方法，人生问题、社会问题的讨论带来广大的研究对象，文学、哲学、社会……的名著翻译带来新鲜的学术空气。人人炽燃着知识欲，人人向往于西洋文明。在整理国故方面，梁启超的《中国历史研究法》，顾颉刚的古史讨论，把从前康有为手中带浪漫气氛的今文学变成切切实实的新考证学。我们那位姓陈的姑夫，他的幻想不独有康有为证明于前，顾颉刚又定谳于后了。这样，我对于素所尊敬的单不庵师也颇有点怀疑起来，甚而对于戴东原的信仰也大大动摇，渐渐和章实斋相近了。我和单不庵师第二次相处于西湖省立图书馆（民国十六年），这一相处，使我对于他完全失了信仰。他是那样的渊博，却又那样地没有一点自己的见解；读的书很多，从来理不成一个系统。他是和鹤见辅①所举的亚克敦卿②一样"蚂蚁一般勤劬的硕学，有了那样的教养，度着那么具有余裕的生活，却没有留下一卷传世的书；虽从他的讲义录里，也不能寻出一个创见来。他的生涯中，是缺少着人类最上的力的那创造力的。他就像戈壁的沙漠的吸流水一样，吸收了智识，却亦一泓清泉，也不能喷到地面

---

①似应为鹤见佑辅，日本自由主义者、政治家、作家。——编者注。
②亚克敦卿，英国历史学家。——编者注。

上来"。省立图书馆中还有一位同事——嘉兴陆仲襄先生也是这样的。这可以说是上一代那些读古书的人的共同悲哀。

我有点佩服德国大哲人康德（Kant），他能那样地看了一种书，接受了一个人的见解，又立刻能把那人那书的思想排逐了出去，永远不把别人的思想砖头在自己的周围砌起墙头来。那样博学，又能那样构成自己的哲学体系，真是难能可贵的！

我读书三十年，实在没有什么经验可说。若非说不可，那只能这样：

第一，时时怀疑古人和古书；

第二，有胆量背叛自己的文师；

第三，组织自我的思想系统。

若要我对青年们说一句经验之谈，也只能这样：

爱惜精神莫读古书！

陈子展（1898—1990），文学史家、杂文家。早年自长沙县立师范学校毕业，曾任小学教师。后在东南大学教育系进修，结业后回湖南从事教育工作。1927年"马日事变"后遭通缉，避居上海。1932年主编《读书生活》。1933年起任复旦大学等校教授。1922年开始发表作品，20世纪30年代曾发表大量杂文、诗歌和文艺评论，后长期从事《诗经》《楚辞》研究。著有《唐宋文学史》《诗经直解》《楚辞直解》等。

我的读书经验

陈子展

从来的文人自述，不是夸祖上怎样好，就是夸自己怎样天才，好像只有他们才配读书作文。自然，像屈原、曹植之流，他们出自贵族，夸嘴不会顾到自己脸皮的厚薄。记得班固在《汉书·艺文志》里说的古代学生王官，虽不够说明周秦诸子的学说思想出于王官，可是周秦以前只有王官才配讲学问，小百姓和学问不相干，大约近于事实。本来要解决脑的饥荒问题，最好先就解决胃的饥荒问题，其次才能讲到选择师友，才能讲到备办文具书籍，才能讲到安心读书、用功。以小百姓所站的地位，子弟想读书，就得依靠遭逢偶然的意外的机会，而且须要眼明手快，捉住这个机会。不然，你的子弟就休想和贵胄世家、豪商士侩、巨贾地主的子弟在学问上争个短长，爬到他们那样的地位。过去是这样的情形，到了今日还是一样。其实不如说，还要比从前更坏。你看目前的贫苦子弟连进小学识字的机会都没有，还容易有机会给他们进中学大学乃至留学国外么？在这个社会里，学问完全是商品，只要你肯努力，只要你会投机，那就愈有本钱，愈容易买到学问，学问愈好愈容易挣到地位。学问也像财富一样，完全被少数人垄断，贫苦的朋友就在这样的经济情况之下，活该永远站在不利的地位，连子孙也难有翻身的日子了。可真是他们祖坟葬得不好，祖上不曾积德，或者八字不好，骨相不佳，只怪得自己的命运不济么？不过现今也有比从前好一点的地方，就是交通愈见便利，印刷术愈见进步，报纸书籍的流传比较从前更觉容易了。只要是有觉悟的贫苦子弟，随时寻找识字读书的机会，用非常努力自修的工夫，也可以弥补一点不能跨进学校的缺憾。所不得不引为缺憾的，就是只能读文学或社会科学一类的书，而且只能读中文。倘若要研究科学，就非得进学校，到实验室，以及公开的研究机关，拿玻璃管，看显微镜，或者利用其他的器械、材料等不可。这个只能让给有福气从小就按部就班地入正式学校，读到大学或专门学校，乃至留学外国的洋学士、洋翰林了。因为不幸这个社会里的读书机会难得，我还算是不幸中之大幸，要我说出那种颇不愉快的读书经验，我也还是愿意的。

我是生在一个快要没落的小地主家庭。虽说出生地在湖南比较民智稍开的长沙，只因是在偏僻的西乡，不到辛亥革命，我不会跑向一个市镇——靖港，入高等小学。这个时候，我已读过六年私塾。《四书》《五经》之类早已读完，多谢偷看过

《三国》《水浒》一类的小说书，学做文章还算容易。不过一年就在私塾吃过"成篇酒"，千字左右的文言文勉强写得成篇了。当然我在这个小学里算是高材生，同学如郭某，比我年龄小，他却自恃聪明，以诸葛孔明自命，后来做了时代的牺牲者。又有熊汉光（子容），后来得到教育部长易培基的帮助，以官费留学美国，如今成了教育家、大学教授。我在这小学读了半年，民国二年（1913 年）春季考入了长沙县立师范学校。论理，我是考不上的，一则那天我误了考期，从家里徒步九十里，冒着风雪，晚上才跑到学校。二则我的英文、算术、格致（自然科学）根本没有什么。幸而校长徐特立先生是由贫苦力学出身，考取学生不拘常格。他那一晚上准我这个赤脚踏雪的小学生补考，题目是"雪夜投考记"，我仅仅做了这篇文章，其他试题都交白卷，过了三天发榜，我也居然取录。

我在这班里，年龄比较还是幼小的，只因国文勉强过得去，就遮饰了其他功课的马马虎虎，觉得没有什么赶班不上。又因身体瘦弱，常常头痛眼花，住疗养室的日子特别多。在入校的第二年，又被很顽劣的摆子鬼所缠，医生（国医也！）诊治不好，就说有鬼，我只想下乡避鬼。谁知这个鬼很不容易避开它。起初它是隔日光临一次，后来改到三五日一次，十日或半月一次。勉强扶病回到学校过暑期考试，就又还家了。从此这个鬼半月来一次，或一月来一次，两月来一次不等。这样，继续到第三年的上学期，我已骨瘦如柴、面无人色，风吹要倒了。还是靠红十字会医院医生给我服金鸡纳霜①丸才医好的。这个时候，我的功课做得更马虎，可想而知。恰巧有一个同族兄弟，名叫高林，和我同班，有人问他我的功课如何，他说我自甘下愚，没有长进。先父听到了这话，回家告诉我，一面看我病骨嶙峋，一面又觉得我的学业前途无望，禁不住失声哭了。那时我又惶恐又惭愧，也哭倒在病床上。想起那时父子对泣的情景，至今还好像历历在目。先父去世已久了，而我的不长进、没出息，和当年没有两样。辜负了慈爱的教育，辜负了严明的庭训，我是如何地惶恐、惭愧、痛心呵！

在师范的第四年，病已好了，只身体瘦弱还是和从前一样。稍稍用功，功课颇有起色。从此以后，学期学年考试，总是我和陈自耀、陈会贤轮流在最前三名，一时并称"三陈"。记得全校三四百人国文会考，我也可以跟在前两班的王启龙、田寿昌、曹伯韩、黄芝冈诸君之后，列在前十名了。一般忌刻我的同学，替我安上了许多小名，如"痨病鬼""鸦片烟鬼"之类，谁知道现在我会胖起来，并不曾病死或被人咒死呢！

我本来是从私塾出身，早已读熟过《四书》《五经》之类，自己又看过《资治通鉴》《文选》《四史》《十八家诗抄》《古文辞类纂》一类的书，同时还曾学做过"破，承，起，讲"以及"策论"式的文章。这时到了学校，教我们国文的教师是前清举人刘汝华先生。他的诗、古文辞做得很好，属于桐城派。

①即奎宁（Quinine），俗称金鸡纳霜。——编者注。

我对桐城派、湘乡派的古文有好感，曾把《曾文正公文集》读到成诵，当然是受了这位先生的影响。后来又有易寅村（培基）、易白沙两先生教我们国文、文学史、文字学等功课。寅村先生为我们开了一个简而精的国学书目，叫做"国学浅言"，记得这比后来胡适之、梁任公两先生开出的国学书目还选得精当些。我所以对于历史考证感兴趣，那时胡乱地翻阅了戴、段、二王、俞、章几位朴学大师的几部书，不能不说是受了两位易先生的一点影响。何况前校长徐特立先生是一位力学苦行的教育家，后校长姜济寰先生是一位长于政治的史学家，提倡读书，给予我们的治学上、做人上以不少的有益的启示。只因我的天分太低，又不肯十分努力上进，辜负了父母的期望，辜负了师友的辅翼，至今年事不小而百无一成，真是不胜惭愧感伤之至了！

我在这个师范学校毕业之后，家里虽然不十分希望我赚钱吃饭，可是也没有力量叫我继续升学。眼见许多同学在国内进了大学或高师，田寿昌、王启龙、穆正宇、李作华诸君先后东渡留学，我却不能不以弱冠之年教书，心里不免怅惘、彷徨，羡慕他们的幸运。于是把收入的薪金用在搜买旧书上面，同时翻阅了许多僻书，并常从徐特立先生、易寅村先生问学。这两位先生藏书不少，我曾借读了一些。这时读到程朱的遗书，很感兴趣，我的迂腐气就更是进一些了。

说到我的迂腐气，我不能忘记我们的伦理学教师杨昌济（怀中）先生。他是长沙的一位名秀才，曾在东京、伦敦留学多年。后来他到北京大学当教授，因冷水浴得病而死。记得他发给我们的伦理学讲义，有一篇是讲人之气质的。他说人之气质，有英雄之气质，有豪杰之气质，有圣贤之气质。那时他在湖南省立第一师范学校教书，也是用的这一讲义。在我们学校里，田寿昌曾于辛亥年做学生军队长，英气勃勃，算是我们同学里的一位特出的英雄。我呢，因为早读旧书的缘故，不免有些迂腐，颇想借读书变化气质，走希圣希贤一条路。"不为圣贤便为禽兽，莫问收获但问耕耘。"我写了曾文正的这副对联，贴在座右。至今说来，当然好笑，但我当时受了一位平日敬爱的教师暗示，就不觉得像煞有介事地妄想那么做，一般同学叫我"老八股"，也就笑骂由他了。

我之所以能够由中等学校出身就到了中等学校去教国文课，不待说，是我颇像一位老先生。至于我入国立东南大学读书，那是受了"五四运动"的刺激才发狂热似的躁动起来，跑到南京。学的是教育，颇留心于心理学一科，结果出来教书，还是国文、历史之类。人家总以为我于所谓国学有什么深嗜笃好，我也就只好一天天钻到故纸堆中去了。

因为1927年中国革命的局势的急剧变化，我感觉政治这东西真是瞬息万变，又觉得教育与政治不可分离，像我这样的性格，根本不宜从事政治活动，就于那一年秋季离开了长沙的教育界来到上海。第二年夏天我写了一部《中国近代文学之变迁》，由左舜生先生介绍在中华书局出版。舜生又介绍我为太平洋书店写《最近三十年中国文学史》，这就是我靠写文字骗饭吃的开端了。我是一个书呆子，不肯靠政治吃饭，这一意见写在《中国近代文学之变迁》的序文里，如今将近十年，还没有改变。将来怎样，或许说不定。倘若我的文字果然可以长此骗得一些粗饭吃，我当然以我现在这样的低廉生活为满足，一直活下去。虽说吃不饱，可是饿不死，在无数的不幸人群里面，我不算是很幸运的么？何况既已做了四五个孩子的爸爸，不妨夸张地说，为了人类，为了社会，这一副惨苦生活的重担，我还是要义不容辞地担受下去呀！

章衣萍（1900—1947），安徽绩溪人，别名洪熙。民国时期知名作家和翻译家。在北京大学就读时为胡适助手，毕业后在陶行知创办的教育改进社主编教育杂志。曾任上海大东书局总编辑。与鲁迅等筹办《语丝》月刊，为重要撰稿人。1928年任暨南大学校长秘书兼文学系教授。抗战胜利后任成都大学教授。系南社和左翼作家联盟成员。作品有短篇小说集、散文集、诗集、少儿读物、学术著作等20多部。

我的读书经验

章衣萍

本刊编者顾仞千先生要我写一篇文章，题目是"我的读书经验"。这个题目是很有意义的，虽然我不会做文章，也不能不勉强把我个人的一点愚见写出来。

我幼时的最初教我读书的先生是我的祖父。我的祖父是一个前清的贡生，八股文、古文都做得很好。他壮年曾在乡间教书，后来改经商了，在休宁办了一个小学，他做校长。我的祖父是一个很庄重的人，他不苟言笑，乡间妇女看见都怕他，替他起了一个绰号，叫做"钟馗"。我幼时很怕我的祖父。他教我识字读书，第一件要紧的事是读得熟。我起初念《三字经》，后来念《幼学琼林》，再后来念《孝经》《论语》《孟子》《大学》《中庸》等书。这些书小孩子念来自然是没有趣味，虽然我的祖父也替我讲解。我的祖父每次替我讲一篇书，或二三页，或四五页，总叫我一气先念五十遍。我幼时记性很好，有时每篇书念五十遍就能背诵了。但我的祖父以为就是能背诵了也不够，一定要再念五十遍或一百遍。往往一篇书每日念到四百遍的。有一次我竟念得大哭起来。现在想来，我的祖父的笨法虽然可笑，但我幼时所读的书到如今还有很多能背诵的，可见笨法也有好处。

我的第二个教我读书的先生是我的父亲。我的父亲是一个商人，读书当然不多，但他有一个很好的信仰，是"开卷有益"。他因为相信唐太宗这句考语，所以对于我幼时看书并不禁止。我进高等小学已经九岁，那时已读过许多古书，对于那些浮浅的国文教科书颇不满意。那时我寄宿在休宁潜阜店里，傍晚回店，便在店里找着小说来看。起初看的是《三国演义》，《三国演义》总看了至少十次，因为店里的伙计们没事时便要我讲三国故事，所以我不能不下苦功去研究。后来接着看《水浒传》《西游记》《封神传》《说唐》《说岳》《施公案》《彭公案》等书，凡在潜阜找得到、借得到的小说我都看。往往晚上点起蜡烛来看，后来竟把眼睛看坏了。

我的祖父教我读书要读得熟，我的父亲教我读书要读得多。我受了我祖父的影响，所以就是看小说也看得极熟。例如，《三国演义》中的孔明祭周瑜的祭文（《三国演义》第五十七回），孔明的《出师表》（《三国演义》第九十一回），以及曹操在长江中作的诗（《三国演义》第四十八回），貂蝉在凤仪亭对吕布说的话（《三国演义》第八回），我都记得很熟。所以有一次高小里的先生出了一个题目，是"致友书"，我便把"度日如年"

（貂蝉对吕布说的）的话用上了。这样不求甚解地熟读书，自然不免有时闹出笑话，因为看小说时只靠着自己的幼稚的理解力，有些不懂的地方也囫囵过去了。这是很危险的，读书读得熟是要紧的，但还有要紧的事是要读得懂。

我受了我的父亲的影响，相信"开卷有益"，所以后来在师范学校的两年，对于功课不十分注意，课外的杂志、新书却看得很多。那时徽州师范学校的校长是胡子承先生，他禁止学生做白话文、看《新青年》。但他愈禁止，我愈要看。我记得那时《新青年》上发表的胡适之、周作人、刘半农、沈尹默一些人的白话诗，我都背得熟。我受了《新青年》的影响，所以做白话文、白话诗简直入了迷，后来竟因此被学校开除。我现在所以有一些文学趣味，全是我的幼时多看书的影响，但这些影响也有不好的地方，就是我个人看书到现在还是没有条理，多读书免不了乱读，乱读同乱吃东西一样是有害的。

我十七岁到南京读书，在南京读了一年书后，胡适之先生到南京讲学，我去看他，我问他读书应该怎样读法，他说"应该克期"。克期是将一本书拿到手里，定若干期限读完，就该准期读完。胡先生的话是很对的。我后来看书，也有时照着胡先生的话去做，只可惜生活问题时时压迫我。我在南京、北京读书全是半读半工，有时一本书拿到手里，想克期读完竟不可能。在我，这是很痛苦的。现在，生活问题还没有解决，我的学生时代已经过去了，苦痛的病魔又缠绕着我，几时我才能真正"克期"去读书呢？

我的读书经验如上面所说是很简单的：第一，应该读得熟；第二，应该读得多；第三，应该克期读书。

我是一个不十分赞成现代学校制度的人，我主张自由学习，主张普遍的自由（Universal Liberty），主张完全的自修。我曾说：

> 吾国自清代光绪变政，设立学校，同时年级制也输了进来。年级制是以教员为中心，以教科书为工具，聚智愚不同的学生于一级，不问学生的个性，使他们同时学一样的功课，在一个教室内听讲。聪明的学生嫌教师教得太慢，呆笨的学生嫌教师教得太快。聪明的学生只得坐在课堂上打瞌睡，看小说，混时间，等着呆笨的人追赶。呆笨的人却整日整夜地忙着，连吃饭、睡觉、如厕都没有工夫，结果还是追赶聪明的人不上。所以有一次胡适之先生同我们一班小朋友说笑话："你们也想进学校吗？我以为学校是为笨人设立的。"对呀，现在所谓年级制的学校，的确是为呆笨人而设的。一本陈文编的《算术》，聪明的学生只要两个月就演完了，学校里偏要教上一年半载；一部顾颉刚编的《初中国文》，聪明的学生只要半年就可读完了，学校里偏要教上三年四年。况且在一时间内，一定要强迫很多学生听同样的干燥无味的功课，所以有时教员正在堂上津津有味地讲"修身而后家齐，家齐而后国治，国治而后天下平"，学生的头脑里也许竟在想"贾宝玉初试云雨情""景阳冈武松打虎"。……

我那时的话是对现在学校的年级制而发的。这几年我在江南观察教育界的种种怪现状，教我不能不感叹学校教育毫无用处。老实说，学校教育的最低限度的职能，在于指导学生读书读得懂。那些流氓中学、野鸡大学的教员教授，究竟自己读书得懂与否还是一个问题。我以为，今日中国的青年，只有自己硬着头皮去读书，单读中国书是不够的。

第一，我们应该学会一种外国文，或是日文，或是英文，作为我们读书的工具。

第二，我们应该养成熟读书、多读书、克期读书的习惯。

第三，我们应该细心地读书。要每个字读得懂，要每个句子读得懂，不懂，便查字典，查参考书（到图书馆里去），问朋友，问亲戚，问真正懂得的人，不论是中国人、外国人。

第四，我们读书时应该养成怀疑的习惯，应该"疑"而后"言"，不要盲从，不要武断。

青年们呵！中国正是一个变动的时代！这时代是伟大的，然而也是悲惨的！我们应该承认中国的教育、政治、道德、哲学、文学、美术都不如旁的国家，所以造成中国今日的混乱局面，没有学理的根据的革命是危险的！我们应该努力读书，作为改造中国的革命的准备。

我的文章虽然浮浅而且简陋，希望对于真的热心读书的青年，有一点微微的用处。

1933 年 3 月 4 日

赵景深（1902—1985），现代作家、文学史家、文学翻译家。生于浙江丽水，少年时在安徽芜湖读书。酷爱文学，1922年从天津棉业专门学校毕业后，任天津《新民意报》文学副刊编辑，并任文学团体绿波社社长。1925年任上海大学教授；1927年任开明书局编辑；1930年起任复旦大学中文系教授，同时兼任北新书局总编辑。其著作和译作数量多、范围广，在学术界和教育界颇有影响。

暗中摸索

赵景深

看过我的《出了中学校以后》的，大约已可以知道我十余年来的经历，我不曾进过高中，更不曾进过高中的文科，不用说是大学的文科了。但我现在竟惭愧地在复旦大学中国文学系和中国公学文史系教书。

我想在这一篇短文里，说一说我自己最初所读过的一些书，只能算是"读书"的"经历"，未必有验。

我还记得，儿时我最喜欢有图画的书。十岁随着父亲在武昌四川旅鄂中学读书的时候，就爱看所读的《诗经》上的图画。因此父亲给我的钱，我都一串一串地在书摊上买了画（一串大约是一百文或一千文的纸票，已不能记忆），所买的就是各种版本的绘图、《诗经》和《点石斋丛画》之类。后来父亲买给我几本《儿童教育画》和《无猫国》、《三问答》，我才第一次亲近儿童文学。后来到了芜湖，《儿童教育画》和《童话》便成为我所最爱好的书，出一本，买一本，珍贵地藏着，从来不曾间断过，时时拿来翻阅。我还用一个小红皮匣把《儿童教育画》藏起来，出到七八十期的时候，我的皮匣恰恰装满，《儿童教育画》也停刊了。这红皮匣直到现在我还保存着。

因为爱画的缘故，便连带地爱香烟牌子，重复的我都不要，不同的烟牌我共搜集到三千张，因为每种通常是三十张（为了一大盒内有五十小盒），便装在一个小烟匣里（也恰恰好，只是稍微紧一点），题上这一种类的名字。我还记得，刀牌的古人画前后各出五十张，我能够辨别哪五十张是先出的，哪五十张是后出的。其实烟牌就是我的先生，诸如动物、植物、谚语、议院、国旗、房屋、船号、天文、名家画等都很有益处。较早的是花中的西洋美人和灯笼中的西洋美人，稍迟的是刀牌的戏中人物。我记得周瑜、鲁肃、诸葛亮、黄盖各有一张，是直幅，还有一张横幅是四张合起来的打黄盖，还有前三人的分幅和合幅，颇有趣味。此外便是拿枪的赵云（有须）、捞起衣服做惊慌状的老褚彪、妓女、旗装妓女、黄天霸、朱光祖等的合幅和分幅。我的烟牌常识很丰富，这并不是我吹牛。因此，十三四岁的我便编了一本《烟牌概论》，也有总论、定义、分类等，像煞有介事地去做。说不定我现在常教"文学概论"，与这《烟牌概论》有些因果关系呢。

后来程度稍高，便爱看《少年》，学生杂志是看不懂的，为了它有悬赏，也就买了看看。终日苦思竭虑地想答案。与我同癖的还有一位天津的曹锡纶，他的答中次数比我还多。倒也不在乎一本杂志，但我的名字刻在上面，总觉得是了不起的荣幸。《荷花》中的《著作家》篇便是写我这种心理的。

我又最喜模仿，《少年》看得多了，便自行出版了一种《少年界》，不是铅版，而是肉版。所谓肉版者，手抄也。投稿人就是校中的同学。

直到我在南开中学受了洪北平先生的训诲，我才知道文学与其他科学的分别。

起初我也曾想做纺织家的，后来到了《新民意报》编《文学》副刊，我才决定了文学的路，直到现在，八年间未改初志。

当编辑大约是应该写论文的，天津购书又不易。看见王靖出了一本《英国文学史》，非常羡慕，便向商务①买了一本《英美文学要略》，翻译后半的美国文学，连续地在《文学》副刊上刊载。后来又买周越然的《文学片面观》来译。渐渐地知道了有所谓"近代丛书"，便到德租界伊文思分发行所去买，又到附近的一家德国书店去买 *Tancitz Edition*。记得当时我所买的是柴霍甫②的《陆士甲尔③的提琴》（*Rothschild's Fiddle*），史特林堡的《结婚集》，莫泊桑的《爱》等。

偶然在一家租小说的店里看到一部厨川白村的《近代文学十讲》，便借了来。罗迪先的译文虽不十分好，但已足够吸引

---

①即商务印书馆。——编者注。
②今译契诃夫。——编者注。
③今译罗斯柴尔德。——编者注。

我，我一口气便看了数十页，不忍释手，其文字的魔力真大！除去在棉专时向友人借来看的小泉八云《文学论》以外，要算此书最使我兴奋了。我就向租小说的店里买了来，他因租论文的人较少，也就乐得卖给了我。

张舍我的短篇小说《作法》也是使我佩服的书，后来才知道他是大半取材于 Williams 的那一本。

此后在各校当国文教员，为势所迫，讲台上不能专讲故事，只得多看些论文，勉强记住，第二天立刻到讲台上去讲。渐渐地我也能够独立己见了。

现在我还是这样，论文看得很多，创作看得很少。

从历年来教书的经验感到这一点：要想学问踏实，必须对于每一句话找出证据来。

我编辑《中国文学小史》，便用的是这个方法（几时有暇，我想将此书改订一下）。例如，沈约创八病说，我就怀疑："他自己能否遵守呢？"因此细心地找全汉、魏、六朝诗，归纳出来，前四病他都曾犯过，以"上尾"为犯得最少。又如建安七子赋多相同，就为他们列一个表。总之，我们应该不怕麻烦，得用傻工夫！

至于读书的时间，自然以清晨为最好，这时头脑清新，精神饱满，正当睡眠充足以后，读书最易了解，最易融化。

以前在天津新民意报馆的时代，我所有的文学书不过是些新出的诗集，诸如《尝试集》《草儿》《冬夜》《蕙的风》《雪朝》等，都是我的偶像。此外如文学研究会所出《隔膜》《阿那托尔》《春之循环》等，我也每出必买。

后来到岳云中学教国文，不知怎的，学生们要兼学古文了。但我古文的常识是等于零的，怎么办呢？只好乱买些石印本的线装书来看。最初自然是先看梁任公和胡适的《国学书目》，后来就先看以下的书：《四书》《诸子菁华录》《史记精华》《汉书精华》。对于这些，我只略知大意便足，非性之所近。至于集部的书，就买得较多，尤以唐人诗集为甚，渐渐地就买总集——《汉魏六朝百三家集》《宋六十名家词》等，因为经济困难，连至《唐诗》《疆村丛书》《宋诗抄》《元曲选》也不曾买，更不必说《四部丛刊》和《四部备要》，只是向图书馆借来阅看。像这样刻苦努力了一年，到了长沙第一师范再当国文教员，便毫不惧怕了。所以我所读的书也完全是暗中摸索，并且也是经济和地位逼出来的，一方面自然于兴趣也有关系。

现在我为经济所限，自己所购备的书还是很少，但对于书目总很留意，时时挂念在心。心中想买，手中无钱，虽不能过屠门而大嚼，总算是望梅止渴了。

黄天鹏（1909—1982），原名鹏，字天鹏，别号天庐。广东普宁人。中国现代新闻学的拓荒人之一。1927 年在北平创办我国第一家新闻学刊物《新闻学刊》。1930 年任复旦大学新闻系教授，创办中国第一个新闻学研究室；同时任沪江大学新闻系教授。曾任《新闻周刊》《报学杂志》《申报》《时报》等多家报刊主编、主笔。编著有《中国新闻事业》《现代新闻学》《新闻文学概论》《新闻学名论集》等。

寒窗的回忆

黄天鹏

当我接到本刊"我的读书经验"专号征文的时候，就忆起了幼时书斋的座右铭，这座右铭只有"十载寒窗苦，马上锦衣回"十个字。母亲常常拿来教训我，希望我学优而仕。这种升官教育在今日固然落伍，但回忆起来，我的旧学的基础却在这个时候立下根基。这二十年的读书经历，可分为三个时期，兹分述如下，并附点读书的经验。

一、 从启蒙时候说起

我的天资虽不聪敏，幸而还能勤读。三四岁时母亲便教我挨字认读《三字经》，几日后"乾为天，坤为地"便能朗朗上口了。据后来母亲对我说，她不愿我继承父业学武，决心令我读书，将来上京应试，重振书香的家声。到了五岁换读《诗经》，母亲就严厉地课督了，每日要读几首，次日便迫着我背诵出来。这时候我非常好玩，从前好奇和承欢的心已失掉了，时常逃学，母亲没有办法，便把我送到家塾。奇怪，新的环境使我感到丰富的趣味，子曰诗云地读了多时。因为从前有点基础，在十数位的学童中，我特别地得塾师的青眼，看着人家背不出书打手心，我就感到荣光与奋勉。二三年依样画葫芦地过去了，我也能模仿《左传》的论说、《史记》式的记事做点文章了。渐渐地觉得生活的平淡呆板，心中酝酿着厌烦与不满足。不过家族给我个"佳子弟"的荣衔，师塾及家长又严厉地课督着，没有反抗的勇气。新聘的塾师是一位中过举的秀才，他的教育宗旨是多读多看多做，水到自然渠成，经、史、子、集都来一下，更把我弄到"发昏"了。有一日在父亲曝书的时候，获读《水浒传》《西游记》《红楼梦》这一类的文学作品，才真正地感到读书的兴味。

这寒窗的苦楚，前后一共十年，科举早已消灭，锦衣自然无望了。这十多年的旧式教育，有几本书在我现在的职业——新闻记者上有很大的影响，第一是《左传》的议论，在当时是很好的时论名作；第二是司马迁的《史记》，这是最佳的新闻记事文的模范；第三是《聊斋》的幽默与隽味，这种作风应用在副刊上是很有风趣的。我脱胎了这几种神笔，融化在现代的精神里面，便成了一种新闻文体了。

若论到读书的经验，这种读死书的办法自然太不经济，然我今日对《诗经》有很多可背诵的，《史记》有很多可默写的，在行文时也有左右逢源之乐，不能不归功到从前苦读的功效。不过当时不求甚解，其实也没有解的学力，太不是良法，我想倘若能够照现在有次序、有方法地去读就好了。

二、 工读时期的经过

十六岁离开了故乡，到外边求新学，才放下方块的汉字，整天地念着洋文、三角几何这类的科学。天分既不高，年龄又大了，非常地艰难。A，B，C 等二十六个字母，念了一个多礼拜，发音还不正确，口才实在太拙了。教我发音的西国教师弄得没有办法，强迫着到海边去听潮声，闹着发音这个玩儿，还教我把小石子压在舌头下来矫正 R 字的变音。在一班中我年龄最大，每每总弄得满头大汗，赤红着脸地坐下。我气极便发愤了，每日天还没有亮就起来，带着烛子到校外去苦念，不久居然也有些像了。一直苦读了四五年，会话虽不太好，作文倒还可以对付了。

在数学方面也和英文同样地艰难，天性本来就很忠厚，也不大灵敏，数学又最费思考，而须敏捷的脑力才行。我一感到难题，就想缺席。承当日的教员特别看重我，私下对我说，数学是人生基础的科学，不管您将来要做文学家或新闻家，或其他的职业，总须有数学的训练，思想才能敏捷，判断才能正确，考虑才能缜密。希望我格外勤苦用工，他课外可以帮助我的。我听了他的劝告，侥幸能毕业了。

这几年的课外，一半消磨在我的兼任的职务。我因为兴趣和经济的关系，兼担任了报馆的通信和杂志的投稿。有了这个姻缘，我对报纸和杂志也和课本一般重视。工读生活虽然太辛苦，但却有很好的兴趣，而且所得的智识也有实际应用的机会。不过在大学的时候，我很懊悔不尝一心一志地研究高深的学术，每夜在报馆当编辑，次晨起来精神还没恢复，便跑到大学上课了。日夜连工，功课不免敷衍一点，幸得校长和教授们的原谅，我终于戴上四方的帽子了。在社会服务几年后到日本去留学，本来想这回可以求深造了，又因为通信事务非常忙冗，结果溜了一趟回来了，在名义上完成了我的高等教育。

据我的经验，读书时代倘不因为经济的关系，最好不要兼做工作。就要兼做工作，也要以不妨碍功课为限度。若能待到将毕业时再找个所学的实习机会，那是再好没有了。在学生时代要养成读书的趣味和习惯，开卷总是有益的，到了社会很不容易找到读书的空暇。我若有可能的话，我还想回复到黄金时代的学生时代。

三、 新闻记者的读书生活

新闻记者的读书生活，毋宁说是读报生活。我在报馆的工作，是每晚七八时到次晨四五时。当这编辑的时间，没有整个的空暇，在等电报或大样时，也只有几分钟，最多不过二三刻钟的工夫。编辑部又非常乱杂，也不是读书的环境，只好随便

翻阅报纸和杂志。读报的方法，我在本刊第五期《怎样阅报》①
说过了。我读杂志是先读目录，次是编辑后记及小品等文章后，
再选读和自己所学有关系的著作，最后才读有一读价值的作品。

　　然而思潮是日日新的，学问是无穷尽的，新闻记者秉着无
冕帝王的御笔，为社会的导师，不管怎样地忙碌，不继续地读
书总要落伍的。在日间的空暇，应该尽他的可能来读书。各种
书籍纵不能多读，关于自己业务范围以内的新智识，都须尽量
吸收的。譬如，我编国际新闻，关于报纸和杂志上的国际事件，
便应剪存以备查考；各国研究国际问题的著述，便应时时地探
讨，使自己也成为国际专家，他如政治编辑、经济编辑等也是
如此。推而广之，无论哪一种职业，业余都须读书，才不致为
时代的落伍者。我们人人都要养成读书的习惯，社会才有进步。

1931 年 3 月

---

①此文已收入本书，见本书第 105～116 页。——编者注。

王礼锡（1901—1939），作家、外交家。早年就学于江西省第七师范学校。1932 年在其主编的《读书杂志》发起轰动一时的中国社会史论战。1933 年赴欧考察。抗战爆发后，在英参加组织作为世界援华工作国际联系中心的全英援华会并任副会长。1938 年回国，翌年作为作家战地访问团团长率团前往战地，因黄疸病发于访问期间病逝。著有《海外二笔》《海外杂笔》《战时日记》《国际援华阵营》等。

读书忏悔录

王礼锡

窗外雪花如鹅毛大，纷纷地飘在玻璃窗上，由合不拢的窗缝中挤入雪花所带来的寒气，中人像针刺一般。六铺席子上，拥火缸蜷坐，异国深宵，孤寒自悯，童年往事袭上心来。

事过去近十年了，一个二十岁左右的青年，曳一件薄棉袍，在黑夜所吞没的东湖（南昌）边上冒着浓的雪和可以卷人入湖的劲风，精神抖擞地回到与贺其燊共住的五尺宽大的小室里。在深夜工作的疲劳之后，两人还埋着头读书二三小时，才裹入棉布的铁衾。真想不到才三十岁的人，有火缸可拥，还敌不过寒意。

我们的住室在离东湖约三四百步的一个角上，是永新的一个小试馆，共四间房，近天井的两间最小，我们就住在左边的一间。雨稍大，飘流满室，几无坐处。室约五尺宽大，当窗安一小书桌。书桌就是两人同睡的一张卧床，坐床上读书，床与书案之间是不能再放杌子了。饭自己烧，每餐熬豆腐或青菜一大碗下饭。为着菜太少了，只好多着盐和辣椒、姜蒜之类。买不起炭，也没有可烧炭的炉子。烧的是大块的湿柴，为稚周介绍其燊的诗中，曾有"钝斧析湿薪，粗粝饱姜蒜"的两句，就是写那时的生活。

生活就是那样地苦，家庭的经济还是供给不来，那只好用自己的劳力去换一点自给的经济。我那时做的是三件事，一个报馆的编辑，两个地方的家庭教师。报馆的工作时间是夜十时至十二时或一时，两个家庭教授的时间就分配在下课后至十时前，早晨上课前和夜深报馆工作后就是自修时间。

那时我们的生活虽然是很苦，但是很紧张的，而且充满了紧张的趣味。月底从工作得着了一点工银，我们并不重视它，我们并不立定一个预算去支配它。那天很快地了结了报馆的工作，就一同踏进一个馆子的门，一碗红烧牛肉，一壶吉安冬酒，就大论其幼稚的学问和国家大事，不满足时候还添一个芙蓉牛肉，竟不顾到这样是预支了十天的生活必需的费用。到明天仍然是一大碗豆腐或一大碗青菜。去秋回南昌时，很想去那个馆子——万和楼——尝尝红烧牛肉的味道，可惜竟没有去，并且不知那馆子还是不是存在。

报馆在东湖边，由湖面上吹来的风挡在湖边高层的墙上，分外厉害，尤其是在出口的地方，两面的风交逼着在一起，真可以卷得人走。但那时风越大，心越紧张，像以敌得过这样的寒风为自己的光荣。薄棉衣给劲风卷起,虽然风从衣底下割人肌肤,但飘举的衣角就像是征服自然的旗帜。

所以在这样情形之下乘雪回到卑小的寓所,并算不了一回事。

炉火正旺,窗外雪仍大,另一个雪晨又浮起在孤客的记忆中。

窘迫的经济和孤苦的身世都造成我们的崛强。无论在多大的雨雪中走着,固然没有雨衣,就伞也不用。这个起因是很早了。还是在吉安读书的时候,有一次在雨中回到离吉安百二十里的家,虽然把着伞,总觉得局促。路旁唱着山歌在田里做苦的农夫是一点御雨的器具也没有,有的只是饱经风日的红铜色的皮肤。雨在他背上流下,比在油布伞上流下还不沾染一星微水点。我愤然地把伞丢了,觉得我们唯其有伞才会变得这样娇嫩。从此以后雨中雪中都是这样赤着手很镇静地走着。仲烈是和我一样的崛强这样干。

有一个雪晨,我们冒着雪去上课,到学校时一振衣,地上雪积成堆,在衣领中的雪为体热所融化,沿着脊背流下,两人相顾一笑,表示快意。

现在住的虽然是旧屋,但有六铺席子,总算宽大,窗缝虽然合不扰,但有火缸可拥,又无须犯东湖的劲风,何蜷缩至此!

也许现在身体的衰弱,就由于那时无常识的崛强,就像这次受了一个整月的苦割去的痔疮,据说和冒雨雪走路受的湿风有关。

但那时不崛强又将怎样？

紧张的精神，由于刻苦的生活，还得维持旧有的崛强，把将来的生命交付于斗争。

开窗，雪花扑在脸上，爽快无比。

蒋维乔（1873—1958），著名教育家、哲学家、佛学家。1901 年参加中国教育会。1902 年在蔡元培创办的爱国学社讲授国文；嗣后入商务印书馆主持编辑小学教科书，历时达十年之久。1916 年后开始虔心研究佛学；1918 年在北京大学哲学系开设"唯识学"课程，讲授佛学课。1929年起任上海光华大学教授、文学院院长，1938 年起兼任上海正风文学院院长。所著《中国佛教史》影响巨大，为近代中国佛教史研究之先声。

我的读书兴趣

蒋维乔

《读书通讯》半月刊社屡有信来，要我撰"如何培养读书兴趣"一文。近日天气虽在仲秋，竟热到华氏一百多度，老年人要握管撰文，实在有点害怕。无奈该社催逼不已，姑就我个人读书兴趣，随便凑几句，以图塞责。

我从小是生在一个贫苦家庭，论我的环境，读书是不容易成功的。先君子①是一乡的善人，靠手工度日，养活全家九人，祖母、母亲、我们兄弟五个人、姊一人。衣食两项，能够饱暖，已不容易，哪里还有钱读书。然先君子常说："我力量有限，五个儿子中，只能有一个读书，哪个最努力，就造就哪一个。我不希望他们读书去取科名，只要做明理的君子。"凭这个标准，

---

① 对已故父亲的称呼。——编者注。

先选长、次两兄入私塾。我排行第三，到七岁，也随同两兄进私塾。当时私塾先生，除掉教《四书》《五经》之外，就是教学生做八股，以外的学问，大多数一无所知。先生的名誉较好，收的束脩较贵，差的自然便宜。我们兄弟所从的塾师姓吴，束脩最便宜，教学当然不兴了。所读的书，别字破句，都不能免。《四书》《五经》读完，也不讲一句，单是背诵了事。我呢，虽不敢说是过目成诵，然每次先生教我的书，不过念了七八遍就背得出，因此在全塾中是一个杰出人才。先生也另眼相看。我的两兄也很聪明，不过到十二三岁时候，略为有些怠惰。先君子因为不合他的预定标准，就先后令其辍读，改就他业。

我到十二岁，《四书》《五经》将读完，只因先生卧病放假，余下《左传》小半部没有读。我的记忆力特别强，随便取一册书，我能从头至尾背诵如流，不遗一字。先君子就请先生替我开笔，所谓开笔，就是开始学做八股文的破承题及起讲。说来可笑，所读的书从来没有讲过，哪里能够动笔作文呢！然我确有天才，因为背诵极熟，也略为知道书中的意味，居然能下笔作文。我在先生抱病期中，每日到先生家中当杂差，替他请医配药，读书一事，完全停止。先生卧病三个月终不起。在临终前，对我很关切，嘱托他的友人苏先生，教我去拜他门下。

这位苏先生的声望比吴先生高。塾中学生，读《四书》也有，读经书也有。每次都讲解，虽不透彻，比不讲总好得多。我从旁静听，于读过各书，渐渐明了。苏先生见我背讲如流，觉得奇怪，不过有些破句别字。苏先生就说："替你一一矫正，十分为难。你最好去买一部《康熙字典》，遇到疑难字就查，只有自己努力，还有办法。"我于是回家，求先君子买这部书。当时没有石印排印，一部铜版《康熙字典》，有四十册，要制钱四千文。塾中一年四季，每季的束脩不过四千文。买一部书，要与一季束脩相等，先君子大有难色。然因我再三要求，终于买来了。我如获至宝，朝夕检查，经过一年，不但将别字矫正，且熟知某字某义，应该某声，不假思索，顺口而出。至于破句，在先生为其他同学讲解时候，从旁静听，亦渐渐改正。到十四岁底，八股做完。先君子令我不必出外从师，在家中设一蒙馆，收几蒙童；我一个十五岁孩子，也腼颜做起蒙师来了。

我自始就鄙薄八股，一面做蒙师，一面从姓董的先生改八股文。董先生就馆在一绅士家中，这人家藏书很多。我常常送文章到先生处，看见这许多书，异常欣羡，就向那家借看。最先借到一部《曾文正公家书》，归来读之，始知世间有义理、辞章、考据等学问，不觉狂喜，决定效法曾文正以段、王、江、戴之训诂，为班、杨、左、郭之文章。又借到《纲鉴易知录》，始晓古今的大势。到二十岁入泮①后，我的文名已极甚了。对于八股格外鄙弃。于辞章之外，兼习算学、舆地。偶应乡试，喜为弘博奇丽的八股文，主试者以为文太奇肆，未得中试，我也不以为意。我们江苏有南菁书院，为全省最高的学府，专治经史、舆地、算学、辞章、考据等学术。秀才考列前茅者，方得

①清代称考中秀才为"入泮"。——编者注。

进院肄业。院中藏书十余万卷，肄业各有斋舍一间。我于二十三岁，以岁考第三名调入书院。山长为定海黄元同经学大师。我住院七八年，恣意攻读，兴趣的浓厚说也说不尽。奠定我一生的学问基础，就在这时。到戊戌政变、庚子事变以后，海内倡议变法兴学，我也摒弃科举，决意进取，到上海读书。一面为书局做编辑教科书工作，一面研求科学。当时上海的理化讲习所、博物讲习所陆续设立，我总去加入。学完以后，约集同志数人，在暑假期间回到自己武进家乡，也去开传习所。说也可怜，在民元前十年左右，各地开办小学大约只有国文史地，缺少理科。武进各小学还是我们回去传习以后，方开始有理科的。

说到这里，要归结到两点：①我的读书兴趣出于天然，为知识欲所驱使，能征服环境，自开路径，不肯随波逐流，盲从一般人去做八股。②我从小就没有得到良师指导，当时就是良师，也只知道八股，不知其他。曾文正公乃真是指导我的良师。我的读书，完全靠着自力，不借他力。我生平无论办学校，做教师，做行政官，偶有余闲，总是以书本做伴侣，可以说没有一天不读书的。我今年七十四岁，还是如此。不过要告诉诸位，读书不可以读死书，读成一个书呆子是要不得的，要能兼读天地间的活书。举一显著之例，如研究动植物学的，亲自去采集标本，就是活书。留心社会科学的，就古书中事例，知人论世，一一引证到现代社会，也是活书。像我欢喜游山，足迹已遍十余省，到处考察古迹风土人情历史，也是读的活书。

贺扬灵（1901—1947）。江西永新人。国民党早期的重要人物。早年就读武昌师范大学，1926 年底随北伐军进驻南昌。1930 年初赴日本入早稻田大学文学院读研究生，1931 年 6 月回国。曾任内政部编审、浙江省民政厅主任秘书、绍兴县县长、浙西行署主任、国民党中央组织部第五处处长等职。其所著《察绥蒙民经济的解剖》是商务印书馆于 1935 年 1 月出版的一部调查实录性著作。

我的读书趣味

贺扬灵

世间有多少事情，都欢喜搁在我的嘴上谈，或谈天，或谈地，或谈上下古今，或谈怪力乱神，或谈茅厕里的粪蛆……唯独对于读书那件事，不但不欢喜谈，而且讨厌，而且恨之入骨，这是什么原因？

第一，我前生就受了老子"绝圣弃智"的教训，认为古今多少的罪恶和乱源都是知识阶级闹出来的，却不如大家都如吴老先生①所说的"漆黑一团"，倒得痛痛快快，干干净净。

第二，读书原是有闲阶级和有钱阶级干的差事，像我们那些穷光蛋，既无钱缴学费，更无钱去买书，有时连吃饭都发生问题，眼前只有几本残书排在桌上，这样，就是有心读书，亦

---

①这里应指吴稚晖。——编者注。

是无书可读。几回心火上来，又恨不得把这几本残书扯个粉碎，烧个干净。

你看，像我这样对"书"无感情而视若仇敌的人，如今偏要叫我来谈谈读书，更要来谈谈读书经验，这不是太不识时务了吗？但是编辑先生既有旨传到，并限日交卷，有如太岁到头，臣亦只有顿首顿首，死罪死罪，援笔而写之罢了。然而我由小学而中学，而大学，而留学，有这样长的读书生活和过程，偶然要写出一些经验来，又将从何处说起？还是如吴老先生说几句："放屁放屁，真是岂有此理！岂有此理！"就完结呢？思索了一回又不是，只得写一些"有趣味"的话来塞责，亦管不得编辑先生倒打一个"一百二十分"，或是顺打一个"○"；更管不得读者骂我一声"拆烂污"，再骂我一声责备"耶耶乌"了。

开场我先要声明的，就是我是农家子，读书是毫无家学与师承的。由小学而中学，我的读书是完全以趣味为中心，要欢喜读什么就读什么，管不得老师的打骂，更管不得父母的责备。我今写一些经历在下面，你们看吧。

第一，我记得小时在私塾里念书的时候，每念到"诗云子曰"或"子曰诗云"，就头痛起来，偷偷地按在桌子上习习字，画画老虎，先生看到就大骂几声："哼！不中用的东西！有书不读，偏要画老虎，你真将画虎不成反类犬了！"我接着微笑说："先生，我就是要画一个犬，更要画一个黄犬！"先生听了我这些话，顿时怒叱几声："混蛋！混蛋！"有时更打我几板手心，我则左手揩干眼泪，右手仍靠着桌上刺刺地画着写着。回到家里去，仍是不断地在壁上和茶桌上写来画去。到如今，我的老虎虽然画得不像犬，但我的字确写得颇有规矩了。

第二，我又记得在小学的时候，却很欢喜读那些富有情感和气概的文章，如诸葛武侯的前后《出师表》，李密的《陈情表》，韩愈的《祭十二郎文》等篇，我都欢喜读，并读得烂熟，有时读得会心的时候，竟为古人滴起几点同情的泪来，因此我的文字和气韵亦多少受一些影响。有一次先生出一个国文题目为"文天祥论"，我则大摇特摆，不到三十分钟就写成一篇好文章，其中有两联最好的，我现在还记得是："极目崖山，几无可挥之泪；戮身柴市，徒有欲报之心！"竟大博得同学们和先生们之赞赏，我的心思亦从此日渐奋发而怒放了。

第三，我又记得在中学的时候，最欢喜读《史记》，尤好读有关于各人个性描写的传记，如《项羽世纪》① 有几段：

> 项籍少时学书不成，去，学剑，又不成，项梁怒之。籍曰："书足以记姓名而已，剑，一人敌，不足学，学万人敌。"于是项梁乃教籍兵法，籍大喜。略知其意。又不肯竟学……
>
> 秦始皇帝游会稽，渡浙江，梁与籍俱观。籍曰："彼可取而代之也。"梁掩其口，曰："毋妄言，族矣！"……
>
> 人或说项王曰："关中阻山河四塞，地肥饶，可都以

---

① 原文如此，应为《项羽本纪》。——编者注。

霸。"项王见秦宫皆以烧残破，又心怀思欲东归，曰："富
贵不归故乡，如衣绣夜行，谁知之者？"说者曰："人言楚
人沐猴而冠耳，果然！"项王闻之，烹说者……

楚汉久相持未决，丁壮苦军旅，老弱罢转漕。项王谓
汉王曰："天下匈匈数岁者，徒以吾两人耳，愿与汉王挑战
决雌雄，毋徒苦天下之民父子为也。"汉王笑谢曰："吾宁
斗智，不能斗力。"项王令壮士出挑战。汉有善骑射者楼
烦，楚挑战三合，楼烦辄射杀之。项王大怒，乃自被甲持
戟挑战。楼烦欲射之，项王瞋目叱之，楼烦目不敢视，手
不敢发，遂走还入壁，不敢复出。汉王使人间问之，乃项
王也。汉王大惊……

这几段把项羽的雄快的个性很刻画地描写出来，其他《高
帝本纪》① 中有几段描写刘邦之自私自利的无赖，亦都惟妙惟
肖。这些都是我百读不厌的东西。到今日，我最欢喜读善于个
性描写之易卜生的戏剧和托尔斯泰、巴尔扎克的小说，抑或是
那时读《史记》的影响了。

以上是我随便写来几段读书生活的回忆，就可知道我的读
书——小学以至中学——是完全由"趣味"做张本的，到今日
还收了它一些效果。所以我认为在小学、中学时代，国文方面
应随各人性之所近而读之，而熟读之，而写作之，而玩味之，

①原文如此，应为《高祖本纪》。——编者注。

积久在其鉴赏和创作一方面，自有多少的成绩出来。至用什么方法来读，来熟读，来写作，来玩赏，此则非我之本文范围，可请教于今之所谓名师硕儒而有家学师承者。哈哈！对不住！鄙人只有三跪九叩，敬谢不敏而已！

以上完全是写我由小学至中学的时代关于国文一方面的几点零碎的经历，而于其他功课方面，亦多是以趣味做中心的，所以我这篇短文，可名之曰"我的读书趣味"，今若必名之曰"读书经验"，则未免有点"不对马嘴"吧。至于我由大学而留学的时代，我的读书生活亦还是以趣味为出发点的，不过于研究方面，亦自有多少原则和方法可以体验出来的；只因其经历太复杂而有趣味，自不是三言两语所能说完，因而把它割爱，将另做一个阶段，待有工夫时，再做一个长篇的叙述，以补其缺。今天东京大雾，风吹雪球打在纸糊窗门上做簌簌响，我靠在炉火边上写这篇短文，已呵冻了无数次，勉强成篇，亦算是齐天大福了。

柳　湜（1903—1968），湖南长沙人。1916 年考入长沙县立师范学校。1928 年加入中国共产党。1934 年担任《申报》读书指导部主任，后与李公朴等创办《读书生活》半月刊。1940 年冬前往延安。1957 年被错划为右派，"文革"中被严刑拷打致死。著有《社会学常识》《柳湜论文选》等。"政治迫害，毒打取供。我非叛徒，为我申冤"是他留在人间的最后几个字。1979 年被平反。

谈我的读书兴趣的转变

——从文学到社会科学

柳　湜

　　无论做什么事，都不能没有兴趣。没有兴趣，就是没有活力，提不起精神，自然谈不到做事的积极性。读书也是一样，自己不想读书，被父母用鞭子骗进学校，比坐监狱还要难受。自己对那门学问无兴趣，勉强去迁就它，会感到同床异梦的滋味，有苦说不出。打开一本书、一页报，如果话不投机，你除看到白纸黑字外，你脑中还能留存着什么呢？古今中外确实有许多好书，那些书上确实有许多真理，又确实被一般人都认做应该去精读的，但我请问能读那些书的能有几个人？即会有些傻子去追求，又真的能有几人不因困难中途抱头折归呢？不错，专靠什么"应该怎样"的大道理是没有用处的，人总不能十分遵照这些大道理做啊，不然，个个人都会学成"圣人""贤人"了。我们明明知道做一个现在的中国人，应该有些世界知识，应该求得最低限度了解这个世界的一些基础理论，这些理论是过去我们先祖先宗数千年努力的结晶，这是值得我们去分别感受的，但我们心中虽向往之，总不能勇往直前地走去。心是爱它，却同时又不得不敬而远它，何以故呢？是那些科学知识不易读懂，自己对它不能生出兴趣。

目前我就遇到这种现象。有位爱好文学的青年对我诉苦道："我明明知道现在读文学的人不能不有社会科学知识，不然就无从了解现实，去分析复杂的事象，但我对那森严的社会科学书，见了就生出畏心，一年也读不完一本《经济学概论》。这应该怎样办呢？"

是的，这位朋友在理智方面是接受应该研究社会科学的，在兴趣方面他却读不进去。

这里所谓兴趣问题就成为问题了。为什么甲对于文学有兴趣，乙却对于社会科学有兴趣呢？兴趣是否天生成的，永远不变的？如果是可以改变的，我们设法将它改变一下，不是对于以上某君的矛盾就解除了么？要如何去改变呢？

天下没有什么神秘的事物，兴趣自然也不是什么天生的东西。中国大多数人欢喜求神拜佛，并不是中国人比外国人身上多几根佛骨，实在不过因中国的自然科学落后、产业不发达、交通不方便和生活的贫苦，使大家对于现实完全绝期，于是愚昧无知地转而向幻想中的来世求安慰了。某教授爱谈考古或爱写古文，不过因为他是世代书香，从小就看惯了铜镜、汉瓦、线装书和过惯了斯斯文文的生活，习惯了古雅的谈吐，同时到现在还有着明窗净几、安适而又不愁衣食的日子，自然他只爱弹老调子，看不起现在"凡俗"的东西。欧美青年爱好科学，是他们的社会经济发达，科学成为生产上必得的知识，社会具有科学发达的一切物质条件，所以环境也培植此种人对于科学的兴趣，头脑中自然排去了许多神奇鬼怪，并不是一件什么值得奇怪的事。至于中国目前一般的青年对于文学的兴趣都比科学要高，这也绝不是中国人的天赋比欧洲人不同，这乃是中国一向重文，同时又缺乏科学发展的条件的缘故。我们一想到我们可怜的社会，我们自幼小到成人，所受到的乌烟瘴气的教育就可明白了。我们向文学方面去发展还有疑问吗？

说到上面我们所提到的那位文学青年，他是一个小店员，从小就没有受过学校教育，只在私塾中认识了一两千方块字。因为他的勤奋，利用了到说书场上听书，同时参看说书场上的人所说的小说，于是使他获得了看章回小说的能力了。以后呢？他偶然又从日报报屁股上找着一个新天地了。这一来他与新文学接近了一步，渐渐使他放弃章回小说去欣赏一切新作品了。我们知道，他这种努力是可敬佩的，但他因为没有进过学校，史地数学知识完全没有，使他不能有接近社会科学的顺利的条件，所以他的兴趣的养成是社会环境决定的。但这兴趣就不能改变吗？绝不！即就某君由章回旧小说进到一切新作品已是证明兴趣是可改变的了，不是一成不变的。

我想就拿自己的读书兴趣的改变作为一个例子而来说明这过程吧！不过这转变的过程是很值得玩味的。像某君自章回小说进入新文学的欣赏这过程是如何推移的呢？某君告诉我的并不多，从他那情形看起来，好像有点是很自然地徐缓发生的，其实这过程的转变也可以采取跳跃的方式的。

我七年前也与某君一样是一个酷好文学的青年。自然，我也有与某君不同之处，即我有比某君更好的生活环境。我当时的读书态度是好读书，不求甚解，懒得去用心力，只想费很少的精神就能学得一点什么。竟把文学看做懒人的专业，不必认真去读的。幼小时已经如何养成了好读小说的习惯，这里我且不必去说它。现在且从"五四"时代起做它一场回忆吧！

"五四"以后，我的眼界却渐渐放大了一些。我除读《史记》《汉书》《离骚》《乐府》外，也同时爱读曼殊的诗与小说，鲁迅的小品与小说，周作人、胡适等的译品，以及《觉悟》、《学灯》、《晨报》副刊（当时北京的）之类的短小的文字。我在师范毕业那年，涉猎范围更广，已将当时出版物上关于纯文艺部分的东西几乎全部吞下了。我对于文学发生了深厚的恋情，决定自己研究文学。

有两年光景，我埋头在学文学、翻线装书，同时也从英文方面窃取了一些屠格涅夫、易卜生等人的著作。大概当时是以中国文学为体、西洋文学为用的态度，在胡乱地瞎闹，并不是说真的了解了什么是文学及如何研究文学等的问题。

但那时我对文学的兴趣总不能说不是热烈的，我那幼稚可笑的行为就可以拿来说明这个。譬如，当时渐有点看不起学理科的朋友，觉得他们总有点俗气；更不大想到法科去看朋友，怕听他们谈做官。看报也不留意正张，写家信也要写得弯弯曲曲，令人看了生气。其他的日常生活是不修边幅与洋化并用，是带着一半中国文人的酸气，一半西洋颓废文人的烂漫。自己的生活完全不像一个样子。

我有时也在清夜的反省中觉得有些无聊、厌倦，甚或自己看自己不起，但自己又觉得自己并不能学得一套比文学更难的科学。

在"五卅运动"前不久，我对文学的兴趣渐渐就有点改变了。这当然要归功于当时中国社会与政治的变动给予我们的影响。奉直战争的激变，孙中山先生的入京，多少刺激到当时在北平过和平生活的青年。那时直接给我当头棒的人，却不是全国人景仰的孙中山先生，而是大骂"文学"、将线装书丢到茅坑里去的吴稚晖先生。我在一个集会中，亲聆了他老人家痛骂青年的不长进要去学文学，尤其是要跟胡适之先生去整理国故。他还骂了创造社、文学社。他提出人家用机关枪来打我，我也要来学习制造机关枪。这些话在吴老先生是早已说过的，不过这时它才对我发生反应，打动了我的生活，对于学问的兴趣发生很大的怀疑。后来更在他的《茶客日记》中看见他大骂《洪水》，更使我对于文学生活一天天感到不安了。但是我将怎样办呢？我常常自己问自己。我一时并没有得着解答。

在这前后不久的时间，我又受到了另一种刺激，那就是

《京报》副刊忽然提出了青年必读十本书的投票，而鲁迅先生的主张是不读中国书只读外国书。依鲁迅先生的意见，外国书是比中国书至少要少几分鬼气的。他虽不像吴老先生那样反对青年读文学，但对于线装书却是同一反对的。我在这次投票中得到一种启示，我想先照鲁迅先生的意见做去，我决计放弃中国文学的研究，从此多读外国书。

这可算是我的读书兴趣转变过程的开始吧！首先自觉有些若有所失，对于自己的前途并没一点自信，并且每日总有几次矛盾的心理发现。龚定庵①、黄仲则②的诗集在苦闷时仍是自己知心的朋友。这时我受了一位严师的指示，当他问我放弃中国文学研究后我预备学习些什么时，我就毫不犹豫地答道，我思专攻社会科学。他严肃地同我说，他不反对我。不过在他看来，"兴趣"的改变应先改变生活，不应太一时地感情作用了。因为只有生活改变，我的观念才能起突然的变化，不然如果只在意识上求改变，恐怕只能取徐缓的过程吧！我们知道，一个人要克服一种旧的嗜好，不能将旧的习惯估计得太少，虽然也不能把它看着太大。但读书兴趣的改变确是最难的，你要在不知不觉中潜移默化才行。我在他的教训中实行着他那缓缓走的主张。

我一方面自己有一种有意识地走向社会科学的努力，一方面接二连三地受着"五卅"高潮的刺激，国民革命的酝酿，以

①即龚自珍（1792－1841），近代思想家、文学家及改良主义的先驱者。——编者注。

②即黄景仁（1749－1783），清代诗人。——编者注。

及"三一八"铁狮子胡同前的血的教训，时代的实践使我一天一天对于国内外的政治渐渐关心了。由于这种对于实践的关心，我才真的发觉自己可怜、渺小与无知，对社会科学的理论的要求也更一天一天迫切了。

在这转向的过程中，不能不感到苦楚。经济学、政治学是那么森严的东西，并不像文学能与我一见倾心，融洽到相互忘形。我开始读经济学时，是时读时辍的，我感觉到一种压迫。我记得关于价值论战老是读不懂，因为我那时不懂方法，没有读过动的逻辑，我不会运用抽象的方法论。我只是硬读乱碰，重复而又重复地蛮干。后来读到一部经济思想史，偶然翻阅某一个作家的传记，使我获得了一种重要的发现。我觉得，从传记中我可以获得研究某一学派许多可宝贵的方法。我在一个短期间，差不多一切其他的书都停止了，专门找社会科学家、自然科学家、革命者的传记来读，一共读了好几本。这些书不仅使我对于真理的追求生了信心，并且也增长了不少修学的方法与效力。当时我这种读书的方法似乎纯是出于自然，但现在回想起来却也未必。因为我从文学走入社会科学，这两种东西的兴趣显然有一定的距离的。我偶然拿了一本传记就那么倾心，正是因传记本身就是一种文学作品的缘故，同时它一方面又是一部信史，所以它做了这两种不同的兴趣间的桥梁的一个铁证。我从这里，想到我可以循着这条路再往历史的方面走去，因为先多知道一点史实，无论对于研究经济学、政治学都是有必要的。我于是开始找到了一小本观点较正确的世界史（就是柳岛生译的那本《世界史纲》），继续又读了几本各国的革命史、科学发明史、产业革命史等。我读了这许多书后，更想了解现实了，更注意到现实压在我们头上的社会问题，更对社会运动、社会学说都发生兴趣了。我喜欢看关于这类东西的现实的记载，同时我也爱寻找史绩，但我这时只是乱七八糟地去摄取现在和过去的一些研究材料，虽然还谈不到系统、深入地研究，却丰富了我对人生的经验。啊呵！我发觉了自己没有理论，不能看出各种社会现象的发生、成长及灭亡的联系。我只看到一株树木，我不能领悟伟大的森林的富丽。

停留在这一段时期并不长久，我的兴趣就不知不觉从比较具体的方面渐渐走到较抽象的方面去。我对哲学发生极浓厚的恋情。哲学虽然很艰深，但不像经济学枯燥，所以我的读书兴趣从纯文艺的作品而传记而历史再进入哲学，确是按照这座桥梁的石磴一磴一磴地摸着走，是不知不觉地移动的。

在这里，才使我知道我的脑袋过去是如何地不曾想事，过去是如何地糊涂啊！当我刚刚跨进哲学之宫，我就发现了自己有点冒昧，原来我是空手跑进的，我研究哲学的工具还不曾完备呀！我感觉自己急需赶上去学经济学，并且还要对自然科学现代发展的成果有个大概的了解。所以我并不妄想登堂入室，只取得了一个较明确的概念就转入经济学的研究。

我绕了这样的一个大圈子，又再拿起《价值论》来读。这时我对它不要逃避了，但登时我又发现，我的学力还不能往经济学方面深入，要研究经济学也须得对其他科学有了一点初步的了解才行，我这时对于读书的路线大致可说是摸得一点。我认识各种学问的关系，做学问的虚心，使我决定对经济学也不马上就做深入的研究，只求获得一个明确的概念，我又转向政治、法律、宗教、教育、艺术各领域去了。大概在四年的光景，每天读书时间约六七小时，我在社会科学各重要部门走马看花了一遍。自然，我尚不能称做懂得了一些什么，但读书的兴趣确是到此养成了。这时我对社会科学的兴趣完全取得昔日对文学的地位。

这一过程的开始到在社会科学各部门内旅行了一周，刚刚是本文要说的兴趣的转变的过程。所以关于这一过程的每一段落，我想另外写成专篇；在这一过程终结后，我重新开始的新过程，即对于社会科学内某一部门的深入的研究，因为到目前为止，我还没有较满意的成绩可说，也暂时且不谈它。

现在回顾我几年来自己走的道路，虽然很是愚笨和缓慢，却是颇合逻辑的发展的。我深信兴趣之对于读书，关系实在重大。我能一步一步地向前走去，不败退回来，是我能有积极性。这积极性的来源，固然也可说是由于社会的外力催促，但同时也正是我在这一过程的每一小段中能抓住自己兴趣发展的一环。前一环又构成了推移到后一环的发展的条件，于是一环一环地我得以通过了许多困难，而自己反不觉得苦恼。在另一方面，我觉得从文学而到社会科学这座桥梁确被我建立了，但我同时要申说的，我虽永远保持了兴趣，但这过程并不是真的和和平平自然而达到的，这过程仍是我的奋斗的结果，是由无数的抗战、无数的小的突变的连续而做成的，并且还是意识的努力的结果。我绝没有一点不谦虚的意思，我觉得我的积极性虽然是由社会环境决定的，有社会根据，但如果我不能正确地把握进程的实践，而社会的影响仍会对我是无用的，我最后获得的也许只是一种没有实现的幻想也说不定吧。

我想把这一点经历进献给一般对社会科学有研究的心向而又缺乏兴趣、畏难不前的朋友。但我绝无一点轻视文学的价值的意思，我现在觉得研究文学也绝不是比社会科学还容易的事，因为研究文学同时就不能不研究社会科学。至于兴趣的养成，以上所说的大致总不能认做毫无裨益的闲言吧。

不要忽视研究的兴趣。我们知道一个严父每每不能说服一个顽弱的儿子，却常常被慈母的温言所感化了；慈母不能说服的事，也有被自己的娇妻的眼泪一哭就什么都屈服了的。一开始能读社会科学固然很好，如果一定要听听慈母的温言，看看娇妻的眼泪，你就从文学一步一步地缓慢地走吧！

林语堂（1895—1976）。现代著名作家、翻译家、语言学家。福建龙溪人。1916年在上海圣约翰大学获得学士学位，1920年获哈佛大学文学硕士学位，1923年获德国莱比锡大学语言学博士学位。曾任北京大学英文学系语言学教授、厦门大学文学系主任兼国学院秘书、联合国教科文组织艺术文学组组长、国际笔会副会长等职。其用英文所著《吾国与吾民》《生活的艺术》《京华烟云》等被译为多国文字。

怎样研究英语

林语堂

诸位是英文文学研究会会员，料想是比较爱好英文，须知爱好英文就是不爱国。但是爱国不爱国且勿论，凡人能爱好一种学问，已经是孺子可教，比任何科目都不好已高一等。而且嗜好是不可勉强的。圣人教人循循善诱，便是投其所好。国文固然也应该注重，但是一人英文会念好，国文自然也会念好。读书的说理差不多，能精能勤能好，都必能成功。

尤其是国文、英文，同是文字、文学的研究，所用方法相近，学者气质亦比较相同。所谓文，就是文采文理。研究英文、国文的人，必先对于文采文理有相当趣味。在两种句子，能辨别哪一句好；在两个形容词，能分辨哪一词妥当。有人英文好，国文不好，不是脑部有专主念英文及专主念国文的两系，只是英文念得多，国文念得少而已。真有文学天才的人，英文、国文必定都好，你们同学中必有这样的人。

一、玩 味

所谓文学天才，第一根本要着就是对于文字之意义能特别精审地体会，所以第一样便是玩味字意。看见佳句妙语，自己会喜欢，会吸收，英文、国文都是这样。譬如，表示"美"的字，中文有秀丽、佳丽、壮丽、华丽、富丽等不同意思，读时能留心，将各字之个性详细辨别出来，作文时自然不会用错。例如，西湖景致只能说是秀丽，绝不能称为壮丽。英文中亦有pretty，handsome，beautiful 之区别。若有学生，遇着 pretty，听说解为"美"便认为满足，不再玩味其神气，后来看见handsome，beautiful，听说亦解为美，不求甚解，这样英文必读不好。有人说日本山景物只有清幽（pretty）却没有壮丽（beautiful），日本美术用品亦只有细巧玲珑，没有雄奇瑰伟，这只有知味的人能够辨别体会出来。下定义解释其不同，很难，只在阅读时随时留心观察而已。字之用法是很特别的，无理可讲。譬如，"无理可讲"，若易以"无理可说"犹可，"无理可谈"便不通。"不可以理喻"意思便稍为不同，指人之呆笨顽固。为什么可以说"谈天"，而不能说"讲天"，可以说"应声道"，不可以说"应声讲"。下定义很难，但时时注意吸收，自会明白。同样地，英文 talk，say，speak 之分别亦相同。可以说talk French，talk nonsense，talk philosophy，talk business，但不能说 talk a story，可以说 he was speaking to me，而不能说 he was saying to me。saying 之后，总必加一 object，saying something。但演戏的人念剧文，叫做 speaking his lines，而不说 talk his lines。由此可见，必须阅读时细心玩味吸收，才有办法。

二、 默 诵

凡认字有两种：主动的与被动的。被动只要明白意思，主动要能使用。比方平常一句文句，虽然已经懂了，却未必能出之于口。读书时，须常常试将一句说出，看是否说得出口，再与书上对勘一下，如此容易进步。只要心中默诵，不必朗声高唱。比方一句话"我要出去看看人来齐了没有"，试讲一下，便可以了悟，此句必用 see if 两字，即 I want to see if the people are all here。此句字极平常，讲得顺口不误，却另须一番工夫。默诵，不必诵全篇，亦不必选妙文，随便通顺的文中的一句都可以拿来练习。

三、 文 法

文法是教员所最高兴教的，因为可以耍他的伎俩，其意味如同教数学，问题愈难，愈可显出本领来，而且很便于考试。只因教员有此种心理，所以学生视文法为畏途。遂有人主张只要多多浏览，文法可以不念，这也是错误。

我以为文法应该念的，只是现在文法书之一小部而已。此种文法书中很多是关于文法名词之解释及名词之分类，除去做文字的哲学的、系统的研究，是毫无用处的。譬如，a 名为

indefinite article，the 名为 definite article，实际上并没有增加你的知识及帮助你了解此二字之用法。所以文法书上有此名词，是因为在通常文法上八个词类，这二字都不容易归进去，似乎是形容词，又不是形容词，所以另起名称为 article。这能使你学问有什么进步？其实 a，the 叫做 article，为什么 some，any 不可叫做 article，因为 some boy，the boy 用法是相等的。精细讲，这分别是没有意义的。事实上亦有将 article 归入形容词中的，将此名词取消并无不可。这 definite article，indefinite article 名词之唯一用处，是作文法规则时可以说得好听，不必说明 a，the 二字而已。而念好这两字的学生，并不见得能用这两字。幼时念商务一本"文法初步"（书名忘记），共约五六十页，内分三大部分，叫做 orthography，morphology，syntax。其实不懂这三个字，一人仍旧可以把英文念得好，仍旧会长大起来。而且 syntax 一字之意义，在语言学上越讲越糊涂，我就不大清楚。这些文法书都是学究编出来的，招人的恨是应该的。

但是文法是应该念的。名词界说这一类的文法，随便念一小册便够，不必多费精神。《开明英文第三读本》"英文概要"总共只有八九页，可以一生享用无穷。倒是另一种文法非念不可。真正的文法只是系统地研究字形、字句之变换及其用法。主张不读文法的人不对，因为凡一字变易，必有一种意思，系统地将同类的用法归纳起来研究，比随便地阅读易得明了。譬如，present and past participles 之分别用法，不读文法亦可大略清楚；boiling water 与 boiled water 之不同，大略看得出来。但若同时举许多同样的例，如 drowning man，drowned man，a hiding man，a hidden treasure，归纳研究，岂不是更好，有什么可反对？要在文法范围放大而已。如两性之别，可以做一课很有趣味的研究。向来文法只列什么 ox—cow，lion—lioness，tiger—tigress，而男学生、女学生、女记者、女教员、女博士就没说清楚，所以单念罕用之 marquise—marchioness 等，很没意思。假定外人学中文，有人能指导公母、雌雄、牝牡、男女之用法，亦必有意思。

再：文法不可于一本书上求之。最好的文法也不过开导开导，教你应观察注意之点而已。最好的文法书，也不能将英文用法包括无遗。因为文法须要在读物中随时随地观察，靠几条通则是无用的。比方婴孩之男女，不曰 boy baby，girl baby 而曰 baby boy，baby girl，文法上未必有闲一一举出，各人随时要注意。又如假定式之 be，是 if it were，if it be，但是事实不是如此简单。我们说 it looks as if it is going to rain，而不用 as if it were，绝不能呆板填上算完事。又比方主动与被动之分别清楚了，而 remain（存留）一字应说主动被动，却只能靠各人阅读时用心观察。有人说 so much money is remained，便不对，同时 so much money is left 是对的。又如书的销售，照理书是被卖，但假定你说 the book is sold well（书销路好）便错了，要说 the book sells well。这只有实地观察一法可以学来。花味香在英文是"花闻香"，其实是人闻花，并非花闻人，而英文明明说 flower smells fine，不说 flower is smelled。窗户"看出去"是草地，可以说 window looks out on a meadow，虽然窗户并不能"看"。这些例都是证明随时审察之重要，文法不可在文法书上求之。所以读书要"精"，是这个缘故。

四、 浏览现代文

最普遍的疑问就是应该看什么书？这问题我觉得没有意思。凡是看得来的书，都可以看。看得来看不来，只有你自己知道，没人能替你定。只要处处浏览，有白纸印上黑字的都要看，看得多就会好；不论什么文学名著，你都可拿来做文范。英文日报乱看，就会得很多益处，连什么连环滑稽画、按摩广告、招租广告、寻子广告、电影广告，都可以增进你的学问。

再有一层，就是文学名著多半是古人所著，格调内容都与今人不合。比方洋人要学中文，只要《申报》《新闻报》乱看，"自由谈"也好，"春秋"也好，"业余电影"……专刊也好，赁屋、招租、寻子广告也好，必定比念韩愈、柳宗元容易进步。不然，韩愈、柳宗元念好，一张赁屋广告就写不出。中国学生必定要念欧文的什么《见闻录》，虽然是极好的描写文字，无奈于你极无用处。中国学生大概难得会去写外国小说。又如课堂上念十七、十八甚至十九世纪英文我最反对，除非是英文已念好，要念文学史。因为这种古文，无论题材、背景、文字、说法、腔调，皆与现代英文不同，读之无味，勉强学来一两字句，反难用得切当。譬如外人念好韩愈的文，要写一段平常记事文，用起"人其人，火其书，庐其居"，岂不好笑？Macaulay 的 *Essay on Lord Clive*，于你有什么趣味？Burke 的关于法国革命，号为有名演讲，但时移境迁，等于明日黄花，法国革命早已成功，英国人赞助反对，都与你无关。况且西洋现代文技巧亦常在十九世纪维多利亚时代论文之上。外国杂志之小说论文都是很好的文章，就在文章的技术上，也应学现代文，不应学维多利亚文。

（十二月十五日在光华大学英文文学会演讲）

林语堂（1895—1976）。现代著名作家、翻译家、语言学家。福建龙溪人。1916 年在上海圣约翰大学获得学士学位，1920 年获哈佛大学文学硕士学位，1923 年获德国莱比锡大学语言学博士学位。曾任北京大学英文学系语言学教授、厦门大学文学系主任兼国学院秘书、联合国教科文组织艺术文学组组长、国际笔会副会长等职。其用英文所著《吾国与吾民》《生活的艺术》《京华烟云》等被译为多国文字。

我所得益的一部英文字典

林语堂

字典这东西，从来未听见人说可当做有趣的读物，或做消夏的读品，更难使人有所眷恋，不忍释卷。然而我对于《简明牛津英文字典》①（*Concise Oxford Dictionary*）及《袖珍牛津英文字典》②（*Pocket Oxford Dictionary*），确有此种感想，而且自从二十年前初次相识之后，以至如今，眷恋之念，未尝少减。初十年钟情于《简明》，至《袖珍》出现，则又移爱于后者。十年以来，无论家居远游，确乎不曾一日无此书。因《袖珍》名副其实，不满盈握，携带便利。既可开卷有益，自不妨于行李夹袋中，留出两双袜子的空位来放这本不可须臾离的枕中秘。而

---

① 文中亦简称《简明》。——编者注。
② 文中亦简称《袖珍》或《牛津》。——编者注。

　　且在我几年教书的经验中，确乎单单倚靠这本《袖珍》，作为疑难时的参考，除去少数生僻罕用的美国的俚语外，不曾使我碰壁，也可见此书确能将现代通行文字收罗无遗了。又因其卷帙如此之小，反可找到通常较大字典所无的字，又能得到通常字典所不能给我的消息，自然益发佩服作者体例之善，搜罗之富，用功之勤，考察之精，因佩服而敬爱，因敬爱而恋恋不舍了。

　　不知此书之体例与内容的人，或将笑我之痴。实则我看见过关于此书的批评，多有表示同类的感想，或称为平日消闲最好的读物。我们开卷，于各字之下的一段，不闻见科学家、文法家宰割陈腐死尸咬文嚼字的臭污，只看见一个活跃灵动似曾相识的英文词语现身说法排列眼前。始知前之所谓相识者，实未尝相识，现在始能无间然；前之遥遥瞻仰形影模糊者，现在始得见庐山真面目。因为无论中文西文，每字有每字的个性，绝非胪陈几个定义、分辨几个词类所能了事。语言文字之为物，本在日用应接之间，借做表示人类活动的情感意念的工具，字义之来，原本乎此，所以不但远意，且能传神，于逻辑意义之外，复有弦外之音。"痴"自别于"呆"，"呆"自别于"獃"，"苍"自别于"白"，"白"自别于"皓"，诗人本领，一部分专在此种工夫。在旧式字典学家，将"痴"解做"呆"，将"苍"解做"白"，全然抓不到痒处，是得其躯壳，失其精魄，存其皮毛，伤其神采，不可复知"苍""痴"等字之本来面目了。假定现在来了一本牛津式的中国字典，存意不立定义，却尽力观察此"痴"字、"苍"字在活动有意义的语言及文章上是如何

用法，用于何地，用于何时，再略为分类，举出"痴想""痴
笑""痴肥""情痴""痴婆子""假痴假呆""痴人说梦"等
例，然后知"痴婆子"本非"呆婆子"，"痴想"亦不与"呆
想"尽同，至此而后，"痴"之神髓可谓攫住。又于"苍"字
下，引了"苍苔""苍竹""苍深""苍郁"为一类，"苍天"
"彼苍者天""苍苍者动摇"为一类，"苍白""苍发""河海苍
茫"又为一类，知"苍深""苍郁"不能代以"青深""青郁"，
即知"苍"字本义非与"青"字尽同，然后"苍"字之本性聊
可概见。此点乃新旧字典学之所以不同，而牛津字典之所以能
使人百读不厌。

《简明》及《袖珍》与他字书不同之一要点，即在此端。
它看字义是活的，因时、因地、因语气、因语者、因所与语者
而随时变迁的。平常字典却把字义看做死的，可以用文法家分
析的头脑割裂解剖，配入甲乙丙丁的封套中的。因为它看字义
是活的，所以它知道字义是千变万化的，而且是与上下文不能
分开的。字有多少种用法，便有多少种意义，所以字之举例，
不但如旧式字书用来做定义的具体说明而已，简直成为字书所
应搜集的材料本身了。一字用法的主要种类搜集完备，然后可
以尽见一字的个性，而尽了字书对于此字的责任。例如，英文
young 字，通常解为"年轻""未成年""缺少经验"等二三义，
其实这何曾看到英文 young 字的用法与神采。无论英文怎样精通
的人，也可以由《袖珍》所录以下的用法，加增他对于 young
字的认识。《袖珍》所举的例，有 young child（幼童），young

plant（幼嫩植物），young civilization（年代未久之文化），the
night is yet young（夜未央），are not as young as I was（不如从前
之壮盛，年富力强），the young in crime（初期犯罪者，非怙恶
不悛者），the young Joneses（Jones 家中之幼辈），William Pitt the
younger（父子同名，以 the younger 指其子），这还算为普通易见
的用法。此外还有通常读英文者似懂而实未尽懂的用法，也由
这精细入微的《袖珍》指出了。例如 young man，woman（原注
常用于 my，his，her，etc. 后）系指"情人"，young ones 系指
人类及动物之尚在父母养护中者，young person（a young person）
系英国佣仆用以指门外不相识之年轻妇人，the young person 则
系指未成年人，不可示以猥亵书画等物者，young things 则又系
指普通幼儿而含有怜惜之意（按原文谓 applied indulgently，etc.
to persons，综合英汉大辞典编参用，《牛津》译为"常用于纵
容、宽容等之意，指人而言"），young'un 则等于 youngster，指
"童稚"。诸如此类，可见作者法乌勒弟兄（F. G. Fowler 及 H.
W. Fowler）审辨之精了。我们于读书疑难时，取此书检阅，遇
有 his young woman，young thing，a young person，the young person，
依其注释解之，无不与上下文句义若合符节；读者所已猜到七八
分者，乃可涣然冰释，毫无疑义了。因作者之取材，本直出于现
行语中，而又能指出此义所发生之上下文关系，我们遇见现行语
中之此等名词，求其义于字典中，自然与作者所录完全相符。

　　所以我常说，教员与字典之不同，本在字典陈列死板的字
义，至某字在某句之意义，则难于字典中所陈五六七八定义中

抉择，由是在句中的意义不得不问之师友。既有一部《袖珍牛津英文字典》，到了相当程度以后，文字上的困难完全可以求之字典，无师自通了。例如，我前用的课本有一篇萧伯纳的演说，此篇是由新闻访员速记，中有加括弧中之二字"hear! hear!"一班中学生或不知此二字所指，或以为此二字之义甚明，当然应为"听啊！听啊！"至于再问下去，此"听啊！听啊！"出于何人之口，到底表示说者何种态度，则或以为讥讽，或以为反对（如中文"你听！"）。至令大家一查《袖珍牛津英文字典》，才明白是英人一种喝彩的方法（a form of applause），当然是极端赞成的口气，这是别种字典所不屑录，故找不到的。又尝有人来问我一段英文，用 woolly（如羊毛的）一字指某种图画，我心知其意，而未敢必，待一翻查此书，乃明明有 woolly painting 之例，指轮廓或渲染不明的图画。此种用法，在旧式字典，绝不收录。现代译家若肯如此处处留心，多参考此书，真可省造多少莫须有的罪孽了。

总之，凡字义都不是抽象的东西，乃寄存于多数成语中之一种比较共同的印象，其神采精魄亦必求之于此活动的成语中。脱离了这些实例，就失了本字的命脉，而仅存一点抓不到痒处的逻辑意义而已。譬如"苍"字之义，何尝是"青色"之一个抽象意义，乃合"苍深""苍郁""苍茂""苍天"及言人书法之"苍古质朴""苍劲浑穆"等数用法所引起的一种共同意义。"朗"之不同于"亮"，"晖"之不同于"光"，皆因连带之印象不同，《袖珍牛津英文字典》能时时注意字义之千变万化附带关系，而保存其在活动语言中之变换用法（如"朗月""朗润"
"清晖""余晖"，或如上文所举 hear! hear! 之例），所以能成为
"平日消闲最有趣的读物"。

　　其次，《袖珍牛津英文字典》之新颖可喜，就是在它辞字之
去取，能使我们找到通常字书所无而现代看书报的人所必欲知
的字。这两本书的原名为《袖珍（简明）牛津通行英文字典》
［*Pocket（Concise）Oxford Dictionary of Current English*］，实在能
名副其实，适用于现代读者的需要。凡通常现代书报的文字，
有需解释的，都不怕自我作古大胆地收入了。要知通常字典家
免不了有多少成见（或说"家法"也可），有某种字总是不录。
例如，Tartuffe 是法国莫里哀（Moliere）滑稽剧中的一个有名的
伪宗教信徒，素来字典不肯收录，然而现在读英国文学的却有
时要遇见这字，说某人是个 Tartuffe 就是说他是伪君子，只好到
《牛津》来查。又如，Cheshire cat 本是一种猫，现在可说某人是
个"拆西尔猫"（指人之无故常做"嬉笑""干笑"状者），已
成为现行文字之一普通名词，然通常字书也"碍于成例"，不肯
收录，读者要查时，只好向壁，欲问师友，师友也只能搔首向
你"嬉笑"一下，也不得不请教《袖珍》。《牛津》以现代读者
为主，它独自搜罗的材料是出于现行各种书报及日用词语，所
以不论南非、印度、亚拉伯①、土耳其，古语、今语，科学、美
术，凡现代文通行之词语，为一般读书人所应了解者，一概收

―――――――――――――

　　①今译阿拉伯。――编者注。

入。因有这种标准，所以所录每有他种字书所无。通常食物名词如 sally dunn（一种英国茶点），bamburgh（一种葡萄，又指一种家禽），julienne（以肉汤煮成之菜名），seidlitz powder（含轻泻作用之沸腾散），kromesky（鸡肉等做成的炸卷）；专门名词之含有特别意义者如 Grubstreet（穷作家，卖文为生者或其住所），Mrs. Grundy（拘守私俗反对新思想之人），Tommy Atkins（英国"丘八"），Jeky Ⅱ and Hyde（二层人格），jim crow（黑人）；现代名词如 Shavian（G. B. Shaw 之幽默风格的），Gilbertian（Sullivan and Gilbert 歌剧风格的，诙谐百出），kodak（一种小照相机，又做动词，引申为攫住，或形容雅致），Dutchman（or I'm a Dutchman，如言"否即我不姓——"），Dutch uncle（talk to me like a Dutch uncle，向我教训，宛如干爷教子），double Dutch（难懂的异语），French leave（take French leave，不别而行），French toast（单烘一面在反面抹牛油之烘面包）；科学、美术名词而为一般读者所必知者如 Oedipus complex（精神分析所言"父女症结"，父女间关系足引起精神压迫者），Mendelism（奥国植物学家 Gregor Johann Mendel 所发明品性遗传论），hertzian waves（电浪），hertzian telegraphy（无线电），chiaroscuro（图画明暗反衬法，文学上反衬法），leitmotif（主题，音乐中象征某歌剧人物，或某事某意境之乐调）；至于欧战、飞机之各种新名词，及印度、南非洲、法文、德文各种收入现代英文之词语，也是俯拾即是，美不胜收。凡当代文人所应了解的辞字，已经搜罗无遗了。

　　此书之作，由 Fowler 弟兄独力担任，依《牛津大字典》（新英文字典）之体例编纂，同时可以说是字典学之大革命。不过大字典系"历史的"，是把各字的用法按时代一代一代搜罗记录下来，借此可以考察字义之流变（全书一五四八八页，所用铅字可排成一百七十八英里之长，共五千万言，含有五千万界说，及几乎二百万的引例，编纂历时七十年，至 1929 年全书始出齐，洵为世界各国字典中之巨擘）。《简明》及《袖珍》却是依大字典的体例而单以现代语为范围。作者是久已闻名的英文文法学家，曾著 *The King's English*，把英国作家文字上的毛病指斥辩证，至今一般文人奉为修辞学的典要，其审辨之精，早为英国文学界叹为独步一时。《简明》出版（1911 年），已被公认为最良善的普通英文字典。《袖珍》之纲纂起于 1911 年。欧战时，法乌勒兄弟投笔从戎，服务于飞机队，《袖珍》之序例为1917 年两弟兄所公拟，翌年 F. G. 死于由行役得来的痨病，是书乃由 H. W. 一人续成，于 1924 年出版。H. W. 仍旧进行其于 1911 年动手编纂的《现代英文用法》（*Modern English Usage*，一种普通作文的参考书，1926 年出版）。《袖珍》出版在后，所以能收到入《简明》所无的战后新名词。现《简明》已有 1929年增订本，《袖珍》增字当然一并列入。我们研究英文的人，拜受二君之赐，真是不少了。

詹文浒（1905—1973），浙江诸暨人。早年毕业于上海光华大学，后留学美国，获哈佛大学硕士学位。回国后担任上海世界书局编译主任。1938 年创办《中美日报》，任总编辑。1941 年太平洋战争爆发后，担任重庆《中央日报》副社长。1943 年担任中央政治学校新闻系主任。抗日战争胜利后，任《新闻报》总经理。1946 年后任上海市记者公会理事，兼任上海暨南大学新闻系主任。著有《报业经营与管理》《新闻学概论》。

学习外国语的一点经验

詹文浒

我自问对于学习外国语一层，有些许经验，可和读者谈谈。我最先学习英语，其次学习日语，又次学习法语，又次学习德语。就中学英语所用的时间最多，学日语的时间次之，学法语的时间又次之。学德语的时间，仅住在柏林时的五个月，因根据过去的经验，知道怎样学习，虽为时不多，成效亦颇有点。我不想把我学习外国语的经验归成几个原则，劝读者照样去做，我只想述说我于学习这四种外国语时的经过情形，也许这些情形，对于有志学习或正在学习外国语的读者，有些许指示。

先从学习英语说起。

我的学习英语，虽从高小开头，但真正的学习还在中学时代。我所进的中学是浙江嘉兴秀州中学，是一个教会中学。那时中国的局面非常坏，省立学校时时闹风潮，不是赶校长，就是逐教员，不是闹饭堂，就是打厨子，一学期当中，很少有几天可以安心读书。倒不如在教会学校，因为没有政治背景，教书的可以安心教书，读书的可以认真为学，一般的学风也比较整饬些。那时的秀州中学，因为主持的西人，是美国科仑比亚大学①教育学院的出身，不像其他的美国教士热心有余，才智不足，所以办学的经验也比较多些，办学的成绩也比一般的教会中学来得好些。

我第一次上讲堂，就看见一位道地的洋人坐在那里，开始在那里讲解。他讲点什么，我全不知道，我真惭愧，连点名时应当怎样回答也全不知晓，引得全班同学对我嬉笑。我不抱怨他们，就是我自己，看到当时的情形也不禁要失笑：头皮剃得光光的；国历八月的天气，穿着父亲替我新制的竹布大褂，走起路来"哗啦哗啦"地发响；脚上又穿的老布袜，袜统子一半塞在裤脚内，一半露在脚外。不要弄错，我绝不学名士派，我代表十足的乡下人。他们一面对我笑，一方面也着实表示同情，替我在外国人面前说明我并不缺席，只是不知道如何报到。然而读者们很可想象得出，当时我所过的情形是怎样的一幅窘状。

我没有别的方法，我只好退下课来，回到房间里流泪。真的，这样的局面，如何过得下去！我原是自命不凡，不肯示弱的人，怎受得起这种局面呢？哭，除了哭以外，还有什么办法呢？

----

①今译哥伦比亚大学。——编者注。

　　总得补习才好！一谈到补习，我真不能忘记该校青年会给我的便利。他们发起一个英文补习班，由中学四年级的学生，乘九点钟校课完了，九点半熄灯就寝之前，替英文程度较差的低级同学实行补习。据我当时的推测，在我一班之中，至少有半数以上的同学会来补习，结果全出我意料之外，只三四个人请求补习。过了几天，连这三四个人也陆续退去，只剩我一个人了。唯其只剩我一个人了，所以我的机会也特别好，可以完全依照个人的实际需要，请那位高年级的同学讲解。我有什么字读不出，他会读给我听；我有什么句解不懂，他会解给我听；我有什么习题做不出，他会做给我看。如是者过了两个星期，我不必补习功课了，我要求补习课外书物了。这就表明我于英文课的本身可跟得上了。教师要我读，我已读得出；教师要我拼，我也拼得出；教师要我答，我也答得出。可是有一点，万一教师讲到旁边的地方去，那我就脱了板，就听不懂他的说话了。

　　我得补习会话才好。

　　不知在哪位同学的书桌上，看见商务出版的一本《袖珍分类英文会话》，里面的句子非常短，而又非常合用，我就动手来读，限定每天必读熟五句。读的时候，就在每天四点钟后，躺在卧铺上，手执袖珍本，口中喃喃念着。头一两天没有成效。过了几天，我背出来的句子先生懂得了，但先生回答我的，我还是不懂；后来，先生回答我的，我也可以猜出一部分的意思了。可是我得声明，我在那个学期的末了还未能完全听懂洋先

生在教室中所说的每一句话；我也得告诉你们，实则这何止我
一个人不懂，其他的同学也都未能懂得。不过他们是城里人，
知道如何装做，使其他的人看来，好像是他们确实懂得；我是
乡下人，太老实了，不会学乖，所以有时候，明明懂得的话，
因不知道怎样回答，老是摇头，表示我不懂得。也许在那时候，
我的理解力已比他们好些了。至少，我的学期成绩竟出我意料
之外，有九十分之多，比全级认为英文最好的那位同学还多出
一分。不容说，那位同学的英文在那时候确比我好，但他不肯
悉心预备。至于我呢，每有新功课，非独尽量读熟，而且把后
面的习题一同做好，所以考试起来自然格外有把握了。然而这
种训练，正是我们所需要的。

　　直到如今，我每次想到初学英文时的情形，立刻就有最初
几天退下课来在卧铺上暗自下泪的几幕演在我的眼前；接着重
演的，就是九点钟夜课钟响以后，各人都向卧室跑，而我却独
自个留在教室内，等候那位替我补习的同学的来到的情形；接
连第三幕，就是手执那本《袖珍分类英文会话》，在秀中新三层
楼的一角，兀自喃喃念着，直把每天规定的五句念得烂熟的情
形。这些短句子，不仅赞助我的会话，对我后来的造句和作文
也有极大的贡献。

　　倘我现在再学外国语的话，我还要坚持"喃喃念诵，并念
得烂熟"的原则；我于去年暑假，就用同样的方法在柏林学习
德语。

　　我一面在柏林大学的德文补习班上课，一面就从朱滋李先

生那里借到一本他从国内带去的中华书局出版的《德语会话》。每天下午中觉醒了后，就带着那本书到柏林的几个公园中去念。当然，因为四面所接触的都是德国人，都要用德语招呼，学会一句就有一句的用处，就有一句的方便，所以学习起来精神格外振作，效率也格外提高。

我认为学习语言只有一个诀窍，那就是多读多记。我在柏林，因为练习的机会多，很想不下苦功即与德人交际，从而学习语言。我曾做过这样的尝试：于到了德国的第四天，一个人到跳舞厅去，身边带着字典，找到一个中年的德国男子，就开始和他谈话。他只懂得德语，自然是我学习德语的最好机会。我们同坐了一点多钟，我所得的益处，只把我所已经背熟的句子用了一遍，读音稍正了些，用法稍明白了些，竟学不着什么新的东西。即此一点小经验，更使我相信，学习语言只在多读多记。肚里有东西，不知道怎样用法，找个人去谈谈天，很可从中得到一个练习机会；倘肚里空无所有，想从实际的谈话中去学得语言，那至少，从我这一点经验而言，是不可能的。我不否认与外国人谈话的利益，尤其当你读过相当的书，脑子里有相当的句式和字汇时，你和外国人谈起天来，确可举一反三，得融会贯通之妙。否则，还不如埋下头来，背熟五百句或一千句，再谈其他。会话如此，写作也如此。读和背总居第一，应用和练习还居其次。唯其如此，所以语言是最容易自修的东西，只要立志要学，而又持之以恒，没有不会成功的。

我的一点日语知识，就是这样硬读硬记出来的。我在大学时代曾读过二年日语，然而那二年的成绩如何，只有天晓得！原因，就因我把那个科目当做知识科目，只求其懂，不加强记，学习语言，仅仅懂得有什么用处呢？那时，李石岑先生竭力劝我读通日文。我也相信，日语的阅读力对我们从事编辑生涯的有极大的用处，所以早有决心，想抽出一个时间来，把这个语言弄弄好。后来，"一·二八"的沪战发生了，世界停了工，我一个人住在虹口，就利用那个时间，关起门来专心补习日文。我不记单字，也不记语法，只硬记几个假名怎么连在一起，做什么解释；它们的前面是什么样的句式，它们的后面又是什么样的句式。记得这时，我所用的教本并不是什么读本文法，乃是转型期的经济学。从头看下去，不看懂前一句，决不看后一句；不看它十回二十回，决不轻易去请教人。有时候，接连看了二个钟头，还看不懂一句（在柏林学德语时，曾有一次，用整个上午，看完德国大公报上某篇评论的第一段，约莫有十五行的长短），然而一等到我看懂了，那个句式就真被我懂得了，下次每碰到同样的句式，就很容易理会了。日文书报上所用的句式根本不多，你能很透彻地把握住几十句，真的，你可很自由地阅读日文书报了。

拿住一本书做死工夫，硬干苦干，定会被你干出一条通路来。你不信吗？你去试试看！

关于法文的学习，一时想不起特别事例，我在这里姑从略了。

不管你学习哪一种语言，倘你还在初学的时候，我就劝你不要多换书，就拿你手头的书来读来背。每一本教科书，都经过编者的慎重编制，又经过教部的再三审查，绝不致错得太荒谬。你就拿它来读，不读得烂熟，决不换书；不读得烂熟，决不分心去看"怎样读通……"这一类书。倘你的程度已经可以看书报，那我劝你花一二角钱，买一份日报，从头到尾、仔仔细细读完它一遍。哪怕是广告，是讽刺画，对你的语言学习也有极大帮助。不读懂一篇，决不读他篇；不看完该报，决不买他报。你认真地试行几回，就可懂得我之所以如此主张的理由了。

顾仲彝（1903—1965），浙江余姚人。戏剧理论家、教育家和剧作家。1923 年毕业于东南大学文学院。后入上海商务印书馆编辑所任英文编辑。1927 年起在暨南大学、复旦大学和中国公学任教。曾任上海戏剧实验学校校长。1956 年当选为中国戏剧家协会理事。1957 年转入上海戏剧学院，任戏剧文学系教授。顾仲彝一生翻译、改编、创作剧本近 50 部，其学术论著《编剧理论与技巧》在我国戏剧界广为流传。

我与翻译

顾仲彝

贵刊在翻译专号上欢迎读者们讨论一切翻译的问题，我非常敬佩贵刊公开的态度和坦直的批评，当时就想写一篇关于翻译的讨论文字，但因课务忙冗，写开了个头就搁下了。后来接到贵刊征求"我与文学"一文的来信，我的许多关于翻译的话又在我脑子里活动起来，催迫着我完成这久蓄的心愿。我本来不应该改动你们所出的题目，但就我过去的文学生活而言，在文学的贡献上还是翻译方面比较多些，在创作方面仅开了个头，虽有许多计划空呆在脑子里，但说出来也不过像说梦话而已，无甚实益。在翻译方面已小小有过一番经历，写出来或许可以做贵刊讨论翻译时的一点参考。不知编者能容许我有这点自由么？

我对于翻译的兴趣已有十多年的历史，我想做"译人"并不像贵刊论坛上所说的为衣食，因为我教书的薪水足够维持我一家简单的生活，我为的纯粹是兴趣，我一直相信翻译跟创作一样是伟大的工作，尤其是在这新文学运动开始感到文学形式与材料穷乏的时期。看到灿烂丰富的西洋文学的宝藏就动了尽量移植我土的野心与兴趣，这野心与兴趣与日俱增，到现在似乎已成了我生存唯一的重大使命。

我最初试译的时候是杂乱无章的，喜欢看什么就翻译什么。后来知道这样胡乱做去不会有很好的成绩；并且年事渐长，创作欲也渐渐高了起来，心想与其把精力花在翻译次等的作品上，还不如用心在准备创作的修养上。所以在民国十八年（1929年）下半年我定下两大翻译计划：①翻译莎士比亚剧作全集；②翻译哈代小说全集。我当时预定二十年工夫完成，十年莎士比亚的翻译，十年哈代小说的翻译。那时我二十四五岁，心想到了四十四五岁就可以完成了志愿。

我开始翻第一本莎士比亚剧本《威尼斯商人》是民国十九年（1930年）一月，因为当时戏剧协社等着我的戏上演，他们天天派人来催，所以匆匆忙忙在三个星期内把它译完了。付油印，定演员，排戏，上演，忙得一点没有修改的工夫。而新月代印的译本却赶公演第一天出书了，所以自知错误地方很多，不过这是草本，当然批评家会原谅我的。

同时开译哈代的《苔丝姑娘》，自己逼着自己每个月译出四万字。在当时一面教书一面写作，确是很苦的事，但精神上非常愉快。每天在临睡时摸摸已译的稿纸，看着它增厚起来，心里有说不出来的欢喜。

我正在翻译莎士比亚的《罗密欧与朱丽叶》的时候，就听到北平中华文化教育基金委员会组织莎翁全集翻译会，并且听说征求译者！我真喜欢得什么似的，当时就写信给叶公超和梁实秋两先生，因为他们都跟胡适之先生很接近，又全在北方，接洽比较容易。我满以为可以加入他们翻译的集团，至少可以达到我志愿的一部分。我天天盼望着回信，希望得到好消息！

回信来了，他们的人选已经决定，无法再加，并且他们的工作已经分配定当。三年内全集出齐。决定的人选为徐志摩、孙大雨、梁实秋、余上沅、叶公超（后来他辞掉了）等（其他未详）诸先生。当时我自知资格浅薄，既然他们有整个的计划，我以志愿的立场来说当然是失望，但以莎翁的立场来说，他们有整个的计划，这该是多么可以庆幸的事！所以我当时平心静气把翻译《罗密欧与朱丽叶》的笔搁下来，仰起了头，盼望着他们译文的全集早些出版！

一年过去了，志摩不幸在空中死了。我忽然又想到他们的莎士比亚翻译，并且我在这一年内因在暨南、复旦担任莎士比亚功课，对于莎士比亚的了解有了些进步，自信对于翻译莎士比亚这题目有许多议论要发表，尤其是关于译成诗体与散文体的问题，于是洋洋洒洒写了一篇很长的文章附在信里，寄给翻译莎士比亚委员会的委员长胡适之先生。当然，胡先生是当代的要人，哪有工夫回信，于是石沉大海，一搁搁了三四年。《文学》出了翻译专号，我才又想起这件事情。

四五年过去了，应该莎士比亚的全集已经完全出版了。但至今一本都没见，我不免失望而怀疑了。最近接得梁实秋先生来信说起他已译了四本莎士比亚的戏，但能像梁先生这样努力的委员能有几人呢？并且，中华文化教育基金委员会已成立了几年了，但有什么成绩可以给我们夸耀的呢？他们出版的译书能数得出几本？文化事业何必用包办的制度来干呢？贵刊《文学》现在已得到一般爱好文艺者的信任与爱护，毋庸谦让地理应取领导的地位，我有几点意见想向全国翻译界提议，并且希望大家公开地讨论，能得到一种具体的办法，那就是我馨香祷祝的一点愿望了。

第一，翻译不比创作，需要一种有计划的合作和提倡。我的意思最好能组织一个全国文学翻译学会，集合全国翻译同志，订下一个具体而有系统的计划，大家合力去进行和完成。

第二，整理已出版的译本，经审查后或须重译或须修改，佳作则褒扬之。

第三，对于各国文学，个别作家做有系统的介绍。

第四，希望于不久的将来能有整套的《西洋文学名著丛刊》的出版，像《四部丛刊》样的大规模，使西洋名著尽成中国文坛的宝藏。

我这点浅薄的意见不过是抛砖引玉的开端，尚望海内外同志加以指正，给以正直的批评和检讨。我相信这是在中国新文学运动上极重要的一件工作。

谢六逸（1898—1945），著名作家、翻译家，中国现代新闻教育事业的奠基人之一。1917年考取公费留学日本，1919年入日本早稻田大学专门部政治经济科学习，1922年毕业回国，到商务印书馆工作。先后任暨南大学教授、中国公学文科学长兼中国文学系主任；在复旦大学创建新闻专业，并任复旦大学新闻系、中国文学系主任。新闻记者须具备"史德、史才、史识"三条件，就是谢六逸先生提出的。

致文学青年

谢六逸

"被墨水污了的过去"，我执着笔时，常想到这一句话。诸君是青年，又在"青年"的上面加上"文学"两个字，不久也会感到这句话的滋味。

爱好文艺或有志于文艺的青年所急欲解决的问题，就是"怎样读书""如何写作"等。现在我避免空泛的议论，只就这两点贡献一些具体的意见。

关于读书，我是主张"立读"或"行读"的。能够"躺在沙发上"读书，有"佳茗一壶"或"淡巴菇一盒"读书，那是很好的。可是你们的亲长还没有替你们预备"沙发"和"淡巴菇"时，不如"立读"或"行读"的好。或者你们还没有"富于版税"之时，也依然是"立读"或"行读"的好啊。日本商店里的小伙计，骑在脚踏车上面，一只手驾驭着车柄，一只手拿着口琴，吹奏着《嘉尔曼》①中的小曲，这样的"吹口琴的艺术"移用为"读书的艺术"，才是真正的读书的趣味。还有在散学归来的中途，站立在书店的杂志旁边，"揩油"翻阅儿童杂志的日本小学生，才是真正懂得"读书的艺术"的人。

在修养的时代，只读国内名家的创作是不够的，还得多读在世界已有定评的各国作家的作品。我们欣赏一种伟大的作品时，就无异和作者的伟大的人格、丰富的素养相亲近。不单在艺术方面获得益处，同时对于如何观察人生社会，如何思维，也能叨惠不少。读外国著名作家的作品，最好是先读一两个作家的全集（例如《托尔斯泰全集》《易卜生全集》等），读时尤贵一字一句地慢慢吟味，寻绎它的佳胜处。"政治青年""科学青年"们也会看小说，但他们有的看起小说来，恐怕只是看看书中的故事，走马看花似的看过就算。想我"文学青年"们绝不会如此的。

其次是如何写作的问题。柴霍甫②说过，愿意自己快点老了，好弯着背坐下来，写点什么。日本的德富苏峰今年六十九岁了，他现在住在东京附近的大森，名其寓居为"山王草堂"，每天五点钟起来，就写《日本国民史》（现在已写到第三十七卷，逐日在大阪《朝日新闻》发表），写完每天的稿子，然后才吃早饭。我们要有柴霍甫（你们看柴霍甫的书翰③是多么可爱

①又译《卡门》。——编者注。
②今译契诃夫。——编者注。
③即文字、书信，也称书。——编者注。

啊）、德富苏峰的毅力与决心，才配称"写作"。我们应该十分地忍耐与审慎，必须要写坏了十几册的笔记簿，将几百张的稿纸写了又撕，撕了又重写，始可发表一篇作品。关于实际的写作方法，我劝诸君用"卡片制"。让我们买了若干厚纸片放在抽屉里，把我们每天的见闻感想都写在卡片上。凡是五官所感触的，直觉所想象的，都得写上卡片。每天不论写完几张，随手把它放在抽屉里，日积月累之后，所积的卡片应该不少。在星期六的晚上，把卡片慢慢地整理，真有一种乐趣。如果要计划写一种巨大的长篇，用这个方法搜集资料，也是颇适用的。我在上海教了五年的书，一向就用"卡片制"搜集教材并记录我自己的研究与意见。在整理卡片时，应该舍弃的陈旧资料便随时舍弃，有新颖的资料便时时加以补充，自问能幸免于"留声机器"的议评。这个方法用来练习写作，在搜集、整理诸点上是有效的。不过，卡片制只是写作的准备，材料准备好了，还得写在有格的稿纸上。我们虽然没有钱来买"沙发"和"淡巴菇"，却不可不买一些稿纸，以做"写了又撕，撕了再写"的用途。

我不是文学家，也不会发明什么新的指导原理，我能贡献给你们的就只有这一点意见。谨祝你们的笔砚多祥！

钱歌川（1903—1990），湖南湘潭人。著名散文家、翻译家和语言学家。1920年赴日本东京高等师范学校留学。1930年任中华书局编辑。1931年参与主编《新中华》杂志。1936年自费赴英国伦敦大学研究英美语言文学。1939年回国后任武汉大学、东吴大学等校教授。1947年春前往台北创办台湾大学文学院并任院长。钱歌川在中国台湾地区、新加坡、美国发表了大量的散文和英语教学资料。著有《钱歌川文集》四卷。

我的文学趣味

钱歌川

一个人对于文学的趣味不是凭空发生的，大都是环境使然。在索居无聊，或苦闷不可终日的时候，最容易与文学发生关系。名师的讲授，也是一条使人趋向文学的大路。但这都不能算是真正的文学环境。如果你寄食在文学家的家中，或是每日过从的朋友都是些文学爱好者，那便最容易同化起来。听说高尔基之所以成为文豪，便发轫于他少年时当水手的时候。那时他遇着一个爱好文学的船主，在他海上生活无聊的时候，供给他不少的文学作品来读。他把那船主载在船上所有的世界名著通读完了，而他的文学趣味早已养成。读破万卷自通神，他自然容易发挥他的大才，一举而成世界文豪呢。

我的文学趣味的发生，却是很奇怪的。学生时代同居的都是些学工业的朋友；校中教师所讲授的东西，多侧重于语学。我当时的趣味只是买画片，遇见有美术展览会，必得去看，看了必得尽其所有的画片买归。平日我身上不能有超过一毛钱的财产，有了一毛钱就必得送给画店而后快。这种趣味维持了好几年，后来被照相热取而代之了。

在照相的同志中，结识了一位工科学徒湖北吴君，他是一个有多方面嗜好的人，我同他一道拍照，一道拉 Violin，一道看美术展览会，一道读小说。我想到我自己的文学生涯，便不能不想到我那位老朋友。我对于新文学的趣味，实泰半是从他养成的。我因为和他同居一室，所以互相约定不买重复的书，买来好交换着读。我最初所爱读的是恶魔派的作品，如爱伦坡、波德莱尔等人的东西，后来才渐渐扩大范围到一般的世界名著。但当时因为读书太少，所以胆子特别大，创作欲特别高。读过别人一篇东西，马上自己就想模仿来写一篇。至今箧底还存着旧时创作集一册及诗集一卷，曾未敢出以示人，即自己亦不愿再读。记得有一次暑假归国，现在说来已是十二三年前的事了，在上海遇见学友黄涵秋兄，他告诉我开明书店出有一个《一般》杂志，我有作品他可为我介绍拿去发表。我当时不知自藏鸠拙，便把一篇处女作《诞生日》给他拿去。后来果然在《一般》上发表出来，并且还得了大洋十元的稿费。我在欢喜之余，对于文学的信仰便更深了。那篇东西我还记得是受了法国腓力普①的

---

①今译菲利普。——编者注。

影响而写成的。现在看来自然不成东西。不过我近年来还是把它转载在拙编《日文典纲要续篇》上，无非是想拿来做件纪念品，一则纪念当日的几个朋友，一则纪念我个人从事文学的发端。从那以后便很少创作，想多留点时间读书，有时为着想读得更仔细一点，便进而从事翻译，所以近年常有一些翻译作品发表，就是我读过的书所遗下来的一部分的痕迹。我是主张翻译应先于创作的。一以为己，一以为人。一般读书只是过目而已，唯有翻译才能真正了解，也可以说要真正了解才能翻译，这是互相因果的。中国现在新文学书可读的或是可供效法的不多，大家都得读点外国作品，无奈外国文不是人人能懂的，所以外国作品顶好能译成中文，才能便于一般的读者。我入中华书局以后便想把这种意思扩大，邀集许多同志出一部世界文学全集，包含现代各国文学名著百种。无奈中国的翻译家太少，要想找几十个人出来担任这个工作实非易事，不得已缩小范围先出三十种。现稿子已经快齐，付印中的也有好几种了。

我个人对于文学是不大喜欢读理论书的。趣味专注在作品上，有时也读点文学史。我至今还没有弄清楚：世界上到底是先有作品然后才有理论呢，还是先有理论然后才有作品？我不愿为理论家或批评家的主观的意见所愚，只好先读作品，去求纯出于自己的对于该作品的意见。因为我们的脑筋往往有先入为主的毛病，一点不小心便要上当。

我在学生时代是读的英国文学，后来与文学发生关系后便各国的文学都滥读，同时又学法文和德文。现在却仍想回到一扇窄门中去：专研究美国一国的语言文学，其他的国语也不再具野心了。因为俗语说得好：艺多不养身。又说：人有一艺之长，终身用之不尽。门路弄多了，反而弄不精，结局是一无所成。什么都懂的人，就等于什么都不懂一样。百病能治的灵药，结局是一病也不能治。我从前就上了这种野心的当，现在只想偷点闲暇来专攻一门，多读点书，好与文学结一个不解之缘。

梁实秋（1903—1987），著名散文家、学者、文学批评家和翻译家，华人世界第一个研究莎士比亚的权威。1915 年秋考入清华学校留美预备班，1923 年赴美留学，获哈佛大学英文系博士学位。1926 年回国后，先后任教于东南大学、青岛大学、北京大学、北平师范大学。梁实秋从20 世纪 30 年代开始翻译莎士比亚作品，持续 40 年，完成了全集的翻译；其多方面的才华还体现在卷帙浩繁的作品和主编的《远东英汉大辞典》中。

什么是"诗人的生活"?

梁实秋

"德国海德尔堡之尼迦河畔"① 的梁宗岱先生看了第一期《诗刊》之后，以为"《诗刊》作者心灵生活太不丰富"。他在三月二十一日便写了一封长信给徐志摩先生申说他的意思，这封信发表在第二期《诗刊》上。

可是诗人的心灵生活怎样才算是丰富呢？"关于这层"，梁宗岱先生引李克尔（Rikle）的《辞列格的札记》的一段话如下：

　　……一个人早年作的诗是这般乏意义！我们应该毕生期待和采集，如果可能，还要悠长的一生；然后，到晚年，

---

①海德尔堡今译海德堡，尼迦河今译内卡河。——编者注。

或者可以写出十行好诗，因为诗并不像大众所想象，徒是情感（这是我们很早就有了的），而是经验。单要写一句诗，我们得要观察过许多城、许多人、许多物，得要认识走兽，得要感到鸟儿怎样飞翔和知道小花清晨舒展的姿势，得要能够回忆许多远路和僻境，意外的邂逅，眼光光望着它接近的分离，神秘还未启明的童年，和容易生气的父母，当他给你一件礼物而你不明白的时候（因为那原是为别一人设的欢喜），和离奇变幻的小孩子的病，如在一间静穆而紧闭的房里度过的日子，海滨的清晨和海的自身，和那与星斗齐飞的高声呼号的夜间的旅行——而单是这些犹未足，还要享过许多夜夜不同的狂欢，听过妇人产时的呻吟和堕地便瞑目的婴儿轻微的哭声，还要曾经坐在临终的人的床头和死者的身边，在那打开的、外面的声音一阵阵拥进来的房里。可是单有记忆犹未足，还要能够忘记它们，当它们太拥挤的时候；还要有很大的忍耐性，去期待它们回来。因为回忆本身还不是这个，必要等到它们变成我们的血液、眼色和姿势了，等到它们没有了名字而且不能别于我们自己了，那么，然后可以希望在极难得的顷刻，在它们当中伸出一句诗的头一个字来。

梁宗岱先生翻译完了这一段文章紧接着说："因此，我以为中国今日的诗人，如果要有重大的贡献，一方面自要注重艺术的修养，一方面还要热热烈烈地生活，到民间去，到自然去，到爱人的怀里去，到你自己的灵魂里去，或者，如果你自己觉得有三头六臂，七手八脚，那么，就一齐去，听你的便!"

作诗好难!"单要写一句诗"就有那么多的经验，"伸出一句诗的头一个字来"又要有那么多的经验!其实要说诗人的生活应该丰富，这也是老生常谈，没有什么新鲜，用不着"五六年来几乎无日不和欧洲的大诗人和思想家过活"的梁宗岱先生再向徐志摩先生唠叨。若一定要说这老生常谈，也可以，但不可说得太玄。

所谓丰富的生活，其内容是不便列举的，要看个人随时随地的机缘而定。没有"许多夜夜不同的狂欢"的人不见得作不出好诗;"听过妇人产时的呻吟"的人，不见得作起诗来就比别人好。一个人的生活之丰富与否，还要看个人的性情和天赋而定。足迹遍世界的人，也许是尤异于行尸走肉，也许是只浅尝了些皮毛;毕生不出乡村的边界的人，也许对人生有深切的认识。所以要有丰富的生活，并不一定要"到民间去，到自然去，到爱人的怀里去……"，只要随时随地肯用心观察，用心体贴就是了。李克尔那一套话未免夸大玄虚，骇人听闻。

并且生活之丰富与否也是不能勉强的。是诗人，他的生活自然会丰富，种田也好，做官也好，当兵也好，经商也好，住在城里也行，住在乡下也行，他是无往而不有丰富的生活;不是诗人，他的生活自然不会丰富，天天早晨起来到海滨，天天夜晚做不同的狂欢，天天听产妇呻吟，天天听婴儿啼哭，到头来他还是浅薄无聊。

　　为了要作十行好诗才去找爱人天天狂欢，才到树林里去看鸟飞，才上山去找野兽，才去听产妇呻吟、婴儿啼哭——其结果恐怕是劳而无功，恐怕只能变成一个浪人，虽然经验不少，那十行好诗还是写不出来。

　　诗人的生活应该还是平常人的生活，不必矫情立异。

　　诗人的事业没有什么神秘，说什么"灵魂""永恒"都是弄玄虚、捣鬼！

任鸿隽（1886—1961），字叔永。著名化学家和教育家，辛亥革命元老，中国现代科学的奠基人之一。1908 年留学日本，次年加入同盟会，回国后曾任南京临时政府总统府秘书。1912 年底赴美留学。1914 年发起成立中国科学社，任董事长兼社长，编印《科学》杂志。1918 年获哥伦比亚大学化学硕士学位。回国后历任北洋政府教育部专门教育司司长、四川大学校长等职。

何谓科学家

任鸿隽

我同了几位朋友从美国回到上海的第二天，就看见了几家报纸在本埠新闻栏中大书特书地道"科学家回沪"。我看了这个题目，就非常地惶惑起来。你道为什么缘故呢？因为我离中国久了，不晓得我们国人的思想学问造到了什么程度。这"科学家"三个字，若是认真说起来，我是不敢当的；若是照旁的意思讲起来，我是不愿意承受的。所以我今天倒得同大家讲讲。

我所说的旁的意思，大约有三种：

第一种是说科学这个东西是一种玩把戏、变戏法，无中可以生有，不可能的变为可能。讲起来是五花八门，但是于我们生活上面是没有关系的。有的说，你们天天讲空气是生活上一刻不可少的，为什么我没看见什么空气，也活了这么大年纪呢？有的说，用了机械，就会起机心，我们还是抱瓮灌园，何必去用桔槔呢？

有的说，用化学精制过的盐和糖，倒没有那未经精制过的咸甜得有味。有的说，"不干不净，吃了不生毛病"，何必讲求什么给水工程，考验水中的微生物呢？总而言之，这种见解，看得科学既是神秘莫测，又是了无实用，所以他们也就用了一个"敬鬼神而远之"的态度；拿来当把戏看还可以，要当一件正经事体去做，就怕有点不稳当。这种人心中的科学既是如此，他们心中的科学家，也就和上海新世界的卓柏林①、北京新世界的左天胜②差不多。这种科学家，我们自然是没有本领敢冒充的。

第二种是说科学这个东西是一个文章上的特别题目，没有什么实际作用。这话说来也有来历。诸君年长一点的，大约还记得科举时代，我们全国的读书人，一天埋头用功的，就是那"代圣贤立言"的八股，那时候我们所用的书，自然是那《四书》《味根录》《五经备旨》等了。过了几年，八股废了，改为考试策论经义。于是我们所用的书，除了《四书》《五经》之外，再添上几部《通鉴辑览》《三通考辑要》和《西学大成》《时务通考》等。那能使用《西学大成》《时务通考》中间的事实或字句的，不是叫做讲实学、通时务吗？那《西学大成》《时务通考》里面，不是也讲得有重学、力学以及声、光、电、化种种学问吗？现在科学家所讲的，还是重学、力学以及声、光、电、化这等玩意——只少了《四书》《五经》《通鉴辑览》《三通考辑要》等书。所以他们想想，二五还是一十，你们讲科学

①②人名，卖艺者。——原注。

的，就和从前讲实学的是一样，不过做起文章来，拿那化学物理中的名词、公式去代那子曰诗云、张良韩信等字眼罢了。这种人的意思，是把科学家仍旧当成一种文章家：只会抄袭，就不会发明；只会拿笔，就不会拿实验管。这是他们由历史传下来的一种误会，我们自然也是不能承认的。

　　第三种是说科学这个东西就是物质主义，就是功利主义。所以要讲究兴实业的，不可不讲求科学。你看现在的大实业，如轮船、铁路、电车、电灯、电报、电话、机械制造、化学工业，哪一样不靠科学呢？要讲究强兵的，也不可不讲求科学；你看军事上用的大炮、毒气、潜水艇、飞行机，哪一样不是科学发明的，但是这物质主义、功利主义太发达了，也有点不好。如像我们乘用的代步，到了摩托车可比人力车快上十倍，好上十倍了。但是"这摩托车不过供给那些总长、督军们出来，在大街上耀武扬威，横冲直撞罢了。真正能够享受它们的好处的，有几个呢？所以这物质的进步，到了现在，简直要停止一停止才是"。再说"那科学的发达和那武器的完备，如现在的德国，可谓登峰造极了，但是终不免于一败。所以那功利主义，也不可过于发达：现在德国的失败，就是科学要倒霉的征兆"。照这种人的意思，科学既是物质功利主义，那科学家也不过是一种贪财好利、争权徇名的人物。这种见解的错处，是由于但看见科学的末流，不曾看见科学的根源；但看见科学的应用，不曾看见科学的本体。他们看见的科学既错了，自然他们意想的科学家也是没有不错的。

现在我们要晓得科学家是个什么人物，须先晓得科学是个什么东西。

第一，我们要晓得科学是学问，不是一种艺术。这学术两个字，今人拿来混用，其实是有分别的。古人云"不学无术"，可见学是根本，术是学的应用。我们中国人，听惯了那"形而上""形而下"的话头，只说外国人晓得的都是一点艺术。我们虽然形而下的艺术赶不上他的，这形而上的学问是我们独有的，未尝不可抗衡西方，毫无愧色。我现在要大家看清楚的，就是我们所谓形而下的艺术，都是科学的应用，并非科学的本体，科学的本体还是和那形而上的学问同出一源的。这个话我不详细解释解释，诸君大约还有一点不大明白。诸君晓得哲学上有个大问题，就是我们人类的智识是从什么地方得来的。对于这个问题，各哲学家的见解不同，所以他们的学派就指不胜屈了。

其中有两派绝对不相容的：一个是理性派。这派人说，我们的智识，全是由心中的推理力得来的，譬如那算术和几何，都是由心里生出来的条理，但是它们的公理、定例，皆是真确切实，可以说是亘古不变的。至于靠耳目五官来求智识，那就有些靠不住了。例如我们看见的电影，居然是人物风景，活动如生，其实还是一张一张的相片在那里递换。又如在山前放一个炮仗，我们就听得一阵雷声，其实还是那个炮仗的回响。所以要靠耳目五官去求真智识，就每每被它们骗了。

还有一个是实验派。这派人的主张说天地间有两种学问：一种是推理得出的，一种是推理不出的。譬如上面所说算术和几何，是推理得出的。设如我们要晓得水热到了一百度是个什么情形，冷到了零度又是个什么情形，那就凭你什么天纵之圣也推理不出来了。要得这种智识，只有一个法子：就是把水拿来实实在在地热到一百度，或冷到零度，举眼一看，就立见分晓。所以这实验派的人的主张，要讲求自然界的道理，非从实验入手不行。这种从实验入手的办法，就是科学起点。（算术、几何也是科学的一部分，但是若无实验学派，断无现今的科学。）

我现在讲的是科学，却把哲学的派别叙了一大篇，意思是要大家晓得这理性派的主张就成了现今的玄学或形而上学（玄学也是哲学的一部分），实验派的主张就成了现今的科学。它们两个正如两兄弟，虽然形象不同，却是同出一父。现在硬要把大哥叫做"形而上的"，把小弟叫做"形而下的"，意存轻重，显生分别，在一家里就要起阋墙之争，在学术上就不免偏枯之虑。所以我要大家注意这一点，不要把科学看得太轻太易了。

第二，我们要晓得科学的本质，是事实不是文字。这个话看似平常，实在非常重要。有人说：近世文明的特点，就是这事实之学战胜文字之学。据我看来，我们东方的文化所以不及西方的所在，也是因为一个在文字上做工夫，一个在事实上做工夫的缘故。诸君想想，我们旧时的学者，从少至老，哪一天不是在故纸堆中讨生活呢？小的时候读那《四书》、《五经》、子、史等书不消说了，就是到了那学有心得、闭户著书的时候，也不过把古人的书来重新解释一遍，或把古人的解释来重新解释一遍；倒过去一桶水，倒过来一桶水，倒过去倒过来终是那一桶水，何尝有一点新物质加进去呢？既没有新物质加进去，请问这学术的进步从何处得来？这科学所研究的既是自然界的现象，他们①就有两个大前提：①他们以为自然界的现象是无穷的，天地间的真理也是无穷的，所以只管拼命地向前去钻研，发明那未发明的事实与秘藏。②他们所注意的是未发明的事实，自然不仅仅读古人书，知道古人的发明，便以为满足，所以他们的工夫，都由研究文字移到研究事实上去了。唯其要研究事实，所以科学家要讲究观察和实验，要成年累月地在那天文台上、农田里边、轰声震耳的机械工场和那奇臭扑鼻的化学实验室里面做工夫。那惊天动地，使现今的世界非复三百年前的世界的各样大发明，也是由研究事实这几个字生出来的。就是我们现在办学校的，也得设几个实验室，买点物理化学的仪器，才算得一个近世的学校。要是专靠文字就可以算科学，我们只要买几本书就够了，又何必费许多事呢？

讲了这两层，我们可以晓得科学大概是个什么东西了。晓得科学是个什么东西，我们可以晓得科学家是个什么人物。照上面的话讲起来，我们可以说，科学家是个讲事实学问，以发明未知之理为目的的人。有了这个定义，那前面所说的三种误会可以不烦言而解了，但是对于第三种说科学就是实业的，我还有几句话说。科学与实业虽然不是一物，却实在有相倚的关

---

①"他们"指科学家。——编者注。

系。如像法勒第①发明电磁关系的道理，爱迭生②就用电来点灯；瓦特完成蒸汽机关，史获芬生③就用来做火车头。我们现在承认法勒第、瓦特是科学家，也一样承认爱迭生、史获芬生是科学家。但是没有法勒第、瓦特两个科学家，能有爱迭生、史获芬生这两个科学家与否还是一个问题。而且要是人人都从应用上去着想，科学就不会有发达的希望。所以我们不要买椟还珠，因为崇拜实业，就把科学搁在脑后了。

现在大家可以明白科学家是个什么样的人物了，但是这科学家是如何养成的？这个问题也很重要，不可不向大家说说。我们晓得学文学的，未做文章以前，须要先学文字和文法，因为文字和文法是表示思想的一种器具。学科学的亦何莫不然。他们还未研究科学以前，就要先学观察实验和那记录、计算、判论的种种方法，因为这几种方法也是研究科学的器具。又因现今各科科学造诣愈加高深，分科愈加细密，一个初入门的学生要走到那登峰造极的地方，却已不大容易，除非有特别教授。照美国大学的办法，要造成一个科学家，至少也得十来年。等我把这十年分配的大概说来大家听听。才进大学的两三年，所学者无非是刚才所说的研究科学的器具和关于某科的普通学理。至第四年、第五年，可以择定一科专门研究，尽到前人所已到的境界，并当尽阅他人关于某科已发表的著作（大概在杂志里

---

①今译法拉第。——编者注。
②今译爱迪生。——编者注。
③今译史蒂芬生。——编者注。

面）。如由研究的结果，知道某科中间尚有未解决的问题，或未尽发的底蕴就可以同自己的先生商量，用第六、第七两年，想一个解决的方法来研究它。如其这层工夫成了功，在美国大学就可以得博士学位了。但是得了博士的，未必就是科学家。如其人立意做一个学者，他大约仍旧在大学里做一个助学，一面仍然研究他的学问。等他随后的结果果然是发前人所未发，于世界人类的智识上有了的确的贡献，我们方可把这科学家的徽号奉送与他。这最后一层，因为是独立研究，很难定其所需的日月，我们暂且说一个三年五年，也不过举其最短限罢了。这样的科学家虽然不就是牛顿、法勒第、兑维①、阜娄②、达尔文、沃力斯③，也有做牛顿、法勒第、兑维、阜娄、达尔文、沃力斯的希望。这样的科学家，我们虽然不敢当，却是不敢不勉的。

---

①英国化学家。——原注。
②德国化学家。——原注。
③英国博物学家。——原注。

刘薰宇（1896—1967），数学教育家。1919年毕业于北京高等师范数理系。曾任河南、湖南、上海等地师范学校和中学教员。1928年留学法国，在巴黎大学研究数学。1930年回国后，先返立达学园，后到贵阳高中、西南联大任教。曾与夏丏尊、叶圣陶等一起创办《中学生》《新少年》等青少年杂志以及颇有名气的上海开明书店，此外还编写了多种数学教科书和数学教育普及读物。

我对于算学的趣味

刘薰宇

有一个相面的，听着我的行当是一个教书匠，不胜惋惜地连连说："可惜！可惜！倘若当军官，早已起码师长了。"算命先生也说过，我的命垣是破军做主，应当从行伍出身。不错，这是玄之又玄的话，谁有理由去理会！然而，反躬自省，从小确实有些不安分：听着先生说破除迷信，便去搬掉灵官菩萨的脑袋；听着先生讲脊椎动物的骨骼，只看到一张模糊不清的挂图，一点儿不满足，便去挖野坟，开棺检视死人的骨头，弄得几乎坐牢；看见先生解剖鱼，便去偷条狗来自己动手。是的，做事颟顸，杀人不眨眼的性格确实是有几分，这不是当军官的胚子么！然而，生理上的矛盾都限住了我，使我从来不曾正眼觑过这条路。生就一个头大身短的小大块头，从小走路就不知跌过多少次；在小学里第一次翻杠子，别人勉强把我扶上去，一倒下来就昏了五分钟才清醒。这哪儿配吃粮当兵。

武不能当兵，只好文。文就得读书。读书有两条出路：做官，当学者。

做官不配，钻、拍、吹的才能都缺乏。

做学者就配了么？不，也不配！从文科方面走么？可怜，小的时候先生要我背诵《禹贡》，我读了三个钟头，仍然不能把什么厥田上上、厥赋上中之类记清楚。历史上的什么年代，地理上的什么物产、河流、山脉，要我记都是苦事。

不用说文科走不通，只有走理科的路了。算来在这里面已混了三十多年，靠它吃饭也有十五六年了，而且还得一直靠它下去，倘使以后也不曾打着发财票的话。

说"理科"，范围太广了，我所弄的只是算学，别的我应当自认什么都不知道。和它生关系到现在已三十多年，而且就现在的心情、志愿、兴趣说，假如打中了发财票，至少得拿一半去买算学书，其余的用来养老婆和儿女，让我可以不受柴米油盐的压迫而得安安静静地躺在这堆书上。

总应当说我对于算学有特殊的兴趣了。这是真的，记一个算学的公式或定义，我觉得比记一篇文章的题目和作者的姓名容易得多。碰着可以和算理发生关系的事象，我总感到较浓厚的趣味。再精密点说，我对于事象的注意常在算理一方面。这样的兴趣从哪来的？难道我有什么算学的天才么？惭愧得很！

像巴斯卡儿①那样几岁就能发明几何定理的天才，我只有惊异拜倒的分儿。我的兴趣是从别人的鼓励和自己的困厄来的。别人如何如何地鼓励我，说来话长，不必提了，只说我的困厄吧。我喜欢吃辣椒，虽然不曾到没有辣椒便吃不下饭去的地步，但有了辣椒总得多吃一点饭。我喜欢喝酒，虽然不是幽雅地每餐必喝，但一有喝的机会我总不放过，机会凑巧，即使已经飘飘然，我还不肯罢休。然而我并没有吃辣椒同着喝酒的天才：吃辣椒曾经流过不少次的汗和泪；喝酒曾经醉到不能走路，等两三天还头昏脑涨。但是我并不因此厌恶它们，在流了汗和泪以及头昏脑涨的当儿，遇着它们我仍旧不退让。

　　我对于算学的兴趣同着对于辣椒和酒的一般。我不能说明这当中的"为什么"，只自知并非有什么天才而已。

　　我第一遇到的困厄是这样。

　　那时还只在高小一年级，正学着四则杂题。有一天，恰巧连了两个钟头先生都请假。第一个钟头，一位先生来监督自修，他教训我们：时间不可荒废，先生请假，可以大家提出问题来讨论。第二个钟头没有先生来监督，因为他已经关照我们照他的话办了。但是大家坐了五分钟，没有一个人说过一句正经话，我便提出这位先生的教训来，希望大家做。有一位年纪较大、公子哥儿脾气、喜欢捉弄人的同学，便首先赞成而且马上提出一个算术题，要我在黑板上做来和大家讨论。"是非只为多开

_____

①今译巴斯卡。——编者注。

口", 这一次我受到了很大的困厄。不过是"铅笔若干支，儿童若干人，每人分几支多几支，每人分几支少几支。求有多少铅笔和儿童?"这么一个题。我不得不走到黑板面前，然而我对着黑板毫无办法，越来脸越红、心越跳，一个钟头胜似一年，我受了全班同学的哄笑和讥讽——出风头，拍马屁——我只能鼓了最后的勇气说一句："我总算得出。"就从那时起一直苦思了两天两夜才想出来。在这两天两夜中真是眠食无心，躺在床上、吃着饭都在想，只要有点影儿就翻身起来或丢下饭碗，走到书桌边写出来看。

平心而论，我既没有算学的天才，这样的题目，那时我才十岁，是担负不了的。但这样一逼，在我得到解答的那一刹那，真是高兴得不知道要怎样办才好，我一次一次地把那演算写了七八次。这是我和算学的第一次苦斗，也许它因为见到我这样的苦斗，以为孺子可教，才开了一扇小门，让我走进去。我对于算学的兴趣是这次种的根，在这两天两夜苦思的过程中，我模糊地感到许多算学的思索的法门。在这两天两夜苦思以后，我感到独力思索题目的甜味。我于是向朋友借了一部程荫南编的数学教科书来读，首先就看到使我困厄的题目，它已有了。我于是从头到尾，一个题一个题地做了去，不能做的就呆想。还好，一直经过半年，到做完为止，不曾再有想到两天两夜的事。

这是我踏入算学之宫的初步根基，也就是我学习算术的历程。在这期间我又受到第二重困厄，也是因了先生请假来的。

算术先生请假，校长先生来代课，然而他并不教正课。他先讲几个代数上的关于等式的公理，就举两个例教我们用一元一次方程式解四则问题。我对于他所教的感到很深的兴趣。我回到家里找得一本《代数须知》，全书不过三四十中国页——原书是线装的——方法到二元联立一次方程为止。我一面仍旧做算术，一面就把算术上的题用代数做。然而代数的知识如是贫乏，哪能不碰壁。后来我就把它丢下了，这已是高小二年级的时代。

到了高小三年级，因为有用器画一门，先生只教画的法则，不讲法则的来源，使我感到不满足。恰巧一位同学买到一本商务印书馆出版的谢洪赍编的《平面几何学》，我就借了来读。这册书真不容易读，直行排的，式子少，说明多，而且符号都甲、乙、丙之类，读着颇费一点力气，终于只能懂得它所说的，题目一个都不知道应当怎样做。这可算是我第三次的困厄。后来偶然在家里的书箱底翻到一本抄的《几何教程》，原来是我的叔父在武备学堂时一个日本人教的讲义。得了这本书，我真如获至宝，说明简单，式子很多，符号已是A，B，C，D。我把两本对照起来看，才恍然明白，原来如此，而有些题目我也就做得上来了。我算是在算学之宫又进了一步。

高小毕业进中学，照理我可以而且应当在算学之宫里向深处走，但我停住了。因为我的父亲在开封做事，我的哥哥先我一年毕业小学，父亲已叫他到北京去进中学。北京我们多么地向往！哥哥是随了二叔父去的，不久三叔父也到北京去了。这时，我不但没有哥哥每天和我一同上学，而且已是家中最大的男子，还得在母亲、婶母们指导之下处理家务，应酬亲友。唯一的希望是叔父们有一位回来，中学读完一年就到北京去——父亲原是这么计划的。因为有人说北京的中学英文程度很高，这时一来对于算学有点自负，二来对于英文有些惶恐，所以就用力量去读英文，满脑子描绘着好梦！

谁也料不到，好梦不曾描到七八分，噩梦就临头，不到一年，父亲、二叔父、母亲接着死去。这是我的伤痛，也是我的鞭策。从此，使我转向到"人生的思索"。我在中学二年时，一方面继续游算学之宫，一方面开始读论理学和哲学。人事如此，我学习着体味现实。从读哲学书中，我得到一个启示，即笛卡儿的名言"我思故我是"① ——照梁启超的翻译，因为我第一次读到这句话是在他的著作里。

这个突然的严重的打击使我觉到人事的渺茫，因了算学的思索的习惯以及粗浅的哲学的启示，我便起了追求这渺茫中的线索的野心。

一次，一个星期日的上午，一位同学约了出城去跑山。那是夏天，出门时青天一碧，刚到半山便飞起了阵阵的乌云，我们用尽了力气往上跑，还没有到可以躲避的地方，倾盆的大雨就降临了，电光好似就在脚下，雷声震得满天价响。我们已知道身上湿了容易触电，那时真是惶急万分，好容易才跑到可以躲避的地方。雨虽不久就住了，但满身淋漓，游兴全消。我们

---

①笛卡儿今译笛卡尔，"我思故我是"今译"我思故我在"。——编者注。

便拖泥带水地踏上了归途，沿路互相抱怨："你早点来约我就好了！""我一到你家里就走，不要坐那么久，就好了。""我因为一位亲戚来有一点事情要办，所以要你等我。""我还不是因为家里有点事，才来迟的。""好，不用说，怪不得你，也怪不得我，都是别人耽误我们，害了我们。"这是我当时的结论。后来我回到家里，继续思索，觉得这结论很不妥当。别的人耽误我们，他们有什么责任呢？就算是他们耽误了我们吧，也还有使他们不得不耽误我们的原因。不但如此，这原因还有原因，而原因的原因也还有原因，这样层层追进，这次便筑成我的对于人生的运会观的基石。直到现在，我还在这上面去探索。不，近几年我只宗教地把住了这人生的运会观，而抛却了对于它的根源的思索了。我现所探究的大半是算学中的或然率的理法。这也是运会使然。

正在我造成这运会观的时期，我自己学习着温特华士代数中的讲机遇的一章，因此我一直留意这一类的计算，想从它得到处理人生的理法。近年来因了和什么哲学之类已不接近，而对于这类的书比较算是多读了几部，便转走到纯然算学的思索的路上去。假如有这样的运会，我就只想在这一片园地中游个尽兴，自然我也预期着在里面种一两株花木供后来者赏玩。

我老实说，因了运会的主使，虽是这开辟并不十分广阔的园地，我还不曾游得周到，不曾观赏得淋漓尽致。我觉得我还在壮年，若比起西洋的那班六七十岁的老前辈，还可说正在青年时期。我认为不应当只是在什么空地上插几枝小玩意，所以我的趋向是先尽知其所有，然后补其所无。这也许是一种过分的野心，但我自己的兴趣，对于学问只是如此，纯然为自己的满足。

照实供来，我应得还说，我现在在算学之宫里最迷恋的不止或然率这片园地，算理哲学我也同等地迷恋着。这也许就是我进展很缓慢的原因，有时在这面流连，有时又在那面流连。不过我的经验告诉我的是这样，要博而后能约，约了而后能通。现在我还在求博渐进于约的阶段。

再进一步，我现在还是做的预备工夫。在这期间虽然有时也有点小的收获，但我很缺乏自信。这不是别人早已发现过的么？不幸，我是生在这书籍缺乏的中国，而个人又是处在每天非做工不能生活的贫困的境地。所以我所能做得到的只是尽找得到的书读，尽找得到的材料思索，遇有疑问和收获都存起来。这样日积月累地下去，有的疑问当然可以自己解决，有的收获也许更可充实。到有相当积蓄，有相当的运会，再去做一个总检讨。

这篇东西原意似乎应当更具体一点地写出研究一个问题的起因过程和成功或失败的根源，以供读者诸君的参考。但考虑了两个多月实在无从下手。个人的兴趣既偏在这干枯而严重的算学中，而且已走到非中学生所易理解的阶段，不但具体的问题无法提出，就是算学的研究法也很难讲明，因此只得写成这样。临末还得说个人的兴趣完全在困苦中得来，有时尤其是近来，也可以说，这兴趣反成了困顿的稀释剂。

我们所处的时代和环境，有什么话可说。每天的精力十之七八消耗在和自己兴趣趋向不调匀的职业上去。无论遇到一个什么兴趣浓厚的问题，都只能断断续续地去探讨。在这样矛盾的生活中，唯一的慰安便只有些微的收获。有人说，在现在说不上研究。这是真的，然而在个人，被运会造成了既不能决然舍去研究的工作而埋头于养活老婆儿女，也不能抛却他们得到什么机会躲在研究室中，只好日日在现实和理想的矛盾中摆动挣扎了。